人文社科
高校学术研究论著丛刊

历史语境下的中国现当代文学发展研究

侯伽 高飞晓 著

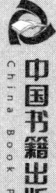
中国书籍出版社
China Book Press

图书在版编目（CIP）数据

历史语境下的中国现当代文学发展研究 / 侯伽，高飞晓著 . -- 北京：中国书籍出版社，2020.7
ISBN 978-7-5068-7897-5

Ⅰ . ①历⋯ Ⅱ . ①侯⋯ ②高⋯ Ⅲ . ①中国文学 – 现代文学 – 文学研究②中国文学 – 当代文学 – 文学研究 Ⅳ . ① I206.6 ② I206.7

中国版本图书馆 CIP 数据核字（2020）第 117647 号

历史语境下的中国现当代文学发展研究

侯 伽　高飞晓　著

丛书策划	谭　鹏　武　斌
责任编辑	吴化强
责任印制	孙马飞　马　芝
封面设计	东方美迪
出版发行	中国书籍出版社
地　　址	北京市丰台区三路居路 97 号（邮编：100073）
电　　话	（010）52257143（总编室）　（010）52257140（发行部）
电子邮箱	eo@chinabp.com.cn
经　　销	全国新华书店
印　　刷	三河市铭浩彩色印装有限公司
开　　本	710 毫米 ×1000 毫米 1/16
印　　张	13.25
字　　数	248 千字
版　　次	2021 年 4 月第 1 版　2021 年 4 月第 1 次印刷
书　　号	ISBN 978-7-5068-7897-5
定　　价	70.00 元

版权所有　翻印必究

目 录

第一章 从人的觉醒到文的觉醒：文学 革命时期文学发展研究 … 1
    第一节 从晚清启蒙运动到五四文学革命………………… 1
    第二节 西方文艺思潮的涌入……………………………… 6
    第三节 现代文学巨匠鲁迅………………………………… 11
    第四节 散文领域的关怀与爱……………………………… 21
    第五节 诗歌艺术的多元化………………………………… 29
    第六节 小说领域的愤懑与反抗…………………………… 33
    第七节 话剧的起飞………………………………………… 35

第二章 从人的文学到阶级的文学：革命文学时期文学发展研究 … 40
    第一节 革命文学的倡导与左翼文艺运动的开展………… 40
    第二节 现代主义文学思潮………………………………… 46
    第三节 犀利的杂文与灵气十足的小品文………………… 50
    第四节 左翼诗歌与现代派诗歌的对立…………………… 56
    第五节 为革命而文学的左翼小说与渐趋成熟的长篇小说…… 68
    第六节 多幕剧的成熟……………………………………… 77

第三章 从抗战文艺到"为工农兵"的文艺：战争时期文学发展研究 …… 80
    第一节 抗战文艺运动和敌后根据地文艺新气象………… 80
    第二节 鲁迅风格的杂文与报告文学的兴起……………… 83
    第三节 爱国主义诗歌的崛起……………………………… 87
    第四节 通俗小说的发展…………………………………… 93
    第五节 现代话剧的革新探索……………………………… 98

第四章 规范与控制：新中国17年文学发展研究 ………………… 103
    第一节 第一、二次文代会与"双百"方针………………… 103
    第二节 报告文学与抒情散文的发展……………………… 106
    第三节 从政治抒情诗到生活抒情诗……………………… 115

第四节　长篇小说的史诗化趋向……………………………… 121
　　第五节　话剧的盛衰沉浮………………………………………… 128

第五章　文学的解冻与革新：20世纪80年代文学发展研究…… 132
　　第一节　文学"新时期"的想象与重写……………………… 132
　　第二节　文化寻根的兴起与文学思潮的涌动………………… 134
　　第三节　艺术性散文、杂文与报告文学的发展……………… 143
　　第四节　新启蒙时代的诗歌……………………………………… 150
　　第五节　多元美学形态并存的小说……………………………… 155

第六章　众声喧哗的多元状态：20世纪
　　　　　90年代以来文学发展研究……………………………… 161
　　第一节　市场经济时代的文学…………………………………… 161
　　第二节　派别林立的小说创作…………………………………… 169
　　第三节　杂文的兴盛和市场化散文的崛起…………………… 178
　　第四节　"知识分子写作"和"民间写作"的诗歌创作…… 182
　　第五节　现实主义思潮的勃兴…………………………………… 189
　　第六节　新式戏剧的探索与发展………………………………… 192

参考文献……………………………………………………………………… 202

第一章 从人的觉醒到文的觉醒：文学革命时期文学发展研究

19世纪末到20世纪初,新旧民主革命交替,封建王朝解体和共和交替,中国结束了2000多年的封建帝制,这为中国社会的转型创造了基本条件。在新式教育的影响下,出现了一大批新型的知识分子群体,他们当时深感中国传统古典文学对人精神的闭锁和弊害而要求文学革命,这为新的文化与文学运动的开展提供了生力军。于是,一场由"人的觉醒"演变为"文的觉醒"的文学革命在中华大地上迅速扩散开来,掀起了轩然大波。本章即对这一时期的文学发展进行研究。

第一节 从晚清启蒙运动到五四文学革命

五四文学革命开创了中国文学的新纪元,标志着中国现代知识分子以新的思想和文学理念向中国古典文学传统发起挑战,从而实现了中国文学从古典向现代的转型。不过,历史是线性发展的,具有划时代意义的五四文学革命也有前缘,而且有一个酝酿的过程。

一、晚清启蒙运动

中国文学发展到晚清,已经出现了变化的苗头。洋务运动推动了翻译西方书籍、派学生出国留学的文化热潮。维新派变法失败,梁启超意识到了国民素质对于政治革新的重要意义。于是,他从"新民"的角度思考社会的变革,强调新民是当时中国的第一要务。梁启超为了推进他的"新民"工程,于是借助于文学的力量。1899年12月,他在流亡途中充分肯定黄遵宪"我手写我口"的诗歌革新主张,其目的是要使中国诗词从晚清的拟古风气中摆脱出来,向与民生接近的方向发展；随后,他又发出"文界革命"的呼吁,意图是通过输入新词语推广平易畅达、笔端含情的"新文体"。

为了开启民智、扩大新思想的社会影响,在这一次文学革新运动中,白话语言的推行问题已被提了出来。黄遵宪在1895年出版的《日本国志》中正式提出了言文合一的主张,他要求"变文体为适用、通行于俗者""欲夸天下之工商贾妇女幼稚皆能通文字之用"。1898年,裘廷梁发表了《论白话为维新之本》,提出"愚天下之具,莫如文言,智天下之具,莫如白话……文言兴而后实学废,白话行而后实学兴,实学不兴,是谓无民"。推行白话的主张,得到了新闻界的响应,一批白话报纸陆续创刊。戊戌前后,长江下游的白话报纸有无锡白话报、安徽白话报、杭州白话报、苏州白话报、宁波白话报、国民白话报、江西白话报。一些政论文章用白话写出,得以广泛传播。

专门登载小说的数十种小说杂志,此时也雨后春笋般地涌现。其中以梁启超的《新小说》、李伯元的《绣像小说》、吴趼人的《月月小说》、曾朴的《小说林》最负盛名,被称为"晚清四大小说杂志"。这些杂志大量登载揭露政治黑暗、抨击社会时弊的谴责小说,其中李伯元的《官场现形记》、吴趼人的《二十年目睹之怪现状》、刘鹗的《老残游记》、曾朴的《孽海花》影响最大。据阿英《晚清小说史》的不完全统计,这一时期的创作小说达400余种,翻译小说更多达600余种。其中有一些是迎合市民趣味的世俗小说,而谴责小说的质量是比较好的。这些小说大多体现了维新派的社会政治观点,直接取材于现实生活,展现了晚清社会的基本面貌。在艺术上,它们沿用了古典小说的章回体,但又采取了保持情节连续性的长篇结构,借鉴了一些西方小说的艺术技巧,对后来的新小说发展具有重要影响。但由于缺乏真正现代性思想的支撑,这些小说局限于嬉笑怒骂、谴责讽刺,虽得读者好评,终究是过渡时期的产物,不足以代表一个全新的文学时代。

晚清文学变化的另一个重要方面,是现代超功利的文学观开始萌芽。其代表人物王国维,早年接受叔本华等人的现代西方哲学思想,开始用西方美学理念来研究文学。他尖锐地批评梁启超等人把文学当作改良社会工具的文学观,认为美就是"纯粹无欲之我"在"静观中所得之实念"。他说:"美这性质,一言以蔽之曰:可爱玩而不可利用者是也。虽物之美者,有时亦是供吾人之利用,但人之视为美时,决不计及其可利用这点。其性质如是,故其价值存于美之自身,而不存乎其外",强调"一切之美,皆形式之美"。

这种超功利的美学思想,是对中国传统诗教的一大挑战,也是对20

第一章　从人的觉醒到文的觉醒：文学革命时期文学发展研究

世纪初梁启超工具论文学观的一次重要的超越,其意义在于把文学引向了美自身的价值。王国维开创了中国现代学术的先河,其超功利的美学观和"一代有一代之文学"的进化论文学观,对于五四文学革命具有重要的影响。

随着现代都市社会的发展和市民阶层的扩大,民国初年以上海为中心出现了以消闲与消遣为主要目的的小说创作潮流。这些小说的作者大多是科举废止后从苏州等上海周边地区汇集到上海的旧文人,他们依托《小说月报》《礼拜六》等报刊,创作黑幕、宫闱、武侠、侦探、滑稽等类型小说,数量惊人。其中言情小说的代表作有徐枕亚的《玉梨魂》、周瘦鹃的《九华帐里》、吴双热的《孽冤镜》、李定夷的《黄玉怨》、吴绮缘的《冷红日记》。

鲁迅曾说:"这时新的才子＋佳人小说便又流行起来,但佳人已经是良家女子了,和才子相悦相恋,分拆不开,柳阴花下,像一对蝴蝶,一双鸳鸯一样。"这类小说反映世情,描写细腻,在观念和技巧上借鉴了外国小说,有创新之处;只是其创新不太充分,留有不少旧的思想,比如许多作品反对自由恋爱和寡妇再嫁,表现的是旧文人的本色。另有数量众多的黑幕小说和武侠、侦探小说,影响大的如孙玉声的《海上繁华梦》、李涵秋的《广陵潮》、平江不肖生的《留东外史》、海上说梦人的《歇浦潮》、张春帆的《九尾龟》等,这些小说对揭露国家的内忧外患不无积极意义,但作者采取自然主义的态度,一边暴露,一边欣赏,思想和艺术格调不高。

二、五四文学革命

辛亥革命后,政治黑暗依旧。袁世凯在全国推行"尊孔读经",试图束缚国民的思想。以陈独秀、李大钊为代表的一批进步知识分子对此深感失望,开始寻找新的救国道路。他们从历次社会变革失败的教训和复古主义思潮盛行的现状中,认识到要启发民众的觉悟。只有更多的民众具备了国民的基本素质,社会变革才有群众基础。于是,他们发动了影响深远的新文化运动。

新文化运动发动的标志,是 1915 年 9 月《青年杂志》(1916 年 9 月改名《新青年》)在上海创刊。主编陈独秀(1880—1942),字仲甫,安徽怀宁人,出身书香门第,17 岁参加县考中秀才,但厌恶八股,醉心于新学而东渡日本。在袁世凯大力提倡"尊孔读经"时,陈独秀以比梁启超更为激进的姿态向封建文化发起了攻击。他在《青年杂志》的发刊词《敬告青年》中宣传"人权、平等、自由"的思想,要请"德先生"和"赛先生"来"救治中国政治上、道德上、学术上、思想上一切的黑暗"。

作为一份综合性的文化批判刊物,《新青年》致力于抨击封建传统文化,输入西方文明。十月革命后,《新青年》成为五四运动的号角,成为宣传马列主义、宣传反帝反封建思想的阵地。对于传统文化的批判,集中在旧的伦理观上。易白沙在《孔子平议》中说:"孔子尊君权,漫无限制,易演成独夫专制之弊。"吴虞作《说孝》,指出"孝"的作用,是把"中国弄成一个'制造顺民的大工厂'"。不过他们并不是完全否定孔子,而是认为"独夫民贼利用孔子",而这"实大悖孔子之精神"。李大钊更是明确地说,反孔并非反对孔子思想本身,"乃抨专制政治之灵魂"。

《新青年》于1917年因陈独秀受聘北京大学文科学长而迁往北京,并从1918年1月号起改由陈独秀、李大钊、胡适、刘半农、沈尹默、钱玄同等轮流编辑,周作人、鲁迅也给该刊写稿,由此形成了反封建的思想文化战线。当时北京大学校长蔡元培实行"思想自由、兼容并包"的办学方针,大大推进了新思想在北大的传播,新文化运动也就借北大学术自由的空气获得了迅猛发展。文学革命就在这样的背景中发生了。

1917年1月,胡适在《新青年》上发表了《文学改良刍议》,提出改良文学要从"八事"着手,即须言之有物、不模仿故人、须讲求文法、不作无病之呻吟、务去滥调套语、不用典、不讲对仗、不避俗语俗字。此"八事"侧重文学语言文字的改良,也强调了文学内容的充实,可谓近代白话文运动在新时代的发展。胡适的主张得到了钱玄同、刘半农等人的响应。钱玄同在致《新青年》的信中站在进化论的立场上阐明白话文取代文言文势在必行,痛斥拟古的骈文和散文为"选学妖孽,桐城谬种"。刘半农发表《我之文学改良观》,就韵文和散文改革、使用新式标点符号等问题提出了许多建设性的意见。五四白话文运动吹响了现代语言革新的号角,白话文的影响借着新文化运动的声威日渐普及。

1918年4月,胡适发表《建设的文学革命论》,对文学革命的宗旨做了新的阐释。他的宗旨,就是通过"国语的文学"来建设"文学的国语",将文学革命与国语运动结合起来,以收彼此促进的成效。同年12月,周作人发表《人的文学》,提出新文学即是人的文学,从而有力地把新文化运动的启蒙精神落实到了文学中,使文学革命有了更为明确的内容和更为具体的目标。

1918年冬,陈独秀、李大钊创办《每周评论》,北京大学学生傅斯年、罗家伦等办了《新潮》月刊。这些刊物提倡白话文和新文学,努力翻译外国文学作品,介绍外国文学思潮,文学革命的声势越来越大。

文学革命的先驱把文学看成是对人生很有意义的事业,因此在提倡

第一章 从人的觉醒到文的觉醒：文学革命时期文学发展研究

新文学的同时,把矛头指向了民国初年追求娱乐和消遣的旧派小说。这是由于新旧两派小说家的文学观念尖锐对立,也是因为旧派小说在市民中仍然拥有很大的影响,不对它实施打击,新文学的影响难以真正地扩大。周作人写了《论黑幕》,批判黑幕小说的陈旧和浅薄,指出它是与封建复辟思潮同气相求的。沈雁冰在《自然主义与中国现代小说》等文章中,指出旧派小说"思想上一个最大的错误就是游戏的、消遣的、金钱主义的文学观念"。新文学阵营对旧派小说的批判体现了一种使命意识,但也相当程度上抹杀了旧派小说在现代艺术的探索方面所做出的贡献。

文学革命初期,旧势力并没有予以重视,这让先驱者感到了寂寞。于是,钱玄同和刘半农演了一场双簧戏。先由钱玄同化名王敬轩给《新青年》写信,模仿守旧派的口吻攻击白话文,然后由刘半农复信——加以驳斥。但当文学革命的影响进一步扩大时,守旧的文人就忍不住了。先是林纾向新文化运动和白话文发起了攻击。这位在晚清用文言翻译了大量外国小说而享有盛名的古文家,写了《论古文白话之消长》《致蔡鹤卿太史书》,攻击新文化运动"覆孔孟,铲伦常","尽反常轨,为不经之谈",声称"若尽废古书,行用土语为文字,则都下引车卖浆之徒,所操之语,按之皆有文法……凡京津之稗贩,均可用为教授矣"。他极力反对以白话文取代文言文。北京大学校长蔡元培发表公开信,重申北大"循思想自由原则,取兼容并包主义"。

李大钊、鲁迅等也写文章批判林纾的陈腐思想。1921年9月,南京东南大学的梅光迪、胡先骕、吴宓等人创办《学衡》杂志,以"昌明国粹,融化新知"为旗帜,对新文化运动和文学革命的激进倾向提出了批评。与林纾有所不同,这些教授都曾留学美国,了解西洋文明。他们在实现中国文化和文学革新方面持循序渐进的文化守成主义立场,反对激进的变革。梅光迪发表《评提倡新文化者》,吴宓写了《论新文化运动》,胡先骕撰写《评〈尝试集〉》,对新文化运动和文学革命进行了系统的批评。这些意见触及新文化运动和文学革命的一些偏激方面,并非全无道理。但总的来看,他们否认历史发生转折的可能,站到了守旧的立场上,成了历史前进的阻力。对此,新文化和新文学的倡导者纷纷发表文章加以驳斥。鲁迅发表《估学衡》一文,指出这些教授所写的文言文理不通,只能说明文言的气绝罢了。

1925年,北洋政府教育总长兼司法总长章士钊在刚复刊的《甲寅》周刊上发表《评新文学运动》等文章,力图证明白话文不能取代文言文。他说:"吾之国性群德,悉存文言,国苟不亡,理不可弃",断定白话文学已成强弩之末,当务之急则是提倡"尊孔读经"。新文学阵营撰写文章,全力反击"甲寅派"的复古观念。新文学运动在与守旧派的思想较量中不断地拓展自己的阵地，虽然在激烈的论辩中难免有些过激的言论，有时不能冷静地思考对立面意见的某种合理性，但也正是这种冲决一切的气势扩大了文学革命的影响。

第二节　西方文艺思潮的涌入

西方的文艺复兴运动让现代性文学开始在世界范围内兴起，而在现代性文学蓬勃发展的时候，中国的传统文学还占据着重要的地位。现代性文学中很重要的一点是对人的肯定，而在中国，由于中国传统文学的观念是与政治上的封建专制主义和伦理观念上的封建群体主义相联系的，因此对人的自然属性和世俗生活的意义并不重视，禁锢、束缚人的个性的自由和发展，存在着对人的尊严和价值的否定。在这样的一个背景之下，发现人的重要性就成为中国五四时期文学革命的一个重要内容。而对人的发现正是西方文艺思潮的重要内容之一。在五四前后短短的几年里，西方文艺复兴以来的各种文艺观念和与之相关的理论思潮都先后涌入中国，如现实主义、自然主义、浪漫主义、唯美主义、象征主义、印象主义、表现主义、心理分析派、意象派、未来派，以及进化论、人道主义、实用主义、尼采的超人哲学、叔本华的悲观主义、弗洛伊德主义、托尔斯泰主义、易卜生主义、社会达尔文主义、无政府主义、国家主义、马克思主义等。五四时期的作家们往往同时是多种外来文学思潮和流派的介绍者与信奉者。这些潮水般涌入中国的外来文艺思潮，冲破了中国文学的封闭状态，拓宽了新文学家们的视野，加速了新文学在思想内容和表现形式上的更新，尤其是为草创期的中国新文学提供了不可或缺的借鉴摹本。

1916年，在美国留学的胡适对当时欧美诗坛的意象主义运动关注颇多，他认为，"意象派"对西方传统诗歌繁绵堆砌风气的反叛，及其形式上追求具体性、运用日常口语等主张，与他自己的主张"多相似之处"。正是在"意象派"的影响之下，胡适才写了《文学改良刍议》一文，并提出了"文章八事"之说。另外，陈独秀在《文学革命论》中所提出的那些主张是在19世纪西方资产阶级文学发展的启发下而提出的。周作人的《人的文学》中对人道主义的提倡也是受到了西方和俄国一些人道主义作家的影响的。

由于新文化运动中的重要参与者都提倡要向国外的文学理论学习，

第一章 从人的觉醒到文的觉醒：文学革命时期文学发展研究

因此，有很多刊物参与到了翻译外国文学理论与作品的浪潮中。其中，《新青年》捷足先登。从第一卷开始，《新青年》就先后译刊了屠格涅夫、龚古尔、王尔德、契诃夫、易卜生等各种风格的外国文学家的作品，这些比较严肃的外国文学作品的翻译发表，改变了当时言情小说、黑幕小说占主要地位的面貌，起到了扭转风气的积极作用。1918年，《新青年》第4卷第6号刊出了一期《易卜生专号》，发表《娜拉》《国民公敌》等三篇剧作，这些作品反映的是反传统、反专制、提倡个性自由、妇女解放的主题，与五四精神相吻合，所以在当时引起了很大的影响，很多学校都上演过，在一段时期内，译介易卜生作品和宣扬易卜生主义更是成为五四文学思潮中的一个重要现象。

在《新青年》的带动下，翻译活动迅速开展，其规模和声势超过了近代任何时期，随之而来的是西方文艺思潮在中国文坛的蔓延。几乎所有文学革命的发起者和参加者都做过译介外国文学理论与作品的工作，如鲁迅、胡适、周作人、刘半农、沈雁冰（茅盾）、瞿秋白、郑振铎、耿济之、田汉、潘家洵、黄仲苏等，都是极为活跃的译介者。这一时期还涌现出了一批刊载外国文学理论与作品的刊物，如《新潮》《少年中国》《文学周报》《小说月报》等，其中《小说月报》还专门开辟《小说新潮》《海外文坛消息》等栏目来对外国小说作品进行介绍。伴随着外国文学理论与作品译介活动的增多，西方文艺复兴以来的各种文艺思潮和相关的哲学思潮都如潮水般涌入了中国，让中国文坛呈现出了各种文艺思潮和相关的哲学思潮百花齐放的局面，如现实主义、浪漫主义、现代主义、自然主义、唯美主义、印象主义、象征主义、人道主义、弗洛伊德主义、托尔斯泰主义、基尔特社会主义、无政府主义、国家主义、马克思主义等，都有人进行宣传，也有人进行相关的写作试验，还有些人将这些文艺思潮和相关的哲学思潮与中国的实际相结合，提出了更为国人所接受的理论主张。换句话来说，西方的文艺思潮涌入中国后，经历了一个"中国化"的变形过程。

在西方文艺思潮涌入中国的过程中，各种文艺思潮在中国的发展情况不一，其中，现实主义特别是俄国现实主义影响最大，成为日后中国新文学主流；浪漫主义也有较大影响，但没有得到充分发展；现代主义虽然被一些作家所接受并进行了文学创作的实践，但是在中国现代文学的发展阶段中，所取得的成果并不显著。

五四文学革命时期，周作人、鲁迅、沈雁冰、郑振铎、瞿秋白、胡愈之、陈望道、耿济之、李达等在介绍西方文艺思想方面都用过力，都发表过很好的意见。而在介绍西方思潮用力最多、最有成绩的是沈雁冰。他宣传最多的是写实主义①,1919—1922年间写了多篇文章,全面介绍西方文学思潮。其中有影响的重点文章如《萧伯纳》《托尔斯泰和今日之俄罗斯》《近代戏剧家传》《〈欧美新文学最近之趋势〉书后》《文学上的古典主义浪漫主义和写实主义》《新文学研究者的责任与努力》《波兰近代文学泰斗显克微支》《语体文欧化问题和文学主义问题的讨论——复徐秋冲》《自然主义与中国现代小说》《"曹拉主义"的危险性》(署名郎损)等,主要发表在《学生杂志》《小说月报》《东方杂志》《文学旬刊》上。在这些文章中,他发表了下面几个观点。

第一,西方文学思潮引进的急切性。沈雁冰在审视了西方文学的发展后,在《"小说新潮栏"宣言》中指出:西洋已经"由浪漫主义进而为写实主义,表象主义,新浪漫主义,我国还停留在写实以前",我们于今即使在步后尘,也是"很急切"的事,就是"先从写实派、自然派介绍起"。就国内文学界的情况而言,"写实主义真精神与写实主义真杰作实未尝有其一二",因此则更"有切实介绍之必要"。不但这样,对于中国的旧派小说,特别是"礼拜六"派小说,必先从根本上"铲除这股黑暗势力",能够担当这一重任的只有自然主义文学。把写实主义作为我国新文学必须做的一件"很急切"的事提出来,其理由是极其充分的。无论是写实主义的"真精神"对我国新文学的意义,还是对鸳鸯蝴蝶文艺的"铲除",都是重要的事。

第二,西洋文学的进化是趋向于"为人生"的。沈雁冰在《新文学研究者的责任与努力》一文中说,西洋文学的进化路线是"古典—浪漫—写实—新浪漫",这样的变迁,每进一步"便把文学的定义修改一下,便把文学和人生的关系束紧了一些,并且把文学重新估定了一个价值"。《波兰近代文学泰斗显克微支》一文在向国内文坛介绍波兰的显克微支②时,说他兼有浪漫主义和写实主义的精神,但他确确实实是"很有理想地很有主张地表现人类的生活,喊出人类的吁求"。这是说:文学"为人生"不是谁的主张,也不是靠谁的倡导,是文学历史进化的必然,即每次的进化,就把文学和人生的关系"束紧了一些"。而一些世界性的大作家都是在用文学去表现人生,反映人类的生活。

第三,自然主义与写实主义是同一用语。在西方,写实主义文学思潮

---

① 欧洲的现实主义在五四时期被介绍到国内文坛时,称写实主义,这样的叫法一直延续到20世纪30年代。
② 如今译作亨利克·显克维支,波兰19世纪批判现实主义作家。代表作有通讯集《旅美书简》,历史小说三部曲《火与剑》《洪流》《伏沃迪约夫斯基先生》;历史小说《十字军骑士》。

· 8 ·

第一章 从人的觉醒到文的觉醒：文学革命时期文学发展研究

出现在19世纪30年代，称现实主义或批判现实主义，五四时期译为写实主义，一直沿用至20世纪30年代。自然主义与现实主义有着不可分割的渊源关系，这个流派最早出现在19世纪60年代中叶的法国，较写实主义大约晚30年，左拉是其文艺理论的奠基人。这两个思潮用语最先同时被介绍到国内来的时候，张永言就问陈独秀，如何区别，陈独秀没有能回答。后来人们虽然在用着，但由于种种原因，也没有去特别对它们加以界定，而是混同起来，视为一物。沈雁冰就认为：自然主义即写实主义。1922年9月，他用郎损的笔名在《文学旬刊》第50期上发表《"曹拉主义"的危险性》，指出：现在有人把自然主义同左拉的自然主义混为一谈，然而，我们所说的自然主义，也就是写实主义，同左拉那种"专在人间看出兽性"的自然主义"毫不相干"。文章说：

> 左拉所做的自然主义的作品称为"自然派"，却把其他各国文学家的自然主义作品称为"写实派"。为便于区别彼此的特殊面目起见，这样的分法自然也有一部分的理由……我们若要把许多作家分起类来，还是依着他们的荦荦大端的共通精神以为标准，而略去小小的不同，似乎较为妥当些。这么看来，法国的福楼拜、左拉等人和德国的霍普特曼，西班牙的柴玛萨斯，意大利的塞拉哇，俄国的契诃夫，英国的华滋华斯，美国的德莱塞等人，究竟还是可以拉在一起的。请他们同住在"自然主义"——或者称它是写实主义也可以，但只能有一，不能同时有二——的大厅里，我想他们未必竟不高兴吧。

这里说了两个问题：一是我们所说的自然主义即写实主义，是对西欧大部分作家的基本倾向的一种归纳；二是左拉的自然主义往往表现出的是"兽性"，那是他个人在特殊的社会环境中形成的偏见，这与我们所说的写实主义毫不相干。

第四，自然主义的"真精神是科学的描写法"。自然主义或是写实主义的科学的描写法，是"经过近代科学的洗礼"的写作态度和方法。沈雁冰对此在《自然主义与中国现代小说》一文中有一大段的文字阐述。"科学的描写法"是自然主义和写实主义的共同的主张，具体说来就是：实地观察，照实描写，见什么写什么，不在丑恶的东西上面加套子。这是沈雁冰非常赞同的，这时的他，在学习、译介西方文学的过程中，已经明显地感到科学对于文学的影响，他把这种影响的关系归纳为"科学的描写法"。

西方的文艺思潮被输入后，国内的文学艺术家们结合自己的文艺实践活动，对各种思潮进行了认真的思考，并作出自己的选择，沈雁冰也有这样一个选择的过程。

他于1920年9月在《改造》3卷1号上发表《为新文学研究者进一解》,提出中国今后的新文学运动应该是新浪漫主义,而不是自然主义,因为自然主义"见的都是罪恶,其结果是使人失望,悲闷,正和浪漫文学(按:指19世纪消极浪漫主义)的空想虚无使人失望一般,都不能引导健全的人生观"。今天,"浪漫的精神常是革命的解放的创新的……这种精神,无论在思想界在文学界都是得之则有进步的生气","把我的意思总结一句,便是:能帮助新思潮的文学该是新浪漫的文学,能引我们到正确人生观的文学该是新浪漫的文学,不是自然主义的文学,所以今后的新文学运动该是新浪漫主义的文学"。新浪漫主义,我们今天称之为积极的浪漫主义,它是欧洲18世纪资产阶级民主运动、民主革命思想、民族解放斗争的历史条件下酝酿产生的一种思潮,在文学上,一般而言,作家们既敢于揭露封建社会的黑暗,敢于批判资本主义的社会现实,又常寄理想于未来。年轻时的沈雁冰接受了积极的浪漫主义精神,称它是革命的解放的创新的,能引导人们走上"健全的人生观"。因此他最初的主张是新浪漫主义的文学。

当沈雁冰于1921年1月接编《小说月报》后,就积极倡导"为人生"的文学。出现两个方面的变化:他在谈俄国文学时,常被作家们笔下描绘的"被践踏者与被损害者"的纯洁的灵魂所感动。这改变了他对于自然主义写的"都是罪恶","使人失望,悲闷"的片面看法。另一变化是他认为自然主义的写作态度和方法是值得肯定学习的,希望"以自然主义的技术医中国现代创作的毛病"。这种变化,使他对自然主义的看法发生改变,1922年4月,他在回复徐秋冲的信中,宣布放弃新浪漫主义,接受自然主义。

五四文学革命时期,在介绍写实主义文学思潮方面做出过努力的还有文学研究会的胡愈之、郑振铎、瞿秋白、陈望道、耿济之、李达等。

胡愈之于1920年1月在《东方杂志》17卷第1号发表了《近代文学上的写实主义》,这是我国第一篇系统介绍西方写实主义文艺思潮的论文。文章说,写实主义在西方勃兴的原因,一是哲学上的实证论的兴起;二是社会矛盾的加剧,人们的注意力由理想偏向实在。与浪漫主义比较,写实主义重理智、重现实,求真,以研究人生为目的,态度是客观的,写日常生活。

郑振铎于1920年7月为《俄罗斯名家短篇小说集》作序说,俄罗斯文学是世界近代文学的真价,它是国民性格、社会情况的写真,是人的文学,是切于人生关系的文学,是人类的个性表现的文学。1921年3月,在《小说月报》12卷第3号"文艺丛谈"栏中发文,谈写实主义文学,指出"它的特质,实在于科学的描写法与谨慎的、有意义的描写对象之裁取"。它虽然"是忠实的写社会或人生的断片的,而其裁取此断片时,至少必融化有作者的最高理想在中间"。

瞿秋白于1920年7月作《俄罗斯名家短篇小说集》序。

陈望道于1920年10月,译日本加藤朝鸟作《文学上各种主义》,载于《民国日报·觉悟》。

耿济之于1921年8月,为译著俄罗斯小说《前夜》作序。

李达于1921年6月,为《民国日报·觉悟》上的文学小辞典栏"写实主义"定义:"注重现实,排斥理想,把观察和分析做基础,直接描写客观的自然和人生,不加作者私意的,称为写实主义。"

总之,西方文艺思潮涌入中国促成了中西文化交汇撞击,促进了思想大解放,大大拓展了新文学倡导者、参与者的视野,使其能够以一种全新的眼光来观照本民族的生活,为其在艺术创造上获得更广阔的天地做出了重要的贡献。

第三节 现代文学巨匠鲁迅

1917年文学革命发起之后,新文学书刊大兴,京沪一些著名大报都辟有副刊发表白话文学作品,一大批和传统迥然不同的现代新型作家纷纷涌出,文学日益突破文人圈子走向社会,成为宣传新思想新道德的主要方式。这一时期真正以个人创作显示了文学革命的实绩的是鲁迅。

鲁迅原名周树人,号豫才,1881年9月25日生于浙江绍兴县城内,"鲁迅"一名是他37岁在《新青年》上发表第一篇白话小说《狂人日记》时使用的笔名,是此后一生用得最多也最为世人所知的笔名。周家是聚族而居的大家族,鲁迅的祖父是清朝进士,做过京官,后因科场案入狱,一蹶不振;父亲只是一个秀才,体弱多病,郁郁不得志。少年鲁迅为了父亲的病,常出入当铺和药店,受尽周围人的奚落。从鲁迅懂事起,家道即已中落,他后来回忆这段往事还感慨地说:"有谁从小康人家而坠入困顿的么,我以为在这途路中,大概可以看见世人的真面目的。"鲁迅母亲娘家在绍兴乡下,经常带鲁迅去舅家,几近"乞食",但鲁迅因此走进自然的天地,结识了不少像少年闰土那样淳朴善良的农民的孩子,并熟悉了中国农民的凄惨生活。这些在他的记忆中都留下深刻印象,清晰地再现于后来的文学作品中。

鲁迅在家乡念完私塾即往南京,先后入清政府办的江南水师学堂和矿路学堂。那时正值内忧外患的多事之秋,先是康、梁鼓动年幼的光绪皇帝施行短命的"戊戌变法",接着是义和团之乱,八国联军入侵北京,朝野上下各种维新要求和顽固思想斗争愈演愈烈,这都给青年鲁迅以极大震动。鲁迅在南京开始学习自然科学和外语,并通过改良派书刊与林纾、严复的翻译接触不少西方现代文艺和哲学。

1902年,鲁迅考取官费留学日本,带着玄奘赴西天取经的心情,到原本步武中国文化、近代却因学习西方而超过中国的东瀛小邦去求学,中国文人感时忧国的传统在他身上已具体化为渴求理想的强国之路。先是习医,预备医治他父亲那样的病人,而且他知道日本明治维新开始就靠了医学的推动。但不久,在一次课间放映的关于日俄战争的幻灯片上,他看到一个中国人被日本国当成俄国间谍捉住,正要砍头,一群同胞却麻木地鉴赏这"盛举",他因此感到医学并非急务,"凡是愚弱的国民,即使身体如何健全,如何茁壮,也只能做毫无意义的示众的材料和看客,病死多少是不必以为不幸的"。

对中华民族精神缺陷("国民劣根性")的敏感,使他看清当时流行的实业救国、科技救国之类只是一种梦想。其实整个学医期间,他一直很关心这类问题。通过大量阅读西方现代文艺与哲学作品,加以独立深入的思考,在医学梦破灭之后,他转而确信"第一要著"是改变国民的精神,而善于改变精神的莫过于文学,"于是想提倡文艺运动了"。

鲁迅最初的尝试并未成功,他和弟弟周作人以及另外几个朋友计划办一份杂志叫《新生》,很快即告流产。鲁迅没有气馁,他和周作人将原本给《新生》的一批译稿另外编成两册《域外小说集》出版,在东京和上海寄售,可惜只卖出去四十来本。这是中国现代第一次成系统地介绍世界被压迫民族的文学,对鲁迅后来的文学创作更具深远影响。鲁迅一生极其重视译介外国文学,他坚信打破各民族文化心理隔阂的"最平正的道路"惟有文学,所以翻译工作在其全部文学活动中占了很大分量。原拟给《新生》的稿件,还有转到《河南》(也是一份留日学生办的杂志)发表的《文化偏至论》《摩罗诗力说》《破恶声论》等几篇重要论文,鲁迅在这些文章中整理了自己的思想:他站在当时中国人所能达到的理论高度批判地梳理了中西文化的历史发展与利弊得失,确立文艺为"第一要著"。

近代中国知道应该学习西方,却不了解西方文化的精髓在于顺应进化生存规律而崇尚个人抗争,因此包括文学在内的中国传统之根本弊病,并未因为学习西方而有所触动。此时的鲁迅几乎一无依傍,不仅否定了

第一章　从人的觉醒到文的觉醒：文学革命时期文学发展研究

传统,也失望于晚清思想界浅薄的维新与西化,在极少有人赞同的情况下,认定中国当务之急,既非片面移植西方物质技术,也非皮毛地抄袭所谓民主政治,更不是生吞活剥地搬用各种主义、学说,而"首在立人",树立个人独立自由之精神,这样社会群体才能发展。他因此对西方19世纪末崇尚个人"主观意力"的"先觉善斗之士",如尼采、斯蒂纳、叔本华、基尔凯郭尔、易卜生之流,以及"摩罗"诗人拜伦、雪莱等浪漫主义文学家深致敬意,认为他们是异邦真正值得国人倾听的"新声"。

"新声"就是"心声",即内心反抗的呐喊,而这正是文学的根基和出发点。文学应是觉醒了的个人为打破中国传统进化常理的"污浊之平和"而发出的反抗的心声,在现代,它将是国人能否挣脱"小慧之徒"蹈袭西方文明"偏至"而生的维新西化思想敢于"自别异"的关键。文学不仅是整体文化的一个组成部分,更是整体文化能否更新发展的决定性因素,因为文学起于个体"心声",而这正是一切文明的"本根"。"本根之要"高于一切,"盖末虽亦能灿烂于一时,而所宅不坚,顷刻可以憔悴,储能于初,始长久耳"。以"立人"为核心的现代化思考,是鲁迅区别于其他近现代思想家的极其重要所在。

晚清至五四,极端重视文学的并非鲁迅一人,但不曾有人像他这样明白阐述重视文学的原因。鲁迅将一切问题归结为文学,不仅把文学看作自己思想的出路,更将它视为"立人"的"第一要著":"人"的出路和希望,中华民族争取自由独立的可能,就寄托于文学。这是现代中国语境中产生的一种"文学主义"。文学家鲁迅的诞生标志着中国现代文化的深刻自觉。这种自觉完成于1907年至1908年间,远比十年后胡适、陈独秀等人的"文学革命"更切近文学的本质,只不过未像后者那样立刻造成广泛的社会影响,但五四以后中国现代文学的命运与有没有这种深刻的自觉密切相关。

1908年,鲁迅归国,先后在绍兴、杭州两地教书,1912年进民国政府教育部工作,先往南京,后迁北京。鲁迅在北京教育部除应付日常事务外,曾积极推行文艺,但上司昏庸,不予支持,只好废然而止。他更多时间是逛厂甸,以有限的经济力量购置廉价古董书籍,并经由日本书店继续泛览西书,一刻没有停止严肃的思想探索。北京政局混乱、形势险恶时,他甚至靠抄古碑和旧籍度日,倦于交游,过着隐士的生活。"见过辛亥革命,见过二次革命,见过袁世凯称帝,张勋复辟,看来看去,就看得怀疑起来,于是失望,颓唐得很了。"

因为目睹或亲历了晚清崩溃、民国初建过程中政局的持续动荡,他更清醒地认识到现实的复杂性,更深切地感受到中国改革之难,留学期间开始的关于国民性的思考愈益邃密,用文学来表达这种思考的冲动也不断增强,而多年埋首古书,对社会史和文学史(尤其是小说)作了长期不懈的精细研究,使他积累了丰富的思想材料和深厚的文学修养,所以当东京时代的同学、来自《新青年》阵营的钱玄同邀他写稿时,鲁迅稍加斟酌便答应了。《狂人日记》和最初的"随感录"就是在这种情况下写成的。

鲁迅带着对人情世故的深刻体察、对中国和世界历史文化长期深入的思考,加入新文化阵营,开始新文学创作,一出手就突发大声,一改文学革命初期颇为沉寂的局面。与其说新文学选择了鲁迅来显示创作实绩,不如说鲁迅选择了文学革命这块阵地,在更大的社会语境中陈述积累已久的思想,所以鲁迅对中国现代文学的贡献比任何人都更丰富也更深刻。

首先,他卓越而不间断地创造了中国现代文学多种崭新样式,并一一使其臻于成熟。从1918年的《狂人日记》起,鲁迅在文学上的创造力便一发而不可收。1918年到1926年,他创作的小说(全部收在《呐喊》《彷徨》中)虽说都是短篇(《阿Q正传》也属于短篇格局),一共仅25篇,也偶有不尽如人意者,但绝大多数不仅当时,就是20世纪行将结束之际也仍然显示了高超艺术的无与伦比的典范之作。鲁迅还从中国神话传说中选材并杂取今人今事创作小说,文笔洒脱、想象奇诡、寄托遥深的《故事新编》开了中国传统演史小说的新生面,是现代小说开山之作。创作短篇小说的同时他也撰写了大量随感录。鲁迅还创作了散文诗的不朽之作《野草》和《朝花夕拾》等文字优美、感情淳厚的散文精品,他的六十余首旧体诗词同样表现了过人的文学才能。

其次,鲁迅为中国现代文学奠定了现实战斗精神和现代反抗意识的优秀传统,这是他一生最重要的贡献。鲁迅对文学的执着,不同于清末梁启超等人出于实用需要抬高文学,而是基于觉醒了的现代个人生存意识并结合现代中国文化语境做出的独特选择,旨在解放现实中活生生的个人的思想,真实地传达他们的"心声",从而打破"无声的中国"千年的沉寂,冲开传统和现代"瞒和骗"的语言骗局所遮蔽的奴役关系,在量变文学的语境中发出自己生存的呐喊。他不畏强者的横暴,不仅反抗现实政治的高压,更从根本意义上反抗人类生存的困境。"敢于直面惨淡的人生,敢于正视淋漓的鲜血",体现了可贵的现实战斗精神和现代反抗意识,这是中国现代文学最宝贵的精神内涵。鲁迅的文章真正从"心"发出来,"直说自己所愿意说的话",具有高度及物性,物无遁形,虽属"奴隶的语言",却是起初而强劲的人的呐喊。因为直接传达了现代中国人心中的愿望,自由发挥创造冲动,所以避免了"被描写"的悲惨命运,在经济文化全面弱势中,以文学的孤军诏告中华民族的奋斗与希望。

第一章　从人的觉醒到文的觉醒：文学革命时期文学发展研究

"鲁迅的骨头是最硬的，他没有丝毫的奴颜和媚骨，这是殖民地半殖民地人民最可宝贵的性格。鲁迅是在文化战线上代表全民族的大多数，向着敌人冲锋陷阵的最正确、最勇敢、最坚决、最忠实、最热忱的、空前的民族英雄。鲁迅的方向，就是中华民族新文化的方向。"此外，鲁迅在热情呼唤现代化的同时，从一开始就保持了对现代化的疑虑和警惕，意识到现代化在中国可能产生的各种假象、变体和负面效应，这种充满辩证精神的深刻思想，在五四以后的漫长岁月中，被历史实践一再证明其精辟的预见性和对中国现代化道路久远的指导性。在这个意义上，鲁迅才成为超越了他个体存在意义的、不可替代的"现代文学的灵魂"。

鲁迅的小说虽然限于短篇，但体裁形式和精神内涵远比同时代其他同类作品丰富而深刻，显示了他对中国现代文学的全方位贡献。

1912年的文言短篇《怀旧》就已非同凡响。小说讲述辛亥革命时小镇"芜市"的一场虚惊。以革命为造反、发誓与之不共戴天的塾师"秃先生"和乡绅金耀宗，听到革命的风声后却惶恐失态，千方百计以求自保，但不久即相告平安，仆佣也仍坐阶前树下以"长毛"事谈古如常。小说讽刺辛亥革命的不彻底，为《阿Q正传》的雏形。全篇从村塾学童视角展开，严格采取第一人称叙述，由枯燥的古文转换为高度主观性的现代讽刺小说。

如果说《怀旧》是中国现代小说卓越的先驱，1918年的《狂人日记》则是中国现代文学史上第一篇成功的白话小说，中国文学由此真正跨入现代。日记是传统文人擅长的体裁，鲁迅赋予它以全新的意义。全篇十三段狂人日记，实是精密安排的一篇心理小说，描写狂人对周围人群的警惕猜测，同时借狂人之口抒发作者对中国历史的揭露和颠覆之辞（这些内容在小说中概括地表述为"吃人"）。叙述者即狂人，强调自己不仅时刻有被吃的危险，同时自己也在"吃人的人"之列，他只能向理想中的读者发出忏悔和劝诫，希望"没有吃过人的孩子，或者还有"。《狂人日记》不仅倒转了一切传统价值，还无情揭露了仍在"吃人"的现实，加以对"追害狂"心理惟妙惟肖的模仿，震撼人心之力远超五四时期所有控诉"礼教吃人"的激言，也比80多年前俄国作家果戈理的同名小说"忧愤深广"。《狂人日记》使鲁迅声名鹊起，此后一发而不可收，8年时间连续创作25篇，而且几乎一篇一个样式，在内容、形式两方面为中国现代小说发展奠定了坚实的基础。

鲁迅以现实题材创作的小说除《怀旧》以外全部收入《呐喊》《彷徨》两本小说集，先后于1923年和1926年出版。这些小说依托的历史背景主要是辛亥革命前后中国社会各阶层生活状况，人物有农民、乡绅、农村游民、知识分子和下层官僚,可以说是近现代之交中国社会的一个缩影,主体为农民和知识分子。但他很少报道社会生活的外在情状,而是直指个体内心,探索他们灵魂世界的秘密,以实践早年认定文学须是个体"心声"、须能改变国民灵魂的主张。

鲁迅笔下的人物都带有严重的灵魂病态,甚至根本就无灵魂。他竭力讽刺鞭挞的乡绅官吏,如不许阿Q姓赵的赵太爷,《风波》中听了张勋复辟消息就赶紧跑来恐吓曾经和自己有过冲突的农民的"赵七爷",《祝福》中戴着伪善的假面对女佣进行物质精神掠夺的鲁四老爷……不用说都还不具备"人"的灵魂,就是作者寄予同情的穷苦农民和潦倒的读书人,也各自封闭于不自觉的精神奴役状态,谈不上什么自我意识。

鲁迅小说富于象征和隐喻,它们和具体描写内容密合无间,所以自然、贴切。"狂人"是被庸人社会宣布为疯子的清醒者,象征着晚清至民初所有壮志未酬的先觉善斗之士,是吕纬甫、魏连殳、N先生、夏瑜等知识分子悲剧形象的集合。青年革命者夏瑜的血被制成人血馒头作为医治贫民华小栓的"药";夏瑜被清兵杀害了,华小栓也不治而亡,"药"隐喻着革命者与一般民众精神上的极大隔膜,成为反思辛亥革命的一面镜子。"肥皂"是四铭买给老婆洗去积垢的,结果却洗掉了自己道学先生的假面。和清洁污秽同时相连的"肥皂",象征着假道学外表圣洁而内心龌龊。《药》的华夏两姓合起来隐喻着华夏民族。《狂人日记》不断用各种动物隐喻人未脱"吃人"本性。从来"不去描写风月"的鲁迅开篇一句"今天晚上,很好的月光"就请出月亮,在中国文学传统中月亮是清明澄澈的隐喻,而在西方文学中则是疯狂的隐喻,两者都为《狂人日记》的具体语境所包涵。

在隐含作者和叙述者之间设置距离,由此收到的反讽效果可以深化小说的命意。《孔乙己》《祝福》《狂人日记》的叙述者都被推到隐含作者的对面,和人物一起经受审视。读者通常倾向于叙述者,当叙述者也被审视时,那么对读者的考验就更严峻了。《孔乙己》的叙述者是涉世未深的少年学徒,他也毫无同情心地取笑孔乙己。《祝福》的叙述者是很有同情心的新式知识分子,但当祥林嫂虔诚地问他人死之后有无灵魂时,他却支支吾吾不知所对;他没有想到像祥林嫂这样一无所有的贫苦妇女竟会思考本来应该由他这样的知识分子来思考而事实上他却没有思考的人生根本问题。"狂人"是权威叙述者,但正文前面类似话本小说"楔子"的一段文言文明白告诉读者他已经痊愈,"赴某地候补矣",因此"狂人"喊出的真理乃至最后的"救救孩子"不能不打些折扣。作者即使对他正在刻画的不被人理解的悲剧人物也不愿给予无保留的信任,这正是他的"忧愤深广"。

第一章　从人的觉醒到文的觉醒：文学革命时期文学发展研究

在创作《呐喊》《彷徨》的同时，鲁迅还尝试着搜寻历史材料写小说。这种努力坚持到1935年，共成八篇，以《故事新编》为题于1936年1月出版。最早的《补天》作于1922年，原题《不周山》，系第一版《呐喊》末篇，至《呐喊》第九版被抽出，改名后置于《新编》之首。其他七篇是：《铸剑》（1926年10月），《奔月》（1926年2月），《非攻》（1934年8月），《理水》（1935年11月），《采薇》《出关》《起死》（均作于1935年12月）。《故事新编》贯穿了鲁迅文学生涯的始终，而一月之内赶写四篇以"足成八则"，使其基本成一系统，也可见作者本人的重视。鲁迅在《故事新编》中有意识地整理他长期以来对中国古代思想的独特思考。《补天》《奔月》取材上古神话传说，可说是用艺术家的眼光探索中国精神的源头，其他六篇涉及先秦儒道墨（包括侠）三个主要思想派别，并创造性地将古人今人打成一片，从而历史地审视传统思想在现代的命运。

《故事新编》作为历史小说，虽非"博生文献，言必有据"，但也大多有"旧书上的根据"，并非真的"只取一点因由，随意点染"。之所以为"新秀"，还在于大量搀入今人今事以及不肯轻易流露的作者本人的遭遇和心绪，这一方面是要让读者觉得易懂、有趣，另一方面则是因为作者在古今人事之间确实看到了实质性的相通，所以敢于不管年代地打成一片。无论写古人还是写今人，目的都是要写出中国人普遍的"官魂""学魂""匪魂"和"民魂"，使其以寓言形式历历俱现。《故事新编》是关于中国的一则大寓言，不同于纯粹反映现实或演义历史的小说，它偏重于追求寓言的真实；至于究竟采了哪些旧事，用了哪些今人，倒在其次。作者深信"纵使谁整个地进了小说，如果作者手腕高妙，作品久传的话，读者所见的就只是书中人，和这曾经实有的人倒不相干了——这就是所谓人生有限，而艺术却较为永久的话罢"。因为主要在寓意上着力，挣脱了具体描写的许多牵制，所以用语狂放有如杂文，想象奇诡不让《野草》，加以作者特有的风趣幽默，读之真可令人忘倦。《故事新编》是中国现代历史小说的开山之作，也是这一小说门类中的杰作。

鲁迅著作中，写于1924年至1926年的散文诗集《野草》最为别致，它以简约凝练的诗性话语囊括了复杂深邃的思想情感，这个特点是鲁迅其他作品所没有的。鲁迅自己说过，他的"哲学"就在《野草》里面。《野草》共23篇，连同"题辞"，都本于随时的感触，但无不深思熟虑，灌注了作者全部精神热量，发为文章，也各具形态。

第一篇《秋夜》写下《野草》的基调，低沉、阴郁、奇崛、华丽、桀骜不驯、意气勃发，将鲁迅作品的风格发挥到极致。孤独的灵魂在凉冽浓黑的秋夜独语，固然减少了呐喊于白天人前的明朗激越，却也别有一种粗犷放纵,有如那两棵枣树的枝桠,"默默地铁似的直刺奇怪而高的天空"。因为"难于直说,所以有时措辞就很含糊了",但含糊既为克服"难于直说"的障碍,也就是为了能够"直说"。灵魂的真相有时是只有措辞含糊才能直接明示的,浅白的言说反而不免荏弱。应该保持含糊的权利,一味出语浅白往往意味着放弃了倾诉的自由而迁就流俗的话语规则。

《我的失恋》是模仿东汉张衡《四愁诗》而写的"新打油诗",讽刺当时年轻人中盛行的浅薄麻木的失恋诗,虽系"打油",却满含作者善意而冷峻的嘲讽。

《希望》宣布反抗绝望的人生哲学,认为绝望之为虚妄,充其量也不过与希望之为虚妄相同。如果说无所谓希望,也同样无所谓绝望。立意相似的还有《死火》。《雪》用极富诗意的笔调,追忆雪在江南和北方的不同——"我"喜欢江南的雪,但更赞美如粉、如沙、绝不粘连的"朔方的雪花","那是孤独的雪,是死掉的雨,是雨的精魂"。鲁迅不满中国人因为卑怯取巧而生的"合群的自大",提倡"个人的自大","朔方的雪花"为此设立了壮美的象征。

《风筝》回忆"我"在少年的时候,蛮横地践踏了弟弟心爱的风筝,至今忏悔不已,并且因为弟弟的忘却,这无所告诉的忏悔愈加沉重而且难以摆脱。对加于儿童身上的无论有意或无意的罪过,鲁迅总是耿耿于怀,他深知人类很难洗刷这些罪过,因为受罪的一方也都善于忘却,这才是人类前途最可忧虑者。

《失掉的好地狱》写地狱中的鬼众不堪魔鬼的压迫,羡慕人世,而向人类发出求救的叫唤,于是自称为人的向被称为鬼的宣战,最后驱逐了"魔鬼",取而代之,掌握了主宰地狱的大威权,但"鬼众一样呻吟——至于都不暇记起失掉的好地狱"。

《淡淡的血痕中》及《这样的战士》呼唤与麻木卑怯的"造物主的良民们"不同的"叛逆的猛士"与真正的"战士",他们"看透了造化的把戏",向巧滑的敌人用各种虚伪的面具和堂皇的说辞布置的"无物之阵"举起投枪,往往一击而中。《狗的驳诘》《立论》《死后》《聪明人和傻子和奴才》,讽刺势利贪恋与深入骨髓的奴性。《腊叶》《一觉》,则暗示或明言身边正在发生的事件。这几篇都近于杂感了。

五四以后,白话散文显示了完全不下于文言乃至超过文言散文的成就,但作家们很快对白话散文提出了更高要求,即进一步锻炼它的表现形式以期达到诗的境界,于是就有了"散文诗"的提倡。散文诗是散文和诗的结合,即保持散文的骨骼,适当吸收诗歌在语言运用和意象创造上的手法,既有散文的从容、畅达,又具诗的深邃、凝练。新文学很早就有散文诗

第一章 从人的觉醒到文的觉醒：文学革命时期文学发展研究

的自觉,但将这种文学形式推向极致的是《野草》。《野草》被称为散文诗,就因为大部分篇章都是铿锵有力的格言警句,是朗朗上口、具有内在韵律的严整灿烂的诗行。《野草》不是西方现代文学的翻版,也并非中国传统文学简单的化妆演出,它集中体现了鲁迅作为一个文学家独立创造的精神气魄。《野草》中"我"的形象或许更多以碎片状呈现出来,不及缝合为整体,但它所体现的排除一切阻挠的冲撞意志,在似乎无路的地方走出路的反抗绝望的生命哲学,独自与黑暗周旋、敢于直面生存真相的勇气,以及艺术形式上的大胆探索,语言的"洁癖",都渗透于鲁迅的全部作品。

在鲁迅的文学生涯中,杂文的地位举足轻重。1925年第二本小说集《彷徨》出版后,他的主要精力即倾注于杂文。鲁迅杂文都是编年出版的,或数年一本,或一年数本,计有18种之多。在杂文中,他找到了更加无羁地发挥才华的理想形式。鲁迅杂文最早可追溯到日本留学时用文言写的《文化偏至论》《摩罗诗力说》《破恶声论》等长篇论文。这些论文表明他已经摆脱清末文坛盛行一时的梁启超、严复文风的影响,开始亲近章太炎的文章格调,即崇尚魏晋的"清峻""通脱",简古的文言杂糅少量新鲜白话,依托深广的历史文化背景畅论时事,"取今复古",随意挥洒,突出思想的主观性和讽刺论辩色彩,结合抽象议论,常有生动直接的刻画。这是鲁迅开始形成自己文章路数的关键时期,后来杂文关心的问题和运用的手法此时已多有表露。1926年,鲁迅将这些论文收进第一本杂文集《坟》,它们显然都被包含在杂文的概念里。

1918年,鲁迅写《狂人日记》的同时在《新青年》"随感录"栏用现代白话文正式开始杂文创作。"随感录"由《新青年》编者拟定,有陈独秀、钱玄同、周作人等参与,表述典型的五四立场,反抗传统,破坏偶像,鼓吹进化科学民主和个性解放,或直接立论,或选取某个对立面加以无情狙击,短小精悍,不拘形式。鲁迅的"随感录"全部收在第二本杂文集《热风》里。傅斯年比较鲁迅和其他作者的文章,认为一主"内涵"一主"外发",强调鲁迅遵从个体心灵的召唤,只求在"懂得的人的头脑里留下一点痕迹"。"内涵"并非"含蓄",鲁迅杂文激烈的情绪宣泄、生动的形象刻画、简洁迅猛的格言警句,一点也不含蓄。他的"随感录"不同于那种从既定观点出发推演开来的"外发"文章,因为其中包含着不常见的成熟的中年人的深沉激越的识力与情感,语言始终向着心灵深处回旋集聚。鲁迅即使面对大众启蒙,也比别的作家更能守住自我的内心,"它已经不是那可歌可泣的青年时代的感伤的奔放,乃是舟子在人生的航海里饱尝了忧患之后的叹息,发出来非常之微,同时发出来的地方非常之深"。他早年希望中国出现敢于"自别异""虽天下皆唱而不与之和"的个体"心声",用意在此,这是鲁迅创作中的真正现代性因素。

鲁迅杂文在思想发展的不同时期也有相应变化。第一时期大致在1918年至1924年间,即《热风》和《坟》的一部分属于早期,带着五四初期热忱健朗的特点,但个性气质(比如"内涵")已相当显著。第二时期在1925年至1929年间,鲁迅出北京,经厦门,转广州,后定居上海,生活动荡,思想也极纷杂。先是因"女师大风潮"和"三一八惨案"而和"正人君子之流"决裂,在"革命策源地"广州则遇到国民党疯狂屠杀共产党和进步青年,到上海又遭本以为可以联合起来造成统一战线的"创造社""太阳社"诸人以"革命文学"和"无产阶级意识"为名对他的围攻。他越来越孤立,也越来越倔强。告别了北方分崩离析的新文化运动阵营,不再有"呐喊"初期对内心怀疑意识的自觉压抑,开始真诚而严厉地"戳破新盒子而露出里面所藏的旧物",积极反思新文化运动自身的问题。

1928年,鲁迅和进步青年文学家们之间的论争,在中国现代文化史上具有深远意义。这是一个成熟的文学家以其固执的文学观和代表中国现代整体化要求的意识形态制造者作殊死较量。表面上鲁迅屈服了,但他其实是以屈服的姿态战胜了论敌。这当然不是指那些不可一世的青年因为种种理由拜他为师,而是指他最终并没有放弃对文学的固执;他只是让自己的文学立场经过痛苦的煎熬,承受住了意识形态的要求,在新的文化语境中继续争取一席之地。他不仅和新旧两面作战,在批判别人的同时也无情地解剖自己。这一时期的杂文包括《华盖集》及其"续编"、《而已集》和《三闲集》,每年数量不多,但包含了剧烈而丰富的思想挣扎。其中有"泛论一般",但更喜欢"执滞在几件小事情上",锋芒直指身边切近的现实,但也追求批判的广度和深度,以及笔法的参差变化,并不真的为"小事情"所限。

1930年至1934年,鲁迅在上海过着相对安定的生活,结束了和革命文学阵营的冲突,大量译介马克思主义文艺论著,以左翼文学领袖的身份与各种故作超然闲适的颓废骑墙派("京派文学""小品文""幽默""第三种人""为艺术而艺术")或依附国民党政府的"民族主义文学"进行不妥协的抗争,继续批评"国民劣根性",批评包括左翼在内的各种堕落、伪诈与激进幼稚病。除继续探索杂文笔法的多样化,这一时期他还引入了议论形式,但也保留着必要的含混与沉默,创作了包括《二心集》《伪自由书》《准风月谈》《花边文学》等杂文。

1934年至1936年,是鲁迅杂文创作的后期,这一时期的创作包括《且介亭杂文》《且介亭杂文二集》《且介亭杂文末编》和"附集"。这时出现了许多新气象:一是长文明显增多,似乎很想系统整理对中国历史和现实的研究;二是不仅以古鉴今,也以今鉴古,即把现实问题的观察转换为对更大范围的历史问题的思考;三是坚定的信念和独特的见地(包括对日益迫近的"死"的逼视),至多流泻于从容的陈述;四是对国民性问题的思考,因为放眼历史并强调"地底下"即过去为正史不载的民间与内心的真实,显出更多乐观昂扬的调子。

鲁迅杂文的前后发展并非线性进化,而是有深化,有交叉,有延续,变中含有不变的因素和可以寻求的线索。不同时期的特点是相对的,是其他时期某种潜在因素的强化或偏重。中国自秦汉以至晚清,文人凡有述作都旨在"代圣人立言",不复有先秦之所谓"经"。

中国古人往往把"经"理解为一成不变的权威,或超乎凡人的圣人之所造作,其实经典之所以为经典,并不在其玄学的先验权威,而是因为它全面深刻地总结了一个民族的生活、历史经验,反映了一个民族命运的本质。经典是发展的,又是凡俗的。鲁迅杂文全面而深刻地反映了现代中国人痛苦地忍受挣扎与热情地寻求创造相交织的心灵轨迹,称得上是经纬现代中国人思想生活的大典。

第四节 散文领域的关怀与爱

中国现代散文的革新起始于晚清文学革命。梁启超倡导"条理明晰"的"报章体",但由于强大的古代散文写作传统,使现代散文与古典散文之间的联系更为紧密。五四时期的作家都受过传统的读古书的教育,对古代散文有基本的素养,这是散文获得成功的一个重要原因。散文创作不仅文体丰富多彩,风格流派各领风骚,而且题材范围非常广,尤其是散发着关怀与爱的美文大行其道,尤以周作人、冰心和朱自清的创作为佳。本节主要对他们的散文创作进行分析。

一、周作人的散文创作

周作人(1885—1967),原名槐寿,又名遐寿,字岂明,号起孟,又号知堂,浙江绍兴人。早年留学日本时,和其兄鲁迅(周树人)试图创办文学刊物《新生》,合译《域外小说集》。五四运动前后在北京大学、北京女子师范大学等校任文科教授。在新文化运动中,积极响应文学革命,相继发表了《人的文学》《平民文学》等重要论文,鲜明地提出了"人的文学"的主张,对中国新文学的理论建设发挥了积极的作用,成为新文化运动和文学革命初期影响卓著的代表人物之一。

1919年初,周作人开始在《新青年》上发表《小河》《画家》等白话新诗,运用平白自然的口语,全然摆脱旧诗词格律、音节的束缚,以轻盈之笔、冲淡之风抒写对人生问题的思考,在新诗开创时期产生过积极影响。周作人是文学研究会的发起人之一和语丝社的主要成员。

周作人对中国新文学的贡献主要在散文方面。他在散文小品的理论倡导和创作实践上均做出了重要贡献。1921年6月8日,周作人在《晨报副刊》上发表《美文》一文,最早从西方引入"美文"的概念,提倡多写"艺术性"的"叙事""抒情"散文,从理论上为这一文体确立了地位。以后,他又积极提倡"言志"的小品文,强调散文要以自我为中心,要"在文艺里理解别人的心情,在文艺里找出自己的心情"。出版有散文集《自己的园地》《雨天的书》《泽泻集》《谈龙集》《谈虎集》《永日集》《看云集》《夜抄谈》《苦茶随笔》《苦竹杂记》《风雨谈》《瓜豆集》《秉烛谈》等。

郁达夫曾说:"中国现代散文的成绩,以鲁迅、周作人两人的为最丰富、最伟大,我平时的偏嗜,亦以此二人的散文为最所溺爱""周作人的文体,又来得舒徐自在,信笔所至,初看似乎散漫支离,过于烦琐!但仔细一读,却觉得他的漫谈,句句含有分量,一篇之中,少一句就不对,一句之中,易一字也不可,读完之后,还想翻转来从头再读的。当然这是指他从前的散文而说,近几年来,一变而为苦涩苍老,炉火纯青,归入古雅遒劲的一途了。"郁达夫的评价道出了周作人散文特有的神韵。

周作人的散文大体上可以分为"浮躁凌厉"和"冲淡平和"两种类型。周作人曾说自己是"叛徒"与"隐士"的合身(《泽泻集·序》),"叛徒"是指与旧社会、旧文化、旧传统、旧思想相叛逆的人,"隐士"则是指回避社会矛盾、追求闲适生活的人。周作人还称自己的文章是"两个鬼的文章":"流氓鬼"和"绅士鬼","我对于二者都有点舍不得,我爱绅士的态度与流氓的精神"(《谈虎集·两个鬼》)。所谓"流氓鬼"的文章,是指五四前后及19世纪20年代偏重时事批评的散文。这类散文针砭时弊、讽喻现实,文风"浮躁凌厉",有寸铁杀人的锋芒,如《碰上》《前门遇马队》等斥责了军阀政府对爱国运动的武力镇压,《沉默》用反语嘲讽了封建军阀对言论自由的摧残。所谓"绅士鬼"的文章,是指另外一种文人味很浓的小品文。这类散文大多从英国随笔、明末公安派"言志"小品文和日本的俳文中吸取养料,纵论文史,描摹风物,探寻人情物理,讲求趣味,文风"冲淡平和"、雍容闲适。这一类散文显示了周作人的美学追求,也是他对现代文学的独特贡献。代表作品有《故乡的野菜》《乌篷船》《喝茶》《北京的

第一章　从人的觉醒到文的觉醒：文学革命时期文学发展研究

茶食》《初恋》《苍蝇》《鸟声》等。

周作人的小品文意蕴深刻，其思想价值不仅在于其知识性、趣味性，更在于其中蕴涵的对人性本质的揭示，对整个人类命运的深切关注，而具有这种人文关怀意味的思想内涵，又是从作者那些看起来随意而谈的叙述中体现出来的。周作人笔下的"苍蝇""野菜""苦雨""乌篷船"之类的叙述，折射着人性、人生、社会乃至宇宙的"大关怀"，实践了作者关于"人的文学"的理论主张。

《苦雨》是作者的传世之作。作品运用具有"私人化"的"书信体"，开篇写作者年少时的"喜雨"："卧在乌篷船里，静听打篷的雨声""一叶扁舟在白鹅似的波浪中滚过大树港，危险极也愉快极了"的豪情，以及"胡坐骡车中，在大漠之上，大雨之下……悠然进行"的快感，这些曾有的人生体验带给作者的是非常美好的回忆。在一连串"佳趣""风趣""愉快""亲近""悠然""快哉"等表达"喜雨"的词汇之后，第一次点出"苦"字。这种"苦"在于现实中的雨两次冲垮宅院的围墙，给"梁上君子"以可乘之机；夜里单调的雨声总是搅扰清梦；雨后被淹的书房书籍被泡湿，潮湿的空气弥漫着一股臭味。"苦雨"展示了现实的逼仄，令人困窘。紧接着，作者笔锋一转，写到苦雨中的"两种人"——孩子和蛤蟆最喜雨。孩子惬意地玩水，竟引起成人的童心；蛤蟆在雨后十几声、二十几声地叫着，"喜欢极了！"这种将人类与动物置于平等的叙述空间的方式，是基于作者的一种物我无间的体验，也从另外一个角度体现了作者的人道主义思想。全文以散淡的笔调抒写"喜雨"—"苦雨"—"喜雨"的种种情形，从年少时浪漫的经历继而转移到现实之苦，再苦中作乐，细细体味物我无间的快乐，这种充满人文关怀的篇章在周作人的小品文中俯拾即是。

周作人小品文的艺术价值在于他打破了散文的原有的固定模式，以含蓄的抒情态度、闲谈式的章法、简洁老练的语言、旁征博引的叙述方式体现出自由、大气的散文创作风格。

第一，从散文的抒情方式来看，周作人的散文往往引而不发，对社会世事多保持克制态度，情感含蓄，往往以恬淡、从容的态度代替喜怒哀乐。他这种雍容、闲适、遇事不惊的状态，正是周作人极其崇尚的做人气度和人生境界。因此，其小品文多将痛苦、愤怒、眷恋、哀愁及孤独等情感有意淡化和内化。

第二，从散文的笔法来看，周作人的小品文在写法上是较为松散的，基本笔法是一种"闲谈"式的，就像拉家常一样，随想随写，想到哪儿就写到哪儿。但是这种"闲谈"式笔法并不是漫无边际的闲扯，而是由内在的情致贯串起来的。《乌篷船》的叙述方式就生动地体现了这一特点，这一散文名篇也是用书信体写成的。作者以谈天说地的"闲谈"章法来展开全文。文章开头,作者就提到故乡一种"有趣的东西"——船,船分白篷航船和乌篷船,以乌篷船最常见。接着作者细细描述了乌篷船的分类、特点。一番描述之后,作者笔锋一转,讲到坐船出行的种种妙处。作者所写乘船出行的种种有趣之处体现着丰富的生活情趣,并贯穿着作者对故乡浓郁的眷念之情。这种从容不迫的闲谈笔调和文章舒缓、松弛的整体结构配合着文中抒写的平静生活,极富吸引力。我们常常能从这些"闲谈"之中领悟到生活所具有的澄澈明净,生命所具有的沉静及鲜活。"闲谈"章法的内涵非常深远,这正是周作人"闲谈"式笔法的功力所在。

第三,从散文的语言来看,简洁老练是周作人小品文语言上的最大特色。在小品文剖析中,尽管周作人"思接千载",但他却惜墨如金。他的小品文绝大多数都很短,一般只在千字以内,而且是句句安排得当,字字恰到好处,体现出一种既简洁明快,又古朴凝重的文风。

第四,旁征博引是周作人散文的又一个显著特色。周作人善于在旁征博引中自然而然地引出丰富的知识,显示出作者知识的广博、学养的深厚。他对自己的所见所闻、所思、所想的抒写,博古通今,海阔天空,给人以天下家国、现实人生、风土人情、文化艺术等方面的知识滋养。周作人小品文有大量引文,其引文多来自童谣俚语、传说故事、诗词俳文、文献史实、知名著译等,种类繁多,不一而足。这些引文或用来引起话题,或作为主题依据,或暗示散文的思想,在叙事说理的同时,大大地增强了散文的知识性与趣味性,使读者获得精神上的滋养和愉悦。

二、冰心的散文创作

冰心(1900—1999),原名谢婉莹,福建长乐人。1900年出生于一个北洋水师的军官家庭。1914年,冰心进入教会学校——北京贝满女子中学,潜隐地形成了自己的"爱的哲学"。1918年,她考入北京协和女子大学学习。五四运动爆发时,冰心积极地参加了学生运动。1919年,冰心以处女作《两个家庭》在文坛崭露头角,接着又发表《斯人独憔悴》《去国》等"问题小说",受到读者欢迎。

1921年,冰心参加文学研究会,努力实践"为人生"的艺术主张,集中创作以社会、家庭、母爱、童心为主题的小说、诗歌和散文,成为新文学最早享有盛名的女作家。1923年初夏,冰心以优异成绩获得燕京大学"金钥匙"奖和美国威尔斯利女子大学奖学金。同年8月,搭乘"杰克逊"号邮船赴美国留学,专事文学研究并进行文学创作。1926年,冰心由美国

第一章 从人的觉醒到文的觉醒：文学革命时期文学发展研究

回国,先后在燕京大学、清华大学任教。冰心自己曾说:"散文是我所最喜爱的文学形式"(《冰心论创作·关于散文》),又说:"我知道我的笔力,宜散文而不宜诗"(《冰心全集·自序》)。就全部创作来说,冰心的散文创作成就要高于小说和诗歌。冰心是现代叙事抒情散文的重要奠基者。

冰心的第一篇白话散文是发表于1921年1月第12卷第1号《小说月报》上的《笑》,曾被称为新文学运动中"最初的美文"。在现代散文小品史上,《笑》具有开拓性的意义,它破除了封建复古派们认为白话不能作"美文"的谬论,之后《往事》《寄小读者》等一系列散文的创作,突出了冰心散文创作的艺术才华,奠定了冰心在我国现代散文创作中的地位。

《寄小读者》是冰心赴美留学期间,写给国内小朋友的29封书信的结集,1927年由北新书局出版。集中散文描绘旅途奇异的风光,倾诉对祖国、对故土的思恋之情,对慈母亲友的眷念之心,以及对小朋友的希望与鼓励。这是冰心早年献给小朋友的礼物,也是我国现代文学史上较早的并且产生了广泛影响的儿童文学作品集。散文集《往事》通过回忆生命历史中的几页图画,抒发在异国思乡恋母之情,其中的《南归》,凄切动人,表达了对母亲的深深怀恋和挚爱,是现代文学史上难得的长篇抒情散文。

冰心试图通过她对自然、社会、家庭、人生诸问题的认真思索,寻求解决之道。她赞颂泰戈尔人与自然融合的理想,试图用"无限的生"来解决社会问题,认为英雄霸业、杀伐征战都是暂时和虚幻的,唯有人间的爱以及人对自然万物的爱才是永恒的;她从泛神论中获得自然界和谐共存的感悟,试图以爱与同情来疗救人间的种种不幸,倡导"人类呵!相爱罢,我们都是长行的旅客,向着同一的归宿"(《繁星·十二》)。

冰心的"爱的哲学"是在母爱、儿童之爱、自然之爱这几种多重奏中奏响的。在散文中,"母爱"是最重要的主题之一。她几乎穷尽一切她能表达的方式来讴歌母爱。她咏叹:"母亲啊,你是荷叶,我是红莲;心中的雨点来了,除了你,谁是我在无遮拦天空下的荫蔽?"(《往事七》)"母爱"对冰心来说,不仅关乎人伦亲情,还是爱的哲思升华后人间爱的典范与人际和谐的最强韧的精神纽带。

在《寄小读者》中,作者对母爱做了最撼动心灵的刻画:"这是如何可惊喜的事,从母亲口中,逐渐地发现了,完成了我自己!她从最初已知道我,认识我,喜爱我,在我不知道不承认世界上有个我的时候,她已爱了我了。我从三岁上,才慢慢地在宇宙中寻找到了自己,爱了自己,认识了自己;然而我所知道的自己,不过是母亲意念中的百分之一、千万分之一。……有一次,幼小的我,忽然走到母亲面前,仰着脸问:'妈妈,你到底为什么爱我?'母亲放下针线,用她的面颊,抵住我的前额,温柔地,不迟疑地说:'不为什么——只因你是我的女儿!'……天上的星辰,骤雨般落在大海上,嗤嗤繁响。海波如山一般的汹涌,一切楼层都在地上旋转,天如同一张蓝纸卷了起来。树叶子满空飞舞,鸟儿归巢,走兽躲到它的洞穴。万象纷乱中,只要我能寻到她,投到她的怀里……天地一切都信她!她对于我的爱,不因万物毁灭而更变!"这份深沉的母爱滋养了一个更懂爱的心灵,在爱的包孕之下,冰心延伸出了她对儿童、自然的爱。

所谓"冰心体",更主要的是指冰心散文的美学特质。其中,体现在其语言、意境、抒情方式等方面。冰心散文的语言新旧杂糅,文笔雅隽秀逸。她善于将白话、文言、西语调和起来,融合成为典雅、明丽、凝练的散文语言,这种既有文言文的蕴藉凝练,又有白话文的纯净晓畅的语句,成为冰心的标志性语言,成为现代文学语言的典范,如《寄小读者·通讯七》就充分显示了冰心作为女作家的细腻委婉、清新俊秀的文笔。在对海景的描写中,她细致地写出了海水平静而富于变化的色彩,或"蓝极",或"绿极",在"斜阳的金光下,海水又呈现出"浅红""深翠";船前的水波变幻无穷,时而"一层层,一片片漾开了来",时而"海平如镜",静中有动,动中有静,绚丽多彩,美妙异常。

在意境上,冰心散文立意新颖、构思灵巧,善于将平凡的生活现象提炼、凝聚成含义深邃、生动感人的形象图画,笔法委婉细腻,引起读者无限的情思和兴味。在抒情方式上,冰心生性敏感,内心细腻,是一生富有丰富情感的女作家,因此,温柔、深挚、细腻构成了冰心散文独特的抒情风格。她在《寄小读者》中反复抒写母爱和童真之情,母女之间的脉脉深情和童年生活的甜蜜回忆本身就含着温柔、深挚的感情色彩,再加上作者温柔重情的性格感染,纤丽笔墨的点化,使她的作品更加动人、柔媚。

三、朱自清的散文创作

朱自清(1898—1948),字佩弦,浙江绍兴人,生于江苏东海,因随父定居扬州,故自称扬州人。1916年中学毕业,考入北京大学预科班,1917年考入本科哲学系。1919年加入新潮社,以新战士的姿态进入五四新文学阵营。1920年大学毕业,在江浙一带各中学任教5年。1921年参加文学研究会。1922年1月与俞平伯、叶绍钧、刘延陵等创办五四以来最早的诗刊——《诗》月刊。其早期诗作分别收入与俞平伯、郑振铎、叶绍钧等6人合印的诗集《雪朝》和自己的诗文集《踪迹》中。

1922年写成的长篇抒情诗《毁灭》,通过盘旋回荡的律调,曲折顿挫地抒写了五四运动落潮时期进步知识分子思想上的矛盾、苦闷和新的探

第一章 从人的觉醒到文的觉醒：文学革命时期文学发展研究

索,抒情性十分浓厚,语言也显得自然、圆熟,构思上明显地受《离骚》的影响。全诗深沉蕴藉,无论在意境上和技巧上都超过了当时一般诗歌的水平,显示出较深的功力。

1925年,朱自清任清华大学中文系教授,创作开始转向散文,同时也开始了学者生活。1928年出版散文集《背影》,使他成为著名的散文家。1931年留学英国专攻语言学,游历欧洲其他国家,回国后继任清华大学中文系教授,并兼任系主任。1934年出版散文集《欧洲杂记》。1936年出版散文集《你我》。抗战爆发后,任西南联大教授。1946年,民主人士李公朴、闻一多相继被暗杀后,朱自清成为与国民党当局势不两立的民主斗士。1948年8月病逝于北京。

朱自清的散文创作大体可分为前后两个时期。19世纪20年代中期至1937年抗日战争爆发前为前期,以叙事抒情散文为主;抗战爆发至辞世前的10年,为朱自清散文创作的后期,以杂文为主。其前后期散文风格的发展与变化,与朱自清自身心路历程的变化是密切相关的。

朱自清自幼饱受传统文化熏染,形成了他温和庄重、内敛克己、真诚朴素的个性。加之五四大潮的洗礼、新思想的启迪,朱自清以他的文学创作面向人生,关注社会与人生的真实本质,以自身对当时社会的深切关注写下了一些鞭辟入里、激情荡漾的文字。《执政府大屠杀记》揭露军阀屠戮爱国民众的血腥暴行,是批判"三一八"惨案的散文名篇;《白种人——上帝的骄子》写在自己国家的电车头等车厢里,受西洋小孩凶恶目光的逼视而生的屈辱和愤怒;《生命的价格——七毛钱》《阿河》写了农村底层儿童和妇女普遍的非人的"人生":被低价贩卖和转卖,甚至低廉到七毛钱便可买一个天真女童。从这些篇章里,可以清楚地看到作者作为一个正直的知识分子所具有的正义感。

朱自清数量较多影响最大的是描绘大自然景致的散文。这类散文以写景抒情为主,通过眼前的景物联系到自身内心的种种人生感受,其间总是寄寓着作者的人生态度。脍炙人口的名篇主要有《荷塘月色》《桨声灯影里的秦淮河》《绿》《春》等。例如,《桨声灯影里的秦淮河》的魅力,不只在它所描写的秦淮河的桨声、灯影、薄霭和微漪,更在于它让清游中的作者感受到了寂寞。文章结尾用繁笔抒写了游后船里满载的惆怅和心里充满的幻灭的情思。繁华的景象留给作者的是哀愁,而这哀愁又来自于对繁华背后的不幸人生的同情。

《荷塘月色》表达了作者内心的"颇不平静":作者渴望与政治保持距离,维护知识分子的相对独立,但面对当时动荡不安的时局,作为一代自由主义知识分子却面临艰难的抉择。在某种意义上,"荷塘月色"的宁静安详正是朱自清的精神避难所,《荷塘月色》中隐曲地表现了作者自己的精神世界。

朱自清的叙事抒情散文也别具一格。《背影》《给亡妇》《儿女》等名篇,娓娓叙述父子、夫妇、家人间的深厚情感,以具体可感的形象表达了作者的情感。写于1925年的《背影》,是这一散文类型的代表。《背影》通过描述父亲为儿子送行及相关的细节,将父子之情表现得细微自然,既凸显了拳拳父爱,也表达了真挚的思父之情,两种情感交相辉映,生动感人。这篇作品是作者经历岁月流逝后记忆的沉淀,蕴涵着作者对社会人生的深切体验和思考。

《给亡妇》一文,诚实、尽情地抒发了一个普通丈夫对亡妻的真挚淳朴的悼念之情。作品通过娓娓的叙事,尤其是一系列的生活细节,细细诉说亡妻12年来含辛茹苦养育儿女、体贴自己的历历往事,表达自己对亡妻关心、体贴不够的歉疚。作者没有晕饰,没有渲染,而是一一细诉,平白道来,一层一层地铺陈开去,使读者深切地感受到一波真情潮水的冲击。

作为现代散文大家,朱自清的散文具有极高的艺术价值,朱自清的散文是公认的现代散文和现代汉语的楷模。

首先,朱自清的散文语言自然、亲切、漂亮,别具质朴之美,构思精巧而又缜密。朱自清的散文语言富有节奏感、韵律美,善用长短句的巧妙搭配,读来错落有致,朗朗上口,如《荷塘月色》中的名句:"曲曲折折的荷塘上面,弥望的是田田的叶子。叶子出水很高,像亭亭的舞女的裙。层层的叶子中间,零星地点缀着些白花,有袅娜地开着的,有羞涩地打着朵儿的;正如一粒粒的明珠,又如碧天里的星星,又如刚出浴的美人。"这一段文字就带给人视觉美:一幅恬淡、朦胧的图画,读来抑扬顿挫、高低错落,又给人以听觉美的享受。朱自清善用比喻,比喻中暗藏通感、拟人等手法,准确贴切而又活泼新奇,极富创造力。《荷塘月色》中"微风过处,送来缕缕清香,仿佛远处高楼上渺茫的歌声似的""塘中的月色并不均匀;但光与影有着和谐的旋律,如梵婀玲上奏着的名曲"等通感的运用令人叫绝。作者还善于集赋、比、兴各种手法于一体,起承转合之中,含义隽永。例如,《春》中的一段关于春天景象的描写就是典型的"赋"的铺陈手法,是三者有机的结合:"桃树、杏树、梨树,你不让我,我不让你,都开满了花赶趟儿。红的像火,粉的像霞,白的像雪。花里带着甜味,闭了眼,树上仿佛已经满是桃儿、杏儿、梨儿!花下成千成百的蜜蜂嗡嗡地闹着,大小的蝴蝶飞来飞去。野花遍地是:杂样儿,有名字的,没名字的,散在草丛里,像眼睛,像晨星,还眨呀眨的。"

其次,追求口语化的整体风格和朴实自然的文风,即具有一种"谈话风"。1929年8月,在《说话》一文中,朱自清首次提倡"用笔如舌"和"以说话论"的文风。他自觉地以口语为基础进行创作,根据表情达意的需要,适度吸收与糅合富有生命力和表现力的文言成分和西欧语言的某些表达方式。朱自清的"谈话风"散文念起来十分上口,有现代口语的韵味,明白如话,深入浅出。例如,《背影》中对父亲背影的刻画宛如在对你轻轻地讲述:"我看见他戴着黑布小帽,穿着黑布大马褂,深青布棉袍,蹒跚地走到铁道边,慢慢探身下去,尚不大难。可是他穿过铁道,要爬上那边月台,就不容易了。他用两手攀着上面,两腿再向上缩;他肥胖的身子向左微倾,显出努力的样子。"此处的娓娓道来配合着作者含蓄节制的抒情方式,形成内敛、恬淡的风格。朱自清把古典与现代、文言与口语、情意与哲理、义理与辞章,结合到了近于完美的境地。

第五节 诗歌艺术的多元化

初期白话诗发展的背景是:第一,由于草创可资借鉴的思想艺术资源不多;第二,草创时期的诗人深受古典文学的熏陶与训练。因此,草创诗歌的许多现象都可以由这样的背景加以解释。前者造成了新诗作品思想艺术的粗疏,后者造成了新诗作品的古典化以及较快的成熟。1917年2月,胡适在《新青年》上率先发布《白话诗八首》,标志着新诗创作正式登上舞台。在这一时期,涌现出很多著名的诗人,创作出大量优秀的诗歌。其中,贡献比较突出的有郭沫若、闻一多两位诗人。下面就针对这两位诗人的诗歌创作展开研究与分析。

一、郭沫若的诗歌创作

郭沫若(1892—1978),四川乐山人,原名郭开贞,"沫若"是他1919年开始发表新诗时所用的笔名。他自小就受到了良好的教育,在家就诵读《诗经》《唐诗三百首》等;进入中学后更是广泛涉猎了中国古典文学和"林译小说"。1913年底,怀抱富国强兵理想的郭沫若东渡日本留学,广泛接触了屠格涅夫、托尔斯泰、高尔基、泰戈尔、惠特曼、歌德、海涅、雪莱等世界著名作家的作品。1919年五四运动爆发后,他的反抗斗争的热情日益高涨,也开始了积极的文学创作,尤其是诗歌的创作。从1919年下半年到1920年上半年,他创作了大量艺术成就较高的诗歌,后结集为

《女神》出版，在诗坛引起了广泛关注。

1921年7月，郭沫若和成仿吾、郁达夫等在日本组织成立了创造社，并先后创办并出版了《创造季刊》《创造周报》《创造日》等多种刊物。1923年，郭沫若从日本回到国内，并开始专门从事文学活动，先后出版了《星空》《瓶》《前茅》三部诗集。在大革命失败后，他开始积极倡导无产阶级革命文学，并创作了中国第一部无产阶级诗集《恢复》。从1928年2月下旬开始，郭沫若被迫流亡日本十年。1937年抗日战争爆发后，他回国组织和团结国统区的文化工作者参加抗战宣传工作，并坚持文学创作，先后发表了诗集《战声集》以及历史剧《棠棣之花》《屈原》《护符》《高渐离》《南冠草》《孔雀胆》等，在社会上产生了广泛影响。抗日战争胜利后，郭沫若又积极参加了解放战争，并发表了诗集《蜩螗集》。中华人民共和国成立后，他的文学创作和著述仍不断有新的成果，出版了《新华颂》《百花齐放》等五部诗集以及《蔡文姬》《武则天》等多部历史剧。1978年6月12日，郭沫若因病长期医治无效在北京逝世，终年86岁。

在中国现代诗歌史上，郭沫若及其诗歌创作占据着十分重要的地位，而确立郭沫若在我国现代文学史上卓越地位的正是他于1921年8月出版的新诗集《女神》，该诗集开创了一代诗风，对我国诗歌运动产生了极大的影响。

《女神》包括序诗在内共有57首诗，分为三辑。第一辑包括《女神之再生》《湘累》《棠棣之花》3部诗剧；第二辑包括《凤凰涅槃》《天狗》《匪徒颂》等30首诗歌，是诗集的主体部分；第三辑包括《死的诱惑》《日暮的婚筵》等23首诗歌。其中，最著名的有《女神之再生》《湘累》《凤凰涅槃》《天狗》。

《女神之再生》以共工之战和女娲补天的神话为题材，表达出彻底破坏旧物和大胆创造新物的主题，同时又包含着控诉军阀混战的内涵。根据作者的最初意图，该诗意在象征中国南北战争，其中共工和颛顼分别是南方和北方的象征，并企图在二者之外建设理想世界——美的中国。

《湘累》取材于屈原遭奸人陷害，被迫流亡在洞庭湘水之地的悲情故事。五四时期是人的觉醒时期，任何压抑人性的桎梏必然受到个性主义者的反抗。屈原出场时，"颜色憔悴，形容枯槁"，在与其姐女媭和老渔翁对话中抒发个性受压抑和政治上受迫害的悲愤抑郁之情。同时，诗人还将神话题材和意象穿插于历史题材和诗意的表达中，将舜二妃女英和娥皇殉情而亡的情爱悲剧，与屈原的悲剧相联系，创造出一种更为幽深的悲哀色彩。

这种悲怀之情是屈原自由的意志和个性受到极端压制的表现。屈原

第一章　从人的觉醒到文的觉醒：文学革命时期文学发展研究

贤德高洁，却遭遇不幸，令人深感痛惜，这正是悲剧的感人之处，"悲剧将人生的有价值的东西毁灭给人看"。被毁灭的是具有自由独立的个性的人的命运，它唤起的又恰恰是人性中这种最为可贵的精神力量。

《女神》以全新的内容和形式开一代诗风，反映了五四时代精神。五四时代精神是一种破旧立新的狂飙突进精神，是民族觉醒的反帝爱国精神。《女神》正是充分表现了对一切旧秩序、旧传统、旧礼教的彻底否定，表达出了创造与光明、民主与进步的狂飙突进精神，热烈地抒发了爱国情思，具体主要表现在以下几方面。

首先，具有反抗、叛逆与创造精神。与爱国主义相融合，对旧世界、旧中国及一切旧事物、旧礼教进行破坏、反抗、叛逆，进而创造新世界的精神，是《女神》的主要精神。

其次，具有强烈而深厚的爱国主义思想。对旧中国的憎恨与反抗，对理想中的新生中国的热爱，为新生祖国献身，是爱国主义的主要内容。《女神》中的每首诗几乎都震荡着爱国主义的旋律。

再次，自由与个性解放的强烈要求。在《女神》中，诗人把泛神论和个性解放思想融合起来极力歌颂富有叛逆精神的"自我"形象，显示"巨我"的超人力量。例如《我是个偶像崇拜者》中的"我"具有破坏一切、创造一切的火山爆发式的力量。这个"我"崇拜太阳、山岳、海洋、水、火、生、死等一切巨大的存在，即崇拜一切偶像。但当这一切偶像阻碍"我"的发展、"我"的意志的时候，"我"只崇拜"偶像破坏者"，也就是崇拜"我"自己。

最后，体现了对工农大众的尊重和热爱之情。《女神》也表明了诗人对祖国建设者的重视。在《地球、我的母亲！》一诗中，诗人将"田地里的农人"赞美为"全人类的保姆"，将"炭坑里的工人"赞美为"全人类的Prometheus"，并表示"我要强健我的灵魂，用来报答你的深恩"，从而淋漓尽致地表达出自己对工农大众的热爱和崇敬之情。

在艺术特色上，《女神》作为一部浪漫主义诗集，一方面，大量运用奇特的想象与大胆夸张。《女神》的题材广泛而丰富，包括神话传说、历史典故、高山大川、日月星辰、名胜古迹等，想象奇特，大胆怪诞，充分地表现了《女神》所要传达的时代精神。另一方面，《女神》在诗歌形式上，追求"绝对自由，绝对自主"，彻底打破旧格律诗的束缚，同时大胆借鉴西方近代自由体诗，做到形式自由多变，实现了诗体的大解放，如《凤凰涅槃》全诗自始至终没有固定格律，而是依照情绪的消长形成自然的节奏韵律，节奏明快高昂。此外，作者还运用了火山喷发式的情感表达方式和狂欢般的诗歌语言，诗人在《女神》中的抒情是暴躁凌厉的，是一种情感的极度宣泄，语言凌厉激越，带有诗人鲜明的情绪流露的特征。

二、闻一多的诗歌创作

闻一多(1899—1946),湖北浠水人,原名闻家骅,字友三。1912年考入北京"清华留美预备学校",五四运动时任学生会书记。1922年赴美留学,先后在芝加哥美术学院、丹佛阿罗拉多大学学习绘画。1925年5月,闻一多回国,先后在北京、武汉、青岛等地大学任教,致力于古典文学研究。抗战时期在西南联大任教8年。1946年7月15日,被国民党特务杀害。

作为诗人,闻一多在理论和创作两方面都取得了相当大的成就,对白话新诗的发展起到了十分重要的作用。在诗歌理论方面,闻一多是我国最早提倡新诗格律化的诗人。1926年5月,他在《晨报·诗镌》上发表《诗的格律》一文,针对早期白话新诗过分自由化的倾向,系统地提出了"诗的实力不独包括音乐的美(音节)、绘画的美(辞藻),并且还有建筑的美(节的匀称和句的均齐)"。也就是所谓的"三美"——音乐美、绘画美、建筑美。所谓音乐美,是指诗歌的音节,包括节奏、平仄、重音、押韵、停顿(音尺)等各方面和谐、协调,符合诗人的情绪,流畅而不拗口。所谓绘画美,是指诗歌语言要求美丽,富有色彩,讲究诗的视觉形象和直观性。所谓建筑美,是指从诗的整体外形上看,节与节之间要匀称,行与行之间要均齐,虽不必呆板地限定每行的字数一律相等,但各行的字数相差不能太大,以求齐整之感。

闻一多在诗歌创作上一方面受到西方文化的影响,另一方面又深受中国古典文化的熏陶。他既倾倒在西方浪漫主义诗人面前,又折服于中国古典文化的典雅和谐之美。国运的衰颓和现实的残酷,迫使他在对待传统文化时保持了一种谨慎的心态,新诗诞生期对西方诗歌的盲目仿效又使他在对待传统文化时保持了一种犹疑和排斥的态度,这种矛盾致使他最终走上了新古典主义的道路,提倡新格律诗运动。《红烛》《死水》是闻一多最重要的两部诗集。

闻一多的新诗,从艺术方面来说,最突出的特色便是诗的形式的格律化,具体表现在两个方面:一方面是他的诗歌,大都有着"节的匀称和句的均齐",从而给人带来了一种视觉上的建筑立体美观;另一方面是他的诗歌大都借助音尺、平仄、韵脚等形成了一定的节奏,从而给人带来了听觉上的音乐美。

总的来说,闻一多的诗歌创作理论和诗歌创作实践,使中国新诗逐渐远离了"作诗如作文"的误区,还为中国新诗的发展提供了一种新的路径、样本与经验,从而推动着新诗不断向前发展。

第一章　从人的觉醒到文的觉醒：文学革命时期文学发展研究

第六节　小说领域的愤懑与反抗

1918年5月出版的《新青年》第4卷第5号，发表了鲁迅的第一篇白话小说《狂人日记》，从此开始了中国现代小说的发展历程。1921年，主张文艺为人生的文学研究会成立，文学研究会关心社会上普遍的人生，注重批判现实，探寻人生的终极性问题，于是主张揭示种种不合理的社会弊端，在方法上倾向现实主义，但也并不纯粹写实，也有的偏于抒情，具有浪漫象征色彩。这些小说往往提出问题，但没有深入地提出解决方案，人物形象也比较概念化、简单化，未能形成成熟流派。之后，以叶绍钧、王统照、许地山为代表的小说家们对其进行了深入发展，在小说领域表达了自己对黑暗社会的愤懑和反抗。

一、叶绍钧的小说创作

叶绍钧（1894—1988），辛亥革命后改字圣陶，江苏苏州人，文学研究会发起人之一。叶绍钧是文学研究会在创作上最有成就的作家，早在1914年就开始用文言文写小说。五四时期，他开始用白话创作小说。从1919年到第一次国内革命战争时期，他的小说创作进入了高潮期，创作有短篇小说集《隔膜》《火灾》《线下》《城中》《未厌集》等，1928年发表了被茅盾誉为"扛鼎之作"的长篇小说《倪焕之》。《倪焕之》全书共30章，17万字，是现代文学史上最早的优秀长篇小说之一，是现实主义文学的"扛鼎"之作。

小说通过小学教员倪焕之企图革新教育、改造家庭和社会的经历，反映了从辛亥革命到第一次国内革命战争时期，一部分倾向进步的小资产阶级知识分子走过的曲折的人生之路，反映了辛亥革命、五四运动、"五卅"运动曾经给当时知识青年的巨大影响。小说主人公倪焕之是个满腔热情、志存高远的热血青年。辛亥革命失败后他把救国的"一切的希望悬于教育"，于是致力于各种教育改革，虽饱受保守派的阻挠攻击而毫不气馁。倪焕之在追求理想教育的同时还追求理想婚姻关系的建立，和一个与自己有共同理想、志趣爱好的新女性金佩璋幸福地结合。然而，好景不长，残酷的现实一一击破了倪焕之的种种理想。不但想用来挽救腐败的政府和社会危机的一系列教育改革屡屡碰壁，就是原先自认为幸福的家庭生活也出现问题。婚后的金佩璋,终日为柴米油盐等家庭琐事缠身,对从前关心的教育改革、理想、书本等都失去了兴趣,这使倪焕之感到有了一个妻子,却失去了一个恋人加同志,所以寂寞和痛苦。

轰轰烈烈的五四运动到来后,倪焕之深受鼓舞,在革命者王乐山的影响下,倪焕之走出家庭和学校的小圈子。放眼"看社会大众",积极投身于社会改造活动。"五卅"运动中,他高度评价了工农大众的力量,把向工农学习并成为其中一员当作自己的最终目标,这是倪焕之思想的一次飞跃。大革命高潮期间,倪焕之成了一个国民党左派,一个激进的革命者。但在蒋介石发动"四一二"反革命大屠杀后,倪焕之退缩了。他陷入痛苦、绝望的深渊不能自拔,怀着"什么时候会见到光明"的疑问死去。主人公的这种结局,实际上正是对一切不能与群众真正结合的小资产阶级知识分子的鞭挞。

长篇小说《倪焕之》标志着叶绍钧现实主义创作的成熟。小说描写了广阔的社会背景:袁世凯称帝、张勋复辟、五四运动、大革命、"四一二"政变这一系列历史事件在作品中都有体现,具有史诗价值。《倪焕之》在艺术上充分体现了叶绍钧的现实主义创作特色:真实自然、富有生活气息;人物形象生动鲜明,风光习俗以工笔细描。缺点是:前半部写乡镇教育的篇幅过大,使全书头重脚轻;后半部人物形象不及前半部生动。倪焕之转向革命之后缺少正面具体的描写;革命者王乐山的形象也相当模糊;这些都使长篇小说到第二十章以后显得疏落无力,不如前半部针脚绵密。但总体来说,《倪焕之》仍不失为一部优秀的作品。倪焕之是具有一定典型意义的革命小资产阶级知识分子的形象。他所经历的人生道路的选择,即从改良主义性质的"教育救国"到后来转向革命的道路,在当时具有爱国主义思想的进步青年中颇有代表性。小说结尾处,金佩璋在丈夫死后通过自我反省,决心要为自己、为社会做一点事,暗含了作者对生活和革命前途的希望。

二、许地山的小说创作

许地山(1893—1941),中国台湾省台南人,笔名落华生,是中国现代小说家、散文家,五四时期新文学运动先驱者之一。1921年,许地山在《小说月报》上发表了第一篇小说《命命鸟》,写了一对缅甸青年男女在封建礼教桎梏束缚下的爱情悲剧,在读者中引起强烈共鸣,他从此开始了文学创作生涯。1921年到1926年是许地山创作的高潮时期。他在《小说月报》上发表了12个短篇小说。

第一章　从人的觉醒到文的觉醒：文学革命时期文学发展研究

许地山早年曾创作了不少具有探索性意义的"问题小说"。其早期创作，描写人生苦难的作品所占比例甚重。19世纪30年代，许地山前期思想上的矛盾发生质变，其创作方法也有很大变化。他在19世纪20-30年代之交的作品，基本上属于批判现实主义范畴。人物、情节取之现实生活，背景富于时代感，哲理性的议论几乎消失，19世纪30年代作品中有大量讽刺性描写，结构紧凑，语言朴实，这一切都同前期形成强烈的对照，如《女儿心》《春桃》《玉官》《铁鱼底腮》等。1934年发表的力作《春桃》和1940年的《铁鱼底鳃》是这一期的代表作。

《命命鸟》《商人妇》《缀网劳蛛》是许地山早期小说代表作。作品中充溢着反封建的人道主义思想和民主主义感情；渗透着对被迫害、被侮辱的弱小者的深切同情和对封建社会黑暗与苦难的沉痛揭露。《春桃》是许地山后期创作中最能代表其现实主义成就的小说。

在《春桃》中，作家以现实主义的笔触，塑造了一个善良、刚强、泼辣，性格迥异于尚洁等人的女性形象。春桃在新婚之日就遭到了兵匪之劫，流落北平，以捡烂纸为生。后来与同是逃难到北平的刘向高同居。一天春桃在街上偶遇一个叫花子，正是失散几年的丈夫李茂，李茂已折了两条腿成了残废，春桃接丈夫回家同住。李茂的出现打破了原先小院里平静的生活，刘向高和李茂都倍感尴尬，两个男子摆脱不了传统观念的束缚，李茂企图自杀，刘向高则打算出走。春桃却勇敢地打破传统道德观念的束缚，主张"三人开公司"，分开工作，开始了顽强而坚毅的共同生活。春桃具有东方女性坚韧务实的美德，她积极乐观地对待苦难的生活："谁不受苦？苦也得想法子活。在阎罗殿前，难道就瞧不见笑脸？"

《春桃》在艺术上也是十分出色的，为了刻画这个形象，许地山动用了个性化的语言，生动的细节，真实可信的环境，紧凑严谨的结构，这些都是现实主义的；但小说的中心情节，春桃那三人同居的决定，却是浪漫主义的惊人之笔，使她的性格闪耀出夺目的理想之光。《春桃》标志着许地山在艺术上找到了更成熟的自我。

第七节　话剧的起飞

话剧是在19世纪末从欧洲、日本传入中国的。在这之前，中国没有话剧，只有戏曲。鸦片战争中国战败后，上海、福建、宁波、广州等沿海城市被开辟为通商口岸。随着西方经济文化的传播，侨居中国的西方人越来越多。为了丰富生活,他们在业余时间组织剧团,排演一些世界名剧。1866年,上海私人业余剧团建立了第一个正规剧院——上海兰心剧院,每年公演数次。于此,中国一些知识分子开始有机会了解认识西方戏剧,并思索其与中国戏曲的差异。在这一时期,产生了一批具有开拓意义的戏剧家和代表剧作,如田汉、丁西林等,本节主要对他们的话剧创作进行分析。

一、田汉的话剧创作

田汉(1898—1968),字寿昌,湖南长沙人。1914年留学日本,回国后,一直从事戏剧创作活动,是早期话剧的开拓者之一。五四以来凭着坚韧的毅力和非凡的才思创作了大量的剧作,据不完全统计,有话剧58个,戏曲、京剧、歌剧19个,译介剧14个。除创作外,他对改革传统戏曲、培养戏剧人才、发展电影艺术等方面也做出了卓越的努力。

田汉在留学期间,受到积极浪漫主义和新浪漫主义思潮的影响。在五四运动中,田汉创作了《梵峨嶙与蔷薇》这篇鼓吹民主艺术的新浪漫主义的戏曲。又于1920年写出《咖啡店之一夜》,自认为是其"出世之作"。剧作写贫苦无依的女子白秋英被盐商儿子李乾卿抛弃的故事。白与李相爱,后来李移情别恋,便特地来咖啡店想用钱赎回他先前写给白的情书,白异常悲愤,将钱与情书全部焚烧。作品从金钱角度切入,对拜金主义、旧的婚姻制度予以无情鞭挞和揭露,主张追求爱情自由、维护人格尊严,是五四时期具有前瞻性的戏剧思考。

《获虎之夜》是一出爱情悲剧,塑造了极具个性的莲姑形象。富裕猎户的女儿莲姑与其表兄黄大傻从小相爱,由于黄大傻家庭变故,沦为孤儿,莲姑之父阻挠他们相爱,就把她许给一个富户人家,并把黄大傻逐出家门,但她并不追慕富贵荣华,至死不渝地爱着黄大傻。当黄大傻误中猎枪后,被抬至魏家,她护理他一夜,并当面与家父争吵,拒不出嫁,还紧握黄大傻的手表达心声:"生,死,我都不离你。"最后被父亲强行拉走。在毒打声、怒骂声和哭声中,黄大傻结束了自己年轻的生命。莲姑这一精神上追求自由、经济上追求独立的独特艺术形象,在反对封建包办婚姻的斗争中出色地完成了。

《湖上悲剧》是写白薇为让梦梅写完反映两人爱情经历的小说而自杀,梦梅见白薇已死也吐血身亡的一出爱情悲剧。

这三个剧作显示出剧作家善于营造浓郁的悲剧气氛,并让弱势渺小的人物为追求爱情自由婚姻自主而同封建势力或观念抗争,呈现哀怨的

第一章 从人的觉醒到文的觉醒：文学革命时期文学发展研究

浪漫主义特色。

1928年,田汉创办南国艺术学院,培养戏剧干部。同时,他也创作完成了一批关注社会、人生的剧作。1929年发表的《名优之死》是田汉这时期最优秀的剧作。它是以著名京剧艺人刘鸿声故事为原型进行创作的,以老艺人刘振声同经他扶植成名后便禁不住金钱的诱惑而蜕变的女弟子刘凤仙,以及恶势力代表杨大爷之间的复杂纠葛为线索,表现黑恶势力对艺术的摧残,对女演员的腐蚀。由于黑恶势力的强大,老实做人、认真唱戏的老艺人最终悲惨地倒在舞台上。不仅表现了对老艺人忠于艺术的赞美,还对摧残艺术、糟践艺人的恶势力的罪恶行径进行了有力的控诉。

剧作塑造了刘振声这一令人难忘的艺术形象。他忠于艺术,对艺术的执着追求甚于对生命的珍惜。当杨大爷幽灵一样尾随刘凤仙时,他愤然痛骂杨大爷,剥去他绅士形象的外衣,暴露其丑恶、肮脏的流氓嘴脸和灵魂。为了艺术的纯洁,他绝不向黑恶势力屈服,宁愿倒在舞台上也要斗争到底。全剧闪现着现实主义的光芒,而且结构严谨,布局精巧,风格简朴、语言老练。

田汉在这一时期创作的戏剧作品还有:《苏州夜话》《江村小景》《火之跳舞》等社会问题剧和《古潭的声音》《生之意志》等关注人生、艺术、生命的富于哲理思索的剧作。艺术上,田汉十分重视戏剧语言的运用。语言是情感表达的载体。田汉熟练地运用比喻、比拟、对比、排比等多种艺术修辞手法创造了独具特色的戏剧台词;在形式上,剧作以流转的韵律,跌宕的节奏,谐调的音节,参差的句式不仅创设了生动的形象意蕴,还创设了隐藏于形象表层之后的丰富、深刻的思想意蕴。在飘逸的语言、浓烈的色彩、抑扬的节奏中孕育着反对封建思想、观念的枷锁,呼唤、尊重人性,彰扬个体自由、自主生活的人本主义思想,这些在现代戏剧创作的初期都是非常难能可贵的。田汉学贯中西、融汇古今,并以开放的心态、开阔的视野、兼容的胸怀开创了中国话剧"诗化"传统的先河,而成为中国话剧史上的"话剧泰斗"之一。

二、丁西林的话剧创作

丁西林(1893—1974),江苏泰兴人。1914年赴英求学,1917和1919年分别获得伯明翰大学的理科学士学位和硕士学位,1920年回国后在北京大学物理系任教授。他喜好文学艺术,戏剧属于他的业余创作,以写喜剧见长。其剧作显著特征是幽默、机智。他是我国五四以来最早出现的唯一专门从事喜剧创作的剧作家。以1930年为界,其创作分为前后两个时期。早期有六个独幕剧:《一只马蜂》《亲爱的丈夫》《酒后》《压迫》《瞎了一只眼》《北京的空气》;后期有独幕剧《三块钱国币》和多幕剧《等太太回来的时候》《妙峰山》。

《一只马蜂》是写一对青年男女以说谎和说反话的方式获得爱情的故事。剧中吉先生假装生病住进医院是为了与他痴心热恋的护士余小姐接近,而余小姐听吉先生的情话反而说其发高烧。吉先生心里很想同余小姐结婚,嘴上却说不结婚,并要求她也不结婚来陪伴他。当吉先生突然拥抱余小姐,小姐惊叫被吉老太太听到时,两人机智地回答是马蜂刺的。剧中吉老太太的塑造十分出色,在表面上是新人物,而实际上却是旧人物,口头上主张子女婚姻自由而实际却处处进行包办甚至为其做医生的侄子向本不想嫁给医生的余小姐提亲。剧情活泼风趣,是早期戏剧文学中的优秀之作。剧本中奇特的恋爱方式是社会不开明的生动写真,但作者对于产生的根源却未能深究。

《亲爱的丈夫》写一位扮旦角的男性嫁给一位反对旧戏改革的男诗人,而当他发现其"太太"是男人时,感到莫大委屈和心灵苦痛的故事。它表现了社会必须改革,旧社会被新社会所取代是亘古不变的历史发展规律。

《瞎了一只眼》和《酒后》着重批判百般无聊的变态的女性心理。《北京的空气》则可以视为古都北京"穷教书匠"安贫乐道、仆人随便偷主人东西等社会生活画卷的特写。

《压迫》是这一时期丁西林另一部优秀剧作。剧本写的是房东同房客在租房问题上的喜剧冲突。房东的女儿愿意把房子租给单身男客,并收了定金,而房东太太知晓后,硬要退掉男客,于是房东、房客陷入了各不相让的冲突之中,房东去求助巡警。此时,来了一个急需租房的女客,几经波折,女客愿假扮男客的太太来共同对付刁蛮无理的房东。当巡警请来时,却发现出现一对"夫妻",房东没办法只得将房租给他们。这样便完成了对顽固保守的"有房阶级"的嘲讽,同时也表明,"无房阶级"只有联合斗争才能战胜"有房阶级"。这样,"压迫"一词便带有喜剧的色彩。

《压迫》塑造了两个性格独特而又典型的喜剧人物形象。男客是正义的化身,房东是守旧的代表。他们都有脾气古怪、性格执拗的特点,当他们两人产生矛盾,就会做出一连串的滑稽可笑的举动,从而充满了观赏性。

综上所述,本章主要介绍了文学革命时期的文学发展情况。整体来看,这一时期的文学作品的特点主要表现在:其一,在内容上彻底批判、否定了整个封建制度及其思想文化体系;始终贯穿、体现了现代"人"的观念不断解放的思想,以个性解放、民主与科学、探索社会解放道路为启

第一章 从人的觉醒到文的觉醒：文学革命时期文学发展研究

蒙思想主题；以农民、平民劳动者、新型知识分子等人物形象代替了旧文学主人公帝王将相、才子佳人。其二，文学观念发生了重大变化，文学语言获得了解放，文体形式经历了全面革新，奠定了 20 世纪中国文学的基本审美价值取向和多元并存的接受心理基础。其三，建立了中国文学与世界文学的密切关系，自觉地借鉴、吸收外国文学及文化的营养，形成了面向世界而又不脱离传统的开放性现代文学。

第二章 从人的文学到阶级的文学：革命文学时期文学发展研究

五四文学革命要求建立"人的文学"，经过十几年的发展，已经完全取代了封建时代的文学，开创了现代文学的新局面。可是到了1928年，一批思想激进的作家提出了文学的阶级论，指出文学必须做革命的工具，为革命服务，要求在中国建立"无产阶级的文学"。于是，中国的文坛在1928年又沸腾了，一场无产阶级文学的倡导运动由此开始。本章主要对这一时期的文学发展进行研究。

第一节 革命文学的倡导与左翼文艺运动的开展

一、革命文学的倡导

20世纪20年代前期，共产党人对革命文艺积极倡导，左翼文学思潮出现萌芽。1921年、1922年，早期共产党人李大钊、邓中夏等就在少年中国学会的提案中，提出一个重要观点：文学需要走向革命。1922年，社会主义青年团的机关刊物《先驱》专门设置"革命文艺"一栏，这为革命文学的诞生奠定了基础。1923年6月瞿秋白主编的《新青年》季刊创刊号上，更是慨然宣称中国的革命与文学运动"非劳动阶级为之指导，不能成就"。与此同时，恽代英、沈泽民、蒋光慈等共产党人以及部分进步人士先后在《先驱》《新青年》《觉悟》(《民国日报》的副刊)等杂志上发表文章，呼吁无产阶级文学的出现以振兴中华。其中，邓中夏的《新诗人的棒喝》《贡献于新诗人之前》、沈泽民的《文学与革命的文学》、郭沫若的《我们的文学运动》以及蒋光慈的《中国现代社会与革命文学》等文章，更是对马克思主义文学理论进行宣扬，推动新文学转向无产阶级革命文学。

在上述这些学者的眼中，艺术同法律、政治、风俗等一样，是一种随着

第二章 从人的文学到阶级的文学：革命文学时期文学发展研究

人类生活方式变迁而变迁的人类社会的文化。因此，艺术反映生活，文学应当与时代以及革命形势的需要相适应，作家也不应拘泥于书斋，而应投身于轰轰烈烈的革命洪流之中。只有这样，有志青年才能真切地参与到中国现代化建设的先进行列中。

二、左翼文艺运动的开展

20世纪20年代以后，创造社和太阳社举起了无产阶级文学的旗帜，两个社团陆续发表重要的倡导文章，有成仿吾的《从文学革命到革命文学》、李初梨的《怎样地建设革命文学》、蒋光赤的《关于革命文学》、钱杏邨的《死去了的阿Q时代》等，由此引起了一场五四文学革命后的文学大论争，文学史上称为"无产阶级文学论争"或"革命文学论争"。除了《文化批判》《创造月刊》《太阳月刊》，还有创造社在1928年出版的《流沙》《日出》《思想》等刊物，洪灵菲等出版的《我们》月刊，太阳社在1929年出版的《海风周报》《新流月报》（后改名为《拓荒者》）等，都发表了许多倡导无产阶级文学的文章。他们一方面宣传建立无产阶级文学（当时也称"革命文学""普罗列塔利亚文学"或"普罗文学"）的理论主张；一方面展开对五四新文学的批判，主要矛头对准了鲁迅。

倡导者们的文章，首先论证无产阶级文学出现的必然性、合理性，宣传简单的、粗疏的关于存在决定意识，经济基础决定上层建筑等理论。从这种基本理论出发，论证了中国现代文学发展经历的三个时期，即五四的有产者文学，五四后的小有产者文学和当前的"由历史的内在的发展——连络，它应当而且必然地是无产阶级文学"。这种现代文学发展历程的分析，当然是不符合文学历史的实际的，从根本上说，是出于他们对中国革命性质的错误认识。他们认为反封建的任务已经过去了，当前应该进行反资本主义的斗争。他们也认为近几年来的中国社会已经不是辛亥以前的中国社会了，因此近两年来的中国革命的性质已经不是单纯或民族或民权的革命了。这个时候创造、建设无产阶级文学就是历史的必然要求，为此就要批判、清算五四"有产者"的新文学。他们过左地提出不仅要克服资产阶级的文学，而且要打倒小资产阶级作家，因为"小资产阶级的根性太浓重了，所以一般的文学家大多数是反革命派"。他们认为，新兴阶级负有批判旧世界的使命，成仿吾的一篇文章《全部的批判之必要》，因对革命性质认识的偏差，批判的矛头便指向了新文学的主将。在《文化批判》创刊号上，冯乃超的《艺术与社会生活》一文，便把鲁迅、叶圣陶、郁达夫、张资平等都作为"社会变革期中的落伍者"加以批判。其他许多的文章比较集中地批判鲁迅,包括钱杏邨对《阿Q正传》的否定。他认为阿Q的时代已经死去,表现死去了的时代的作家,便不具有现代性。他们在批判中表现出简单、粗暴的态度,这也是左翼作家在论辩中常用的手法,即不在理论上进行论辩,只重于揭示对方的阶级面目。处于幼年期的中国共产党,这时对中国革命性质的认识正发生"左"的偏差。

对五四新文学的否定,其实此前早已有过。由于早期共产党人要求文学必须是革命的工具,从这一根本的观念来考察五四新文学,就已经做出几乎是全面否定的评价。瞿秋白曾把新文学比做"好个荒凉的沙漠,无边无际的"。邓中夏把包括《雪朝》《繁星》《渡河》在内的诗歌作品一概否定,认为是"快乐主义""颓废主义""个人主义"的,甚至把"亡国灭种"也视为"新诗人之罪"。到了要正式开展无产阶级的革命文学运动时,就更要全面地清算五四新文学,并把鲁迅作为开展新运动的障碍加以批判。

在文学思想上,无产阶级文学的倡导者们也是延续着早期共产党人的以文学为工具的思想,有人还提出文学青年应成为"留声机"。此时多了一点理论上的依据,这就是美国作家辛克莱的主张:"一切艺术都是宣传。普遍地,而且不可逃避地是宣传;有时无意识地,然而常常故意地是宣传。"在具体叙述中,要求革命文学"反抗一切旧势力","反个人主义","它的主人翁应当是群众,而不是个人;它的倾向应当是集体主义","要以真挚之情去描写农工大众的激烈的悲愤,英勇的行为与胜利的欢喜"等。这些表述了他们建设无产阶级文学的初步构想。

从上述事实可以看到,无产阶级文学的倡导,有许多思想缺陷和准备的不足。对中国社会的认识犯了政治上左倾的错误。文学上理论资源不足,作为补救后来才有译介马克思主义和苏联文艺理论的热潮,当时还只能很简单地对文学提出政治的要求。各方面准备不足而匆匆上阵的无产阶级文学倡导运动,一开步就犯了错误,是难免的。后来鲁迅回顾这场倡导运动时,指出"那时的革命文学运动,据我的意见,是未经好好的计划,很有些错误之处的"[①]。

创造社、太阳社对鲁迅等作家的批判,引起了鲁迅等的反驳,于是在1928年出现了无产阶级文学论争的高潮。

鲁迅于1927年10月从广州来到上海,他原拟联合创造社共同奋斗,却遭到创造社等的围攻。为了回答他们的攻击,鲁迅发表了《"醉眼"中的朦胧》等杂文进行反批评。鲁迅认为"世界上时时有革命,自然会有革

---

① 鲁迅.二心集·上海文艺之一瞥[A].鲁迅全集(第4卷)[C].北京:人民文学出版社,1981:297.

第二章 从人的文学到阶级的文学：革命文学时期文学发展研究

命文学","自然也会有民众文学……说得彻底一点,则第四阶级文学"[1]。但他从来认为根本问题在于作者是否是一个"革命人",因为"从喷泉里出来的都是水,从血管里出来的都是血"[2]。按照这样的理解,他认为创造社、太阳社的作家提倡无产阶级文学,条件并不成熟。因此,提出"当先求内容的充实和技巧的上达,不必忙于挂招牌"[3]。

此外,鲁迅还批评了倡导者在理论上的一些片面性。例如,为了强调文学在阶级斗争中的作用,便主张"一切文艺都是宣传",却忽视了文学本身的特质,轻视艺术性。鲁迅指出:"一切文艺固是宣传,而一切宣传却并非全是文艺","革命之所以于口号,标语,布告,电报,教科书……之外,要用文艺者,就因为它是文艺。"[4]

鲁迅在论争中曾发表《匾》,他以匾尚未挂出,两个近视眼却争论起匾上的字来,比喻当时争论无产阶级文学问题的条件并不成熟。为了正确回答当时无产阶级文学倡导运动中提出的种种问题,鲁迅自己动手做翻译工作。他说这是要从别国窃得火来,煮自己的肉,所以后来他自述:"我有一件事要感谢创造社的,是他们'挤'我看了几种科学的文艺论,明白了先前的文学史家们说了一大堆,还是纠缠不清的疑问。"

当鲁迅受到创造社、太阳社的围攻时,冯雪峰以"画室"为笔名,发表了《革命与知识阶级》,批评了创造社攻击鲁迅的错误。他后来对中国共产党与鲁迅间建立密切联系起了重要作用。

茅盾也参与了这场论争,发表了《从牯岭到东京》等文。他在1927年秋至1928年上半年,创作了《幻灭》等三部中篇,受到无产阶级文学倡导者们的批评。茅盾为维护自己的创作进行反批评,便更多涉及文学创作上的问题。他不同意把描写幻灭、动摇等革命过程中的消极面,视为作者的"落伍",也不同意一定要在作品中指明出路。同时,他对初期无产阶级文学的标语口号化作了尖锐的批评。他认为与其"空着肚子顶石板",不如去写自己熟悉的小资产阶级题材。对茅盾的反批评,倡导者们当然是不予接受的,但《创造月刊》的编者认为他"提出了许多现实的具体的问题,这些问题,我们不应该抹杀它,而应该正当地去解决它"。

---

[1] 鲁迅.三闲集·文艺与革命[A].鲁迅全集(第4卷)[C].北京:人民文学出版社,1981:82-83.
[2] 鲁迅.而已集·革命文学[A].鲁迅全集(第3卷)[C].北京:人民文学出版社,1981:544.
[3] 鲁迅.三闲集·文艺与革命[A].鲁迅全集(第4卷)[C].北京:人民文学出版社,1981:84.
[4] 鲁迅.三闲集·文艺与革命[A].鲁迅全集(第4卷)[C].北京:人民文学出版社,1981:84.

这场论争带来的一个重要成果,便是促进了双方的理论学习。鲁迅为了求得对一些问题的答案,亲自动手翻译马克思主义文艺理论,出版了他所译卢那察尔斯基的《艺术论》《文艺与批评》,普列汉诺夫的《艺术论》等。而翻译介绍马克思主义理论,也正是创造社的一项任务,1929年他们出版的《新兴文化》《新思潮》,太阳社的《海风周报》以及《引擎》等刊物,都用大量篇幅译载马列主义经典作家的作品和宣传介绍马列主义的文章。1928年底开始,由鲁迅、陈望道等翻译的《文艺理论小丛书》陆续出版。1929年5月起,又陆续出版鲁迅、画室、沈端先(夏衍)、杜国庠等翻译的《科学的艺术论丛书》。这是无产阶级文学倡导运动的一大收获,对左联的成立起了促进作用,因为这些理论"给大家能够互相切磋,更加坚实而有力"。由于这种翻译的热潮,1929年便被称为社会科学的"翻译年"。经过学习,创造社、太阳社成员的思想也有了变化。本来他们不同程度地受了苏联"无产阶级文化派"和波格丹诺夫的机械论的影响。经过学习,了解了苏联文艺论战情况,才认识到新文化是承认一切旧文化的传统,旧文化里的一切的新要素,新发展,认识到对于旧文学的遗产及艺术的言藻之专门家不能轻率地加以侮辱,从而改变了否定一切的偏向,也改变了对鲁迅等的态度。这样为后来的联合在思想上创造了条件。

无产阶级文学的论争,引起了中国共产党有关领导的注意。创造社、太阳社的党员作家,接受了中共领导的批评和停止论争的指示,改变了对鲁迅的态度。潘汉年发表的《普罗文学运动与自我批判》一文,表示倡导者们对自己的错误开始有了初步的认识。这样,经过中国共产党的促成,鲁迅和创造社、太阳社双方实行联合。1929年春,创造社被国民党当局查封,太阳社亦已无法活动。随后,在中共领导的指示下,一些党员作家开始与鲁迅联系,酝酿成立统一的左翼文艺组织。1930年2月,以鲁迅等的名义邀集部分参加论争的作家,召开以"清算过去""确定目前文学运动的任务"为中心的讨论会。会上,对前一阶段倡导运动中的"小集团主义乃至个人主义""过于不注意真正的敌人""批判不正确,即未能应用科学的文艺批评的方法及态度"等缺点做了检讨,并成立左翼作家联盟的筹备委员会。

1930年3月2日,中国左翼作家联盟(简称"左联")在上海成立。鲁迅、冯雪峰、柔石、沈端先、冯乃超、李初梨、彭康、蒋光赤、钱杏邨、洪灵菲、田汉、阳翰笙等40余人出席了成立大会。郭沫若、茅盾、郁达夫等加入左联。会上通过了左联的理论纲领,宣告以"站在无产阶级的解放斗争的战线上""援助而且从事无产阶级艺术的产生",作为奋斗的目标。鲁迅在成立大会上作著名的《对于左翼作家联盟的意见》的讲话。会上

第二章 从人的文学到阶级的文学：革命文学时期文学发展研究

选举了鲁迅等7人组成常务执行委员会。此后国内某些大中城市和日本东京也成立了左联或其分支部。

左联的生存环境是十分恶劣的。左翼文艺运动遭到镇压，很多人也被杀害。但是在十分困难的条件下，左联一直坚持活动。左联除了将鲁迅主编的《萌芽》和原太阳社刊物《拓荒者》作为机关刊物外，还陆续出版《巴尔底山》《世界文化》《前哨》《北斗》《十字街头》《文学》《文学月报》等机关刊物。这些刊物在国民党当局的压迫下，彼伏此起地坚持了下来。左联作家发表文艺创作，无论在诗歌、小说、戏剧、散文各领域，都有重大的成果，培育了一批文坛新秀。左联还十分重视译介马克思主义的文艺论著，重视文艺批评工作，参与各种文艺论战，开展文艺大众化的讨论。

左翼文艺运动对中国20世纪30年代文艺的繁荣贡献了力量。他们在文艺理论的译介上做了许多工作，这方面瞿秋白的贡献最大，他在翻译原著的同时还撰文阐明马克思恩格斯反对席勒化、提倡莎士比亚化的意义，提出反对"主观主义的理想化"。他的译介工作极得鲁迅的赞赏，后遭杀害后，鲁迅特编辑《海上述林》两卷，内收瞿秋白的译介文字，以"诸夏怀霜社"的名义出版，作为对他深深的怀念。瞿秋白还写过许多文艺论文，发表对文艺的见解。写于1933年的《〈鲁迅杂感选集〉序言》，是现代文学史上社会历史批评的极致，深刻论述了现代中国某些类型知识分子的性格特征，因此使鲁迅认为可以把他视为"知己"和"同怀"。他对初期左翼文艺思想和创作的许多批评，对克服左翼文学的幼稚病是一剂良药。他的《革命的浪漫谛克》一文，是特为帮助左翼作家克服创作偏向，给华汉（阳翰笙）的《地泉》三部曲写的序。同时写序的还有茅盾等多人。瞿秋白的序对初期左翼创作的缺点作了颇具概括力的批评。瞿秋白的理论批评工作始终贯彻着反"左"的精神，虽然由于历史条件的限制他也始终未能挣脱"左"的思想的羁绊。

1933年11月，周扬发表《社会主义的现实主义与革命的浪漫主义》，向国内介绍了"社会主义现实主义"的理论，并批判了辩证唯物主义创作方法的错误。这对于纠正左翼文艺运动初期的机械论，促进左翼创作发展都有很大意义。

随着理论水平的提高，对作家作品的批评、研究也达到了新的高度。除了瞿秋白对鲁迅的评论，还有茅盾为鲁迅、徐志摩、庐隐、丁玲、冰心、落华生等所写的评论，胡风为林语堂等所写的作家论，周扬对曹禺《雷雨》《日出》的评论等，把整个现代文学批评推向了新的高度。左联作家在创作上也有重要的贡献。左翼的戏剧运动对中国现代戏剧事业的发展，对推动话剧创作、演出的繁荣，促进话剧艺术的成熟，也对发展中国的电影事业,都有着不可磨灭的功绩。在散文领域继续推进了杂文的发展,积极介绍、运用报告文学的新形式来及时地反映快速变动的社会现实。因为强调运用马克思主义的理论来观察、分析社会生活,为新文学增添了社会剖析小说的新品种。在文学创作上,左联拥有开创五四新文学的老作家,如鲁迅、茅盾、田汉等,也培育了一大批新人,如柔石、丁玲、叶紫、张天翼、沙汀、艾芜、夏衍等。他们成为20世纪30年代中国文学的非常重要的一支力量。

第二节　现代主义文学思潮

20世纪30年代,当现实主义转向革命现实主义,并且更多地借鉴苏联的批判现实主义,而浪漫主义文学思潮也由原来的发起者重新发动以无产阶级政治意识形态为核心内容的"革命文学"运动时,现代主义文学思潮却渐渐发展并清晰起来。其实从五四开始,因为社会观念和文学观念的变化,就已经出现了多元的社会思潮和文学思潮。在西方现实主义、浪漫主义传入中国并成为五四新文学主要思潮的同时,西方现代主义也在中国产生了影响。这些文学思潮都影响和推动着五四新文学流派的形成和发展。多种文学思潮各有相应的文学流派,同一种文学思潮也往往有多种文学流派,形成了文学流派涌现、流派林立、流派间互相竞争、促进的蓬勃局面。

在中国新文学初创阶段,现代主义便以"新浪漫主义"的名目赢得许多新文学倡导者和建设者们的关注。虽然对现代主义的认知程度颇多差异,但在文学进化观念支配下,都倾向于将现代主义理解成一种新型的文学形态乃至新兴的美学标准。但20世纪20年代的现代主义文学思潮在"新浪漫主义"的名号下还只能充任现实主义或浪漫主义的辅助手段或陪衬角色,20世纪30年代的现代主义才逐渐形成一定规模。

胡适留学美国,当时意象派诗歌在美国诗坛具有很大的影响。有学者发现,意象派文学精神对胡适不无影响。胡适的文学改良论的提出和《尝试集》,都在一定程度上受到意象派诗歌的影响。

青年鲁迅留学日本,在浪漫主义文学之外,也接受了尼采、叔本华、克尔凯郭尔等现代主义思想家的影响,尤其是接触到了俄国的安德烈耶夫、迦尔洵等带有浓厚的现代主义气息的作家。鲁迅和周作人翻译的《域外小说集》中,有安德烈耶夫的《谩》《默》,迦尔洵的《四日》。有了这样的

第二章　从人的文学到阶级的文学：革命文学时期文学发展研究

基础,在五四文学革命以后,鲁迅的文学创作带有浓厚的现代主义色彩,也就不足为奇了。《狂人日记》有象征主义色彩,更有尼采式的孤独和绝望;《不周山》以弗洛伊德的精神分析为思想原点,赞美人的创造力量。鲁迅的《野草》是典型的现代主义作品,它进入作家自我的潜意识之中,将心灵的幽暗、孤独和苦闷释放出来。《野草》的世界是现代主义文学的典型世界,破碎、分裂、对立、幽暗。即使是后来的《故事新编》也带有明显的荒谬体验,那种打破古今时空的结构,暗示了世界的无序和荒诞。

茅盾作为新文学最为活跃的批评家,其文学观明显带有开放性和多重性。他主要倾向于现实主义、自然主义,热心于表现人生、指导人生。但是,另一方面,由于文学进化论的影响,却又钟情于新浪漫主义,乃至提倡新浪漫主义文学,甚至将新浪漫主义文学当作将来新文学应该努力的目标。他说,西方文学思潮史,就是从古典主义到浪漫主义,一直到新浪漫主义的进化的历史。"翻开西洋的文学史来看,见他由古典——浪漫——写实——新浪漫……这一连串的变迁"①,"西洋古典主义的文学到卢梭方才打破,浪漫主义到易卜生告终,自然主义从左拉起,新表象主义是梅特林开起头来,一直到现在的新浪漫派"。"西洋的小说已经由浪漫主义(Romanticism)进而为写实主义(Realism)、表象主义(Symbolism)、新浪漫主义(New Romanticism),我国却还停留在写实以前。"②既然新浪漫主义是最新潮的文学,那么,也就必然是最有价值的文学。茅盾认为"新浪漫主义"是最理想的文学,并且将新浪漫主义文学和他自己的"为人生"的文学联系起来。他说,"能帮助新思潮的文学该是新浪漫主义的文学,能引我们到正确人生观的文学该是新浪漫主义的文学,不是自然主义的文学,所以今后的新文学运动该是新浪漫主义的文学"。至于目前学习西方的现实主义、自然主义,不过是一种过渡性手段。因为中国文学"还是停留在写实以前"③,没有经过自然主义(写实主义)的进化过程,因此,中国目前应该补现实主义、自然主义的课,以便将来走向新浪漫主义。在茅盾那里,新浪漫主义非常广泛,大体上包含了世纪之交西方各种新潮文学,诸如唯美主义、象征主义、新理想主义、未来主义、印象主义、表现主义、颓废主义等,后来他在《夜读偶记》中说:"在我们总称为'现代派'的半打多的'主义'就是这个东西。"④

如果从文学社团或作家群的角度看,创造社群体在五四前后和现代

---

① 茅盾.新文学研究者的责任与努力[J].小说月报,1921(2).
② 茅盾.小说新潮栏宣言[J].小说月报,1920(1).
③ 茅盾.文学作品有主义与无主义的讨论[J].小说月报,1922(2).
④ 茅盾.夜读偶记[A].茅盾全集(第25卷)[C].北京:人民文学出版社,1996:123.

主义文学关系最为密切。在创造社的浪漫主义文学追求中,夹杂着一些现代主义的因素。或者说,创造社的浪漫主义,已经不单纯是18世纪到19世纪初的那种浪漫主义,而是包含着五四文坛所谈论的新浪漫主义。郑伯奇在《中国新文学大系·小说三集·导言》中分析创造社的浪漫主义的时候,罗列了一份相当驳杂的名单,这些西方作家,如果进行归类的话,恰恰分属于浪漫主义和现代主义两大系统。歌德、海涅、拜伦、雪莱、济慈、惠特曼、雨果、斯宾诺莎、罗曼·罗兰、怀尔特,还有尼采、柏格森等。在这些作家中,拜伦作为浪漫主义诗人,其精神气质非常接近现代主义。拜伦的绝望、孤独以及撒旦主义倾向,其实正是现代主义的重要倾向。至于尼采、柏格森则是典型的现代主义思想家。郑伯奇针对创造社的复杂倾向说,虽然创造社偏向了两个极端(浪漫主义、现代主义),然而,在尊重主观、否定客观现实上,却有一脉相通之处。象征派、表现派、未来派也都经创造社的同仁介绍过,这些流派和浪漫主义在思想上是有血缘关系的。

学者杨义认为,创造社的浪漫主义是一种驳杂不纯的开放型浪漫主义。"如果说,鲁迅当年所推崇的作家全是前期浪漫主义作家,那么创造社同仁在向前期浪漫主义作家遥致敬忱的同时,开始大谈世纪末的风云人物如裴德、王尔德、斯特林堡、弗洛伊德。弥漫日本文坛的文学空气已经由夏目漱石、森欧外之风,转变为以永井荷风、谷崎润一郎、佐藤春夫为代表的唯美主义,或当时所谓的新浪漫主义了。在这种时代背景和文学环境中崛起的浪漫主义和世纪末的'新浪漫主义'的成分的,是一种开放型的浪漫主义。"[①]如果从他们的具体创作上看,这种新浪漫主义的因素也是非常明显的。郁达夫的确是崇拜卢梭,但是,当他大胆倾诉自己内心的时候,有时却将内在的肉体的欲望倾泻出来。这和日本的永井荷风、谷崎润一郎、佐藤春夫的创作倾向具有密切关系。这些日本现代派作家,都表现出对身体欲望的唯美性描写和欣赏。郁达夫的那些肉体叙述,往往和日本文学的这种风气有直接关系。从《沉沦》到《迷羊》中的欲望,往往打上了肉体美学的烙印。卢梭给郁达夫提供了道德的勇气,而这些日本作家却为郁达夫提供了世界观和美学的信心。郁达夫的内心倾诉、抒情,并不是如传统浪漫主义那样优雅、透明,也缺少传统浪漫小说的瑰丽神奇。他的肉的感官刺激很强,他的情感、情绪逼近新浪漫主义的深度心理或弗洛伊德所说的潜意识,带有明显的神秘、怪诞和虚幻的色彩。他的孤独,浸染着现代主义的绝望。他的很多作品实际上是以浪漫主义为基本情绪倾诉世纪末的绝望、孤独体验。他的小说主人公"我""于质夫"等,

---

[①] 杨义.中国现代小说史(上册)[A].杨义文存(第2卷)[C].北京:人民出版社,1997:546.

第二章 从人的文学到阶级的文学：革命文学时期文学发展研究

作为"零余者"，有一种类似于现代主义的被世界完全抛弃的荒谬感。世界是荒凉的，没有希望的，人生除了衰败、绝望，一无所有。《怀乡病者》《青烟》都写了梦幻性情绪，这种梦幻是自我虚无、绝望的象征。往昔人生，如烟如幻，没有任何根基，人生正如水中浮萍，漂流颠簸，亦如梦中美景，转瞬即逝。

郭沫若也具有一定的新浪漫主义色彩。不必说他那浪漫主义文学观中的新浪漫主义因素，就是在创作上也非常明显。《残春》是向内转的心理小说，但是，它不是传统意义上的心理小说，而是现代主义意义上的，是以弗洛伊德的精神分析为背景的心理描写。小说以性、潜意识和梦境为主要叙述对象。表面上看张资平似乎与新浪漫主义联系不大，因为他推崇自然主义。但是，他20年代中期以后的关于身体、欲望的叙述，却在一定程度上带有新浪漫主义的倾向。"自然派之人物描写绝不是依据随便的想象，粗略的描写人情就算了事，要更进而探究其心理，即取心理学者般的态度。描写要到达可以据心理学证明其确实的境地。更进一步，单描写心理仍不能满足，要加以描写生理。心和体有相互的有机的关系，既描写心理是不能不并及生理。人类是一种生物，其思想行为多受生理状态支配。所以一观察人类先要由生理的方面描写。"[①] 这种对生理的注重，和传统自然主义并不完全一致。应该说，他的心理、生理不是传统意义上的，这里面融入了日本式的世纪末自然主义的因素。就五四时期而言，张资平那些恋爱小说，在本质上和郁达夫的《沉沦》《银灰色的死》基本上是一条路径。

20世纪30年代的现代主义文学思潮在诗歌、小说领域都涌现了一批现代主义的代表作品，不仅数量上蔚为大观，而且质量上也堪称上乘。1925年李金发出版了第一本诗集《微雨》。这是从法国巴黎飘来的一场象征主义的"微雨"，李金发也就成为中国新文学中第一位现代主义的诗人。接着在1926年、1927年李金发又出版了诗集《食客与凶年》《为幸福而歌》，并引出了一批年轻象征派诗人王独清、穆木天、冯乃超等。于是，现代主义文学思潮在中国文坛卷起了第一个潮头——象征主义诗派。在小说领域，新感觉派小说崛起。这直接受日本新感觉主义文学的影响。中国文坛最早引进新感觉派的是刘呐鸥。1928年9月从日本归来的刘呐鸥创办了"第一线书店"，并在上海联络施蛰存、戴望舒创办了一个小型文学半月刊《无轨列车》，在文学方面具有非常鲜明的现代主义倾向，在意识形态方面具有左翼倾向。"这个非同寻常的组合——法国的象征

---

① 杨义.中国现代小说史（上册）[A].杨义文存（第2卷）[C].北京：人民出版社，1997：611.

主义诗歌、日本小说和苏联革命启发下的革命小说——揭示了撰稿人在知识和美学上的偏好：刘呐鸥迷恋保尔·穆杭和日本'新感觉派'小说中的颓废感；戴望舒则是早已倾心法国诗歌；而从施蛰存很少的几篇文章看，他的个人兴趣还不明显。如果说他模仿的革命小说是一个失败，那他的另一篇小说《妮依》——被声称是模仿爱伦·坡的散文之作——却是他实验用第一人称独白的迷人之作。施蛰存的创作天赋在后办的杂志《新文艺》上更为明显。"[①] 刘呐鸥想借法国现代派作家保尔·穆杭的文学精神表现中国大城市的现代生活。由于发表左翼倾向的作品，《无轨列车》只出了6期就被查禁。

1929年9月施蛰存主编《新文艺》月刊，《新文艺》继续沿着《无轨列车》的"双重激进主义"轨道前行。1930年夏天，《新文艺》又被当局查封。1932年5月，施蛰存受现代书局之托主编《现代》月刊，后来杜衡等也参与了编辑。《现代》其编辑理念并没有特别地追求某种倾向或思潮，而是汇聚了20世纪30年代诸多有影响的作家和潮流。但同时，施蛰存的编辑趣味或嗜好即现代主义文学，也是非常明显的。《现代》汇聚了一批具有"新感觉派"倾向的作家。穆时英已经由普罗倾向转向了现代主义文学，他在《现代》上刊出的《公墓》《上海的狐步舞》《夜总会里的五个人》《街景》《PIERROT》等新感觉派的典型性作品，都是施蛰存所说的"现代的情绪"的表达，和刘呐鸥的《都市风景线》有些类似。施蛰存在《小说月报》上发表的《将军底头》《石秀》《魔道》等作品，继续以弗洛伊德的精神分析理论透视人性的深度心理，显示了新感觉派的另一种风格。1935年2月施蛰存辞去《现代》主编职务去教书，穆时英到国民党新闻检察机关任职，《现代》由汪馥泉主编，只出两期就停刊。

第三节　犀利的杂文与灵气十足的小品文

一、犀利的杂文

杂文是一种新兴的文学形式，它萌芽于五四文学革命和思想革命，并在与封建旧道德、旧礼教和专制制度进行激烈的斗争、宣扬西方科学民主思想的过程中得到了迅速的壮大和发展。从《新青年》开辟"随感录"专

[①] 李欧梵.上海摩登——一种新都市文化在中国（1930—1945）[M].北京：北京大学出版社，2001：148-149.

第二章　从人的文学到阶级的文学：革命文学时期文学发展研究

栏以来,新文化运动的先驱者们,根据当时中外杂文家和自己杂文写作的经验,把短评、杂感发展为不拘格式而内容上和艺术上都有一定规定性的杂文文体,并运用这种文体进行文明批评和社会批评,解剖中国愚弱的"国民性",对当时的传统思想和传统文化进行猛烈抨击。作为五四新文学主将,鲁迅不仅创作了大量极富思想性和艺术性的杂文,而且还从理论与实践相结合的角度,对现代杂文的文体样式、社会功能、思维方式、创作方法、杂文作家的思想和艺术修养以及作家的队伍建设等问题做出了精湛的论述,提出了系统的理论主张,对中国现代杂文的建设和发展做出了巨大的贡献。

鲁迅一生创作了大量的杂文,编辑成集的杂文集共有 16 部之多。杂文在鲁迅全部创作中占有最大的比重,是鲁迅这位精神界战士在思想、文化领域进行战斗和自我"释愤抒情"的重要文学形式。

以 1927 年为界,可以将鲁迅的杂文创作分为前后两个时期。前期从 1918—1926 年,后期从 1927—1936 年,前期杂文的主要内容是广泛而深刻的社会批评和文化批评。在深挖历史文化病根的同时,鲁迅还密切关注着现实社会,杂文也因此成为他批评现实社会政治的最重要、最有效的武器。鲁迅后期的杂文创作可以分为以下三个阶段。

第一个阶段是转折期(1928—1933 年上半年)。鲁迅在这一时期的文学实践中自觉学习马克思主义,用马克思主义指导社会批评和文化批评,其杂文创作在思想和艺术上出现了重大的转折和飞跃。他这一时期的杂文主要收在《三闲集》《二心集》和《南腔北调集》中。《三闲集》主要收集的是鲁迅先生 1928—1929 年间的杂文。《二心集》主要收录的是鲁迅先生 1930—1931 年的杂文,末附《现代电影与有产阶段》译文一篇。鲁迅曾说,他的文章,也许是《二心集》中比较锋利的了,如揭露国民党当局对外投降、对内镇压的《友邦惊诧论》。《南腔北调集》主要收录的是鲁迅先生 1932—1933 年间的杂文,带有更鲜明的政治色彩。

第二个阶段是成熟期(1933—1934)。这一时期,鲁迅先后在《申报·自由谈》上发表了 130 多篇杂文,杂文集有《伪自由书》《准风月谈》《花边文学》。这三本杂文集,都附有论敌的文章,都有长篇的《序言》和《后记》,目的在于使"书里所画的形象,更成为完全的一个具象"(《准风月谈·后记》),力图更忠实更完整地反映时代风貌,"以史治文"。鲁迅在这一时期创作了许多曲折、讽喻、影射的具有隐晦曲折的含蓄美的杂文,这些杂文大多是千字短文,在文体风格上综合了《热风》中随感录的短小精悍和《坟》中随笔的舒展从容。

第三个阶段是高峰期(1934—1936)。《且介亭杂文》《且介亭杂文二集》《且介亭杂文末编》是鲁迅在这一时期的杂文集。这个时期鲁迅创作的杂文主要是总结了他对社会人生和文学艺术等问题的深沉哲理思考,带有总结性质和预言性质,杂文议论的理趣化、形象化和情意化达到前所未有的高度,杂文语言也充分发挥现代白话通俗显豁、曲尽情意的优势。

鲁迅的杂文有着广泛而深刻的思想内容,可具体概括为六个方面。

第一,对封建的礼教、文化、制度和思想的罪恶进行揭露和批判,如《随感录三十三》《随感录三十六》等杂文中,作家在对旧思想和旧文化进行批判的基础上,提出了只有科学才能救治"几至国亡种灭"的中国的思想;在《我们现在怎么做父亲》《灯下漫笔》《我之节烈观》《娜拉走后怎样》等杂文中,作家对"妇女守节""饿死事小,失节事大""有了节烈,国便得救"等虚伪的说教及其反动本质进行了揭示,并号召人们将受封建制度压迫最深的妇女和儿童解放出来,让他们能够享受"正当的幸福"。

第二,对封建反动统治及其政权进行了猛烈抨击,并揭露了帝国主义侵略中国、奴役中国的野心,他创作的杂文,或对专制而暴虐的封建性反动政权北洋军阀政府以及为虎作伥的现代评论派文人进行了猛烈的抨击;或对国民党的反动本性及其犯下的大屠杀罪行进行了深刻揭露与批判;或对国民党的卖国行径进行了揭露与批判;或对国民党的暴政以其残害青年与群众的恶行进行了痛斥;或对国民党反动派残害左翼作家的行径进行了强烈控诉;或对帝国主义侵略、奴役中国的野心进行了深刻揭露。

第三,对国民性弱点以及当时社会中存在的病态心理、病态社会现象进行了暴露与针砭,如《灯下漫笔》《春末闲谈》等杂文中,作家明确指出封建等级制度是造成国民精神愚弱的重要的历史原因,并鼓励人们对封建等级制度进行反抗;《热风·随感录三十八》一文中,作家"合群的爱国的自大"进行了强烈批判,并指出只有"从现在起,立意改变",才可能疗救"不长进的民族"。

第四,对中国共产党和人民群众进行歌颂,如《答徐懋庸并关于抗日统一战线问题》《中国人失掉自信力了吗》等。

第五,对左翼文艺进行积极的提倡与扶植,如《对于左翼作家联盟的意见》《上海文艺之一瞥》《辱骂与恐吓决不是战斗》等。

第六,对文艺战线中出现的错误倾向进行了揭露与批评,并对诸多文艺问题进行了哲理性思考,如《现在的屠杀者》《反对"含泪"的批评家》《未有天才之前》《我的态度气量和年纪》《"醉眼"中的朦胧》《新月社批评家的任务》《"硬译"与"文学的阶级性"》等。

第二章 从人的文学到阶级的文学：革命文学时期文学发展研究

鲁迅的杂文在艺术方面，也有着自己的特色，具体体现在七个方面。

第一，鲁迅的杂文常常通过日常生活的细微现象，对社会进行深入的剖析。鲁迅曾说："我的杂文，所写的常是一鼻，一嘴，一毛，但合起来，已几乎是一形象的全体……画上一条尾巴，却见得更加完全。"[1]

第二，鲁迅的杂文有着很强的攻击性、否定性和批判性。鲁迅的一生，都在以杂文的形式与一切不合理的事物作斗争，因而他的杂文中不可避免地带有了攻击性、否定性和批判性。

第三，鲁迅的杂文有着生动的形象和严密的逻辑性，通常在议论时"不留面子"，切中要害，从而使其杂文带有了鲜明的政论性。同时，鲁迅在进行杂文创作时倾注了自己强烈的感情，并在逐渐展开情感的过程中进行了形象化的议论。

第四，鲁迅的杂文将具体形象性与科学逻辑性有机地融合在了一起。鲁迅杂文的这一特色与上一个特色是相适应的。如《说"面子"》一文中作家巧妙地融形象性和逻辑性于一体，通过形象地阐述各种"丢脸律"，论证了中国人的"面子观念"是贯穿着等级观念并总体趋向有利于上等人而不利于下等人的。

第五，鲁迅的杂文常常体现出反常规的思路和反常规的想象力，从而使文章的批判性更加犀利。

第六，鲁迅的杂文有着多样的文体形式，或是短小精悍、泼辣而讽刺的杂文，或是显示出无比学识的杂文，或是趣味浓郁引人入胜的杂文，或是战斗的论文式的杂文，或是抒情的杂文，或是叙事的杂文等。但不论哪种文体形式的杂文，都精练泼辣，切中要害。

第七，鲁迅杂文的语言自然简练、生动形象、机智幽默，还能对汉语的各种句式进行自由的驱遣，从而使汉语的表意功能和抒情功能都得到了最大程度的发挥。

总之，鲁迅的杂文在艺术上极富创造性，其文体形式丰富多样。对此，巴人还在《论鲁迅的杂文》中将鲁迅的全部杂文分成八种风格：第一种是"短小精悍，泼辣而讽刺的杂文"；第二种是"深厚朴茂显示无比的学识的杂文"；第三种是"趣味浓郁引人入胜——诗意的形象化的杂文"；第四种是"战斗的论文式的杂文"；第五种是"抒情的"；第六种是"质直的，搏击的"；第七种是"客观地暴露而不加以论断的"；第八种是"书序的一类"。但总的说来，鲁迅的杂文的文字风格都"非常干净，简练，得到语和文的高度的融化和统一，而又非常自然"。由此可见，鲁迅调动一切文学手段，

---

[1] 石兴泽，隋清娥.中国现代文学[M].北京：中国社会科学出版社，2012：174.

对杂文偏重说理的文体进行改造和创新,使之区别于一般的政论文,而成为一种独立的艺术制作,成为散文中的一种独特样式。

二、灵气十足的小品文

中国现代小品文萌生于20世纪20年代,在20世纪30年代盛极一时,出现了多种以刊登小品文为主的刊物。林语堂是这一时期小品文的代表作家。

林语堂(1895—1976),福建漳州人,原名和乐,后改名玉堂、语堂。林语堂是我国新文学史上一位有着鲜明个人特色的散文作家。他是一个在西方文化熏陶下成长起来的知识分子,但中国传统文化对他也有着深刻的影响。正如林语堂为自己撰写的一副对联所说:"两脚踏东西文化,一心评宇宙文章",准确地道出了自己的文化选择和人生哲学。

散文《祝土匪》是林语堂《语丝》时期的代表作。在这篇文章中,作者大胆地将"土匪"与"学者"加以对比剖析,旗帜鲜明地颂扬了土匪坚持真理,维护正义,敢讲真话的精神;痛快淋漓地揭露和批判了所谓学者们的道貌岸然的外表下隐藏的卑劣虚伪的丑恶嘴脸,嘲讽了他们"骨头折断""无以自立""倚门卖笑,双方讨好",不敢说自己要说的话,不敢维持良心而受人指使的真实处境。作者在轻松自如的论述中显露出锋芒,表现出勇猛的反传统的精神。然而,随着30年代中国社会阶级斗争的日趋激烈和阶级意识的不断加强,林语堂也陷入困惑、迷惘、彷徨,也就逐渐淡出了既往的热烈与勇气,而转向保守,渐趋消沉。

1932年9月,他创办了《论语》半月刊,1932年和1934年,又先后创办了《人间世》《宇宙风》,与周作人积极提倡幽默、性灵小品文。按他的解释,"性灵即是自我",它独来独往,不受"物质环境"制约。从自己的幽默观出发,林语堂在小品文的题材和风格上,主张"以自我为中心,以闲适为格调",认为小品文要"语出灵性""凡方寸中一种心境,一点佳意,一股牢骚,一把幽情,皆可听其由笔端流露出来"。由此,他自称提倡小品文的目的"最多亦只是提倡一种散文笔调而已"。这种散文笔调的核心便是闲适和性灵。他的幽默理论,虽然有西方文化的背景,但却是在当时中国特定的政治文化语境中发生的。在国民党政府的专制统治下,意欲苦中作乐、长歌当哭的人们往往也只能从幽默上找一条出路。林语堂幽默理论的倡导和形成,也使得他的小品文创作收获颇丰。从1932年《论语》创刊到1936年赴美国,他发表的各种文章(多为小品文)近300篇,其中一部分收在《大荒集》《行素集》《披荆集》中。这些小品文题材丰富繁杂,

第二章 从人的文学到阶级的文学：革命文学时期文学发展研究

大至宇宙之巨，小至苍蝇之微，无所不包。

综观这些散文作品，可以发现林语堂的散文有以下几个鲜明的特点。

第一，林语堂的散文大都"以自我为中心"。他曾在《论文》一文中高度赞扬了明末"公安派"和"竟陵派"的"性灵文学"，并明确提出了"文章是个人性灵表现"的观点，还认为对"性灵"进行书写便是文学的本质。而性灵指的是"个性"，也就是说在进行文学创作时要以自我为中心，对自我进行表现和抒发。

第二，林语堂的散文体现出鲜明的幽默色彩。1924年5月，他在《晨报副刊》上发表了《征译散文并提倡"幽默"》一文，并首次将英文单词"humour"翻译为"幽默"。同时，他认为幽默"是一种从容不迫的达观态度"[1]，且"绝不等同于滑稽、逗乐，滑稽一词应包含低级笑谈，意思只是一个人存心想逗笑。我想'幽默'一词指的是'亦庄亦谐'，其存心则在于'悲天悯人'"[2]。另外，林语堂认为幽默应该与讽刺分开，因而讽刺和现实的距离很近，而只有与现实拉开一定的距离，只做"一位冷静超远的旁观者"，才可能实现幽默。例如，在《冬至之晨杀人记》一文中，作家运用平和的幽默语调，对虚伪的客套进行了无情的嘲讽；在《论政治病》一文中，作家对国民党政客们的所谓政治病进行了幽默的讽刺。

第三，林语堂的散文大都"以闲适为笔调"。林语堂是中国现代散文"闲话风"的重要倡导者与实践者，"闲适"指的是散文创作的一种亲切且漫不经心的格调，并在这一格调的基础上写出自己的各种情义或各种牢骚。例如，在《秋天的况味》一文中，作家以秋景写人情，还在文章中与自己推心相知、倾心相与，进而在与自我面对的过程中，抒发了自己的人生感慨。

第四，林语堂的散文常常融汇中西文化，还经常运用中西比较的方法对所言之物进行评价，进而引发对中国传统文化的思考。《论孔子的幽默》《谈中西文化》《说纽约的饮食起居》等散文中，都在写作时蕴含了深刻的中西文化底蕴。

总之，林语堂的小品文追求幽默的情味，促成了他的小品文的突出的艺术个性。娓语式笔调是林语堂小品文的主要范式，他将谈话的艺术引进散文创作，不仅从理论上，而且从创作实践上提高了随笔体散文的文体地位。林语堂的小品文尽管有意超离现实，其幽默时带洋味，缺乏当时主流文学所具有的那种对现实的批判力度，但它融会了东西方的文化智慧，

---

[1] 林语堂.论幽默[A].林语堂文选（下）[C].北京：中国广播电视出版社，1990：79.
[2] 石兴泽，隋清娥.中国现代文学[M].北京：中国社会科学出版社，2012：200.

从学养、文化等方面另辟一途,对当时乃至后来的散文创作都有相当重要的影响。

第四节 左翼诗歌与现代派诗歌的对立

左翼文学是无产阶级革命文学的重要组成部分。而现代派文学反对左翼文学对题材、文学功能、形式的狭义说,认为文艺对革命的作用是有限的,不应该以题材大小对作品进行取舍,新文学作家应该发挥自己的个性对现实加以反映。显然,在这一时期,左翼文学与现代派文学共处于同一文学时空之中,但是也不可避免地存在某些对立。这里主要分析左翼诗歌与现代派诗歌的对立。

一、左翼诗歌

如前所述,左翼诗歌是无产阶级革命文学的重要部分,其基本主题是对现实斗争生活的反映,也是为了鼓动无产阶级革命者的情绪,因此在诗体形式上主要采用的是政治鼓动诗。在左翼诗人眼中,他们将自己视作一名战士,一名战士型诗人,将诗歌视作一种准政治活动。这样诗歌的战斗与鼓动功能就被凸显出来。蒋光慈、胡也频、殷夫等都是左翼诗歌的代表性诗人。

(一)蒋光慈的诗歌创作

蒋光慈(1901—1931),又名蒋光赤、蒋如恒、蒋侠僧等,是中国共产党早期党员。早年在家乡安徽参加过学生运动,后到上海加入社会主义青年团。1921年,留学苏联,并开始写作新诗集《新梦》,并于1925年出版。1924年回国之后,蒋光慈与沈泽民等人组织"春雷社"。

蒋光慈的诗歌具有明显的社会主义色彩,很多诗歌是对苏俄生活的反映,是对俄国十月革命的歌颂,并且他的诗受到青年读者的广泛欢迎。《新梦》中的第一首《红笑》写于1921年前往苏联途中:

那不是莫斯科么?
多少年梦见的情人!
我快要到你怀抱哩!

从诗中看出,蒋光慈是站在对世界上第一个社会主义国家崇拜与幻

第二章 从人的文学到阶级的文学：革命文学时期文学发展研究

想的角度上写下的。他在《莫斯科吟》中写道：

> 莫斯科的雪花白，
> 莫斯科的旗帜红：
> 旗帜如鲜艳浓醉的朝霞，
> 雪花把莫斯科装成为水晶宫。
> 我卧在朝霞中，
> 我漫游在水晶宫里，
> 我要歌就高歌，
> 我要梦就长梦。

现实中，莫斯科是一个寒冷的、贫穷的地方，但是在诗人的笔下奇迹般地醉人，在这里革命者找到了心灵的寄托与圣坛。诗人最后写道：

> 十月革命，
> 如大炮一般，
> 轰冬一声，
> 吓倒了野狼恶虎，
> 惊慌了牛鬼蛇神。
> 十月革命，
> 又如通天火柱一般，
> 后面燃烧着过去的残物，
> 前面照耀着将来的新途径。
> 哎！十月革命，
> 我将我的心灵贡献给你罢，
> 人类因你出世而重生。

在辉煌的圣坛面前，革命者产生了如何突破"自我"的问题。在革命的实践中，革命者逐渐找到归宿：

> 前进罢！——红光遍地，
> 后顾啊！——绝壁重重。
> 革命的诗人，
> 人类的牧童，
> 我啊！
> 我啊！
> 抛去过去的骸骨，
> 爱恋将来的美容。

归国之后，蒋光慈写了《哀中国》这部诗集，其中描述了当时中国的面貌，使中国现实与苏联的新社会形成对比，彰显了革命的必要性与可能性。诗中这样写道：
>你怀拥着无限美丽的天然，
>你的形象如何浩大而磅礴！
>你身上排列着许多蜿蜒的江河，
>你身上耸峙着许多郁秀的山岳。
>但是现在啊，
>江河只流着很呜咽的悲音，
>山岳的颜色更惨淡而寥落！

虽然该诗中写的是"哀"，但是不是在哀叹，而是在"哀"的背后蕴藏着奋起的决心。这体现了新诗的阳刚之气，也是民族的心声。蒋光慈的这首抒情诗充满了激情。

总体来说，蒋光慈的诗歌中融合了现象与逻辑、理想与现实，其中充满着激昂雄壮的美感。诗歌中表现了忧国忧民的情怀，这种情怀一直在左翼诗歌的发展中延续。

（二）殷夫的诗歌创作

殷夫（1909—1931），本名徐祖华，徐白、白莽是他的笔名，中国共产党早期党员。在他短暂的生命中，曾三次被捕，是"左联五烈士"之一。1926年，他在上海浦东就读，并加入中国共产主义青年团。1928年，加入太阳社。1929年，离校做了青年工人。1930年加入左联，并成为《列宁青年》编辑。1931年被杀害，年仅22岁。

殷夫早期的诗作与胡也频接近，其中蕴含着强烈的情感。受个性解放思潮的影响，他写了很多关于爱情、亲情的诗作，表达在时代重压下的苦闷与抑郁，也表达出他追求光明的情绪。他将早期的诗作都集合于《孩儿塔》下。其中有这样一段文字：
>孩儿塔哟，你是稚骨的故宫，
>伫立于这漠茫的平旷，
>倾听晚风无依的悲诉，
>谐和着鸦队的合唱！
>呵！你是幼弱灵魂的居处，
>你是被遗忘者的故乡。
>
>白荆花低开旁周，
>灵芝草暗覆着幽幽私道，
>地线上停凝着风车巨轮，

第二章 从人的文学到阶级的文学：革命文学时期文学发展研究

  淡曼曼天空没有风暴；
  这呦,这和平无奈的世界,
  北欧的悲雾永久地笼罩。

  你们为世遗忘的小幽魂,
  天使的清泪洗涤心的创痕；
  哟,你们有你们人生和清热,
  也有生的歌颂,未来的花底憧憬。

  这首尚显稚嫩的抒情诗表现了一般觉醒的知识青年所普遍存在的孤傲、寂寞、惆怅的情怀。

  随着革命的深入,殷夫的诗作中也呈现了无产阶级的气魄,并且"红色抒情诗"也逐渐走上了新的高潮。诗人感受到自己在历史转折中所肩负的责任,因此他的声音是充满自信的。他在《地心》中宣告：

  我枕着将爆的火山,
  火山要喷射鲜火深红,
  把我的血流成小溪,骨成灰,
  我祈祷着一个死的从容。

  再如《别了,哥哥》：

  别了,哥哥,别了,
  此后各走前途,
  再见的机会是在,
  当我们和你隶属着的阶级交了战火。

  这些诗都饱含着诗人真实的情感,表达了他们年轻而激进的心情,也呈现了他们对自己所理解的革命的期盼。

  诗人的力量源于将自己投入中国的"大我"之中。这种思想在他的《一九二九年的五月一日》中也得到了体现,他这样写道：

  我突入人群,高呼：
  "我们……我们……我们……"
  白的红的五彩纸片,
  在晨曦中翻飞像队鸽群。

  呵,响应,响应,响应,
  满街上是我们的呼声！
  我融入于一个声音的洪流,
  我们是伟大的一个心灵。

……
  一个巡捕拿住我的衣领,
  但我还狂叫,狂叫,狂叫,
  我已不是我,
  我的心合着大群燃烧。

  总体来说,殷夫的政治抒情诗有慷慨激昂的调子、有急促悦动的节奏,也不乏浪漫主义色彩。在艺术风格上,他的作品显得粗犷、朴实,具有鼓动性,而且也便于朗诵。

(三)胡也频的诗歌创作

  胡也频(1903—1931),又名胡崇轩,"左联五烈士"之一。早年在私塾就读,做过一段时间的学徒,之后被家人送到天津大沽口海军学校学习机器制造。之后,去北京考大学,但失败未被录取,接着就开始了他的流浪生活。

  由于胡也频经历了比较多的事情,因此他将自身的经历融入自己的小说之中。1924年,胡也频与女作家丁玲结婚,1928年到上海主编《红与黑》杂志,第二年与沈从文合编《红黑》月刊和《人间》月刊。1930年加入"左联"担任执行委员。1931年1月,被逮捕之后在上海龙华被杀害。

  作为一名左翼作家,胡也频的诗歌中融入了深厚的反抗社会精神,如他的《诗人如弓手》写道:

  诗人如弓手,
  语言是其利箭,
  无休止地向罪恶射击,
  不计较生命之力的消耗。

  但永远在苦恼中跋涉,
  未能一践其理想:
  扑灭残酷之人性,
  盼春光普照于世界。

  这首诗呈现了战士的复杂心情,想要献身于斗争之中,却又限于理想的遥不可及,但是他们也没有放弃理想。

  又如他的《一个时代》中宣称:

  刀枪因杀人而显贵,
  法律乃权威之奴隶,
  净地变了屠场,

第二章　从人的文学到阶级的文学：革命文学时期文学发展研究

　　人尸难与猪羊比价。
　　……
　　铁窗之冷狱于是热闹，
　　勇敢的青年成了囚犯，
　　监牢遇这罕有之客，
　　便满足了极酷虐的敲诈。

胡也频的诗歌明显呈现了诗人的信念，他将愤慨的激情意象化，转化为一种力量，表现出"红色诗歌"的多样性。

二、现代派诗歌

1935年孙作云发表《论"现代派"诗》一文，把20世纪30年代登上诗坛的一大批年轻的都市诗人具有相似倾向的诗歌创作概括为"现代派诗"。其重要的标志是1932年5月在上海创刊的，由施蛰存、杜衡主编的《现代》杂志。《现代》杂志构成了20世纪30年代现代派文学创作的重要阵地，也集中刊发了一大批具有现代主义倾向的诗作。此后几年，卞之琳在北平编辑《水星》（1934），戴望舒主编《现代诗风》（1935），到了1936年，由戴望舒、卞之琳、梁宗岱、冯至主编的杂志，把这股"现代派"的诗潮推向高峰。伴随着这一高峰的是1936年至1937年大量新诗杂志的问世，如上海的《新诗》《诗屋》、广东的《诗叶》《诗之页》、苏州的《诗志》、北平的《小雅》、南京的《诗帆》等。

因此，所谓的现代派大体上是对20世纪30年代到抗战前夕新崛起的有大致相似的创作风格的年轻诗人的统称。其中会聚了上海、北平、南京、武汉、天津等许多大城市的诗人群体，代表诗人有戴望舒、卞之琳、何其芳、李广田、施蛰存、曹葆华、路易士等。下面主要以戴望舒与卞之琳的诗为例进行分析。

（一）戴望舒的诗歌创作

戴望舒（1905—1950），又名戴梦鸥，艾昂甫、江恩是他的笔名。他曾就读于杭州宗文中学与上海大学中国文学系。1925年，进入震旦大学学习法语。1926年从事革命文艺活动，并出版了不少译作与诗作。1930年他加入"左联"。1932年，他自费赴法留学。1935年归国。1936年，戴望舒与卞之琳等人创办《新诗》月刊。1938年，赴中国香港主编《星岛日报》文艺副刊《星座》，兼任中华全国文艺界抗敌协会香港分会理事。1946年回到上海，在上海师范专科学校任教，并兼任暨南大学教授。1949年，在北京参加全国文艺工作者第一次代表大会,后任新闻总署国际新闻局法文编辑。1950年,因严重的气喘病,戴望舒不幸与世长辞。

早年,戴望舒的诗歌受到了新月诗派与法国早期象征主义的影响,对于音律的美是极其追求的,并期待诗歌与意象技法的融合,给人以独特的诗歌风貌,这可以在他的《雨巷》一诗中体现出来。

撑着油纸伞,独自
彷徨在悠长、悠长
又寂寥的雨巷,
我希望逢着
一个丁香一样地
结着愁怨的姑娘。

她是有
丁香一样的颜色,
丁香一样的芬芳,
丁香一样的忧愁,
在雨中哀怨,
哀怨又彷徨;

她彷徨在这寂寥的雨巷,
撑着油纸伞
像我一样,
像我一样地
默默彳亍着,
冷漠,凄清,又惆怅。

她静默地走近
走近,又投出
太息一般的眼光,
她飘过
像梦一般地,
像梦一般地凄婉迷茫。

像梦中飘过
一枝丁香地,

第二章 从人的文学到阶级的文学：革命文学时期文学发展研究

我身旁飘过这个女郎；
她静默地远了,远了,
到了颓圮的篱墙,
走尽这雨巷。

在雨的哀曲里,
消了她的颜色,
散了她的芬芳,
消散了,甚至她的
太息般的眼光,
她丁香般的惆怅。

撑着油纸伞,独自
彷徨在悠长、悠长
又寂寥的雨巷,
我希望飘过
一个丁香一样地
结着愁怨的姑娘。

  这首诗创作于1927年。诗中为了强化全诗的音乐性,用了"像我一样/像我一样地"以及"像梦一般地/像梦一般地"这种语言上的重见、复沓,如同交织在一起的抒情乐句反复一般,听起来和谐、悦耳,同时是对诗歌抒情色彩的加强。另外,诗中运用了法国象征主义诗歌的象征、暗示等手法,那阴霾淫雨下的"悠长/又寂寥的雨巷",象征了大革命失败后社会的政治氛围;抒情主人公"我"的"哀怨""彷徨"和"惆怅",象征了大革命失败后一代青年忧伤、痛苦且抑郁的精神状态;而"丁香一样地/结着愁怨的姑娘",象征了诗人对美好理想的向往和不断追求。同时,诗人有意识地将象征主义手法与中国古典诗歌指涉着香草美人的抒情传统相结合,从而营造出了优美而精致的诗的意境。诗人暗示着自己当时对社会、对人生的朦胧的希望,有迷茫,也有着期待,给人一种朦胧美。诗歌中狭长阴沉的雨巷、雨中徘徊的独行者、如丁香般有愁怨的姑娘,都是象征的体现。总体来说,全诗共7节,每节6行,诗句随着诗人情绪的起伏变化而长短错落,回环往复,具有很强的音乐性、节奏美和旋律美,再加上江阳韵一韵到底、不断重复主题性意象和短句,从而使全诗形成了复沓、回环的节奏,有着"余音绕梁"的韵味,为新诗和音乐的结合开拓了新的天地。
  五四前后,科学与民主的洪流使一代又一代的知识分子觉醒。理想与现实之间的矛盾越来越激烈,使得他们的心灵更为敏感。戴望舒就是一位由现实世界转到诗的世界中最忠实的寻梦者之一。在他的《寻梦者》一篇中写道:

梦会开出花来的,
梦会开出娇妍的花来的:
去求无价的珍宝吧。

在青色的大海里,
在青色的大海的底里,
深藏着金色的贝一枚。

你去攀九年的冰山吧,
你去航九年的旱海吧,
然后你逢到那金色的贝。

它有天上的云雨声,
它有海上的风涛声,
它会使你的心沉醉。

把它在海水里养九年,
把它在天水里养九年,
然后,它在一个暗夜里开绽了。

当你鬓发斑斑了的时候,
当你眼睛朦胧了的时候,
金色的贝吐出桃色的珠。

把桃色的珠放在你怀里,
把桃色的珠放在你枕边,
于是一个梦静静地升上来了。

你的梦开出花来了,
你的梦开出娇妍的花来了,
在你已衰老了的时候。

第二章 从人的文学到阶级的文学：革命文学时期文学发展研究

这首诗歌非常具有民族特色,诗歌虽然受到象征主义的影响,但是其中不乏传统诗歌的意蕴,诗人努力实现中西诗歌艺术的融合。诗人将"金色的贝"与"桃色的珠"作为载体,都是传统诗歌中的意象,这些串联起来的意象体现了民族的审美心理。同时,诗中每节三行,节奏大体一致,读起来不仅有美感效果,还能使人感受到音乐美的境界。《寻梦者》是诗人内心的形象写照,也是一个群体精神与灵魂的深刻自白。它用美丽的象征意象唱出了美丽的寻梦者灵魂的歌。这支美丽的歌告诉了一个人生的真谛:任何美好理想的实现,任何事业成功的获取,必须付出艰苦代价:你的梦"开出娇妍的花"来的时候,正是"在你已衰老了的时候"。

后期戴望舒的诗歌放弃对外在格式、韵律的追求,而是转向追求诗歌节奏与诗情,创造出一种蕴含散文美的自由诗体。这可以体现在他的《我底记忆》中。

我底记忆是忠实于我的,
忠实甚于我最好的友人

它生存在燃着的烟卷上,
它生存在绘着百合花的笔杆上,
它生存在破旧的粉盒上,
它生存在颓垣的木莓上,
它生存在喝了一半的酒瓶上,
在撕碎的往日的诗稿上,在压干的花片上,
在凄暗的灯上,在平静的水上,
在一切有灵魂没有灵魂的东西上,
它在到处生存着,像我在这世界一样。

它是胆小的,它怕着人们的喧嚣,
但在寂寥时,它便对我来作密切的拜访。
它的声音是低微的,
但它的话却很长,很长,
很长,很琐碎,而且永远不肯休
它的话是古旧的,老讲着同样的故事,
它的音调是和谐的,老唱着同样的曲子,
有时它还模仿着爱娇的少女的声音,
它的声音是没有气力的,
而且还夹着眼泪,夹着太息。

它的拜访是没有一定的，
在任何时间，在任何地点，
时常当我已上床，朦胧地想睡了，
或是选一个大清早，
人们会说它没有礼貌，
但是我们是老朋友。

它是琐琐地永远不肯休止的，
除非我凄凄地哭了，
或是沉沉地睡了，
但是我永远不讨厌它，
因为它是忠实于我的。

这首诗呈现的是诗人面对黑暗无力抗争而心生苦闷、逐渐逃避现实的态度。在现实中，诗人处处碰壁，只能通过这种虚幻美化的记忆对自己内心的苦楚加以弥补。全诗始终在伤感中展开，其中虽然没有跌宕的描述，但是也得到了声情并茂的效果。与前面两首诗相比，虽然都是对心情的描写，但是这首诗更到达了内心深处，这表明了诗人已经具有了内省的意识，在措辞上也采用了现代口语这种朴实无华的语言。

总之，从戴望舒的诗歌中可以看出，他对国家民族的命运是非常关注的，在他的诗歌中充满爱国主义激情，他不愧为现代派诗歌的代表人物。

（二）卞之琳的诗歌创作

卞之琳(1910—2000)，林之、么哥、季陵等是其笔名。1929年考入北京大学英文系学习，并在学习期间阅读了大量英法诗歌。1956年他加入中国共产党。2000年12月2日，卞之琳因病逝世。

卞之琳的诗受法国象征主义的影响，并汲取中国古典诗词的营养，形成自己的风格。卞之琳的诗歌具有丰富的联想与较强的跳跃性，善于从生活中挖掘深刻的内涵，如《断章》：

你站在桥上看风景，
看风景的人在楼上看你。

明月装饰了你的窗子，
你装饰了别人的梦。

第二章 从人的文学到阶级的文学:革命文学时期文学发展研究

数千行的长诗可以淹没于历史的尘埃,而短小的诗也可以大放异彩。这首诗本是一首长诗中的四行,但是诗人觉得这四句是最令人满意的,因此独立出来单独成章,这就是《断章》的来源。就主旨上来说,这首诗具有朦胧的意蕴,尤其其创意着重在"相对"上,进而揭示出彼此相互制约、相互联系的关系,呈现的是一种相对的观念。从艺术方面来说,其主要通过意象与客观形象加以呈现,将抽象、复杂的观念与情绪烘托出来,给人以深邃悠远的意境。第一节诗,有两个画面和变化的主客体,"你站在桥上看风景"的"你"是主体,但"看风景的人在楼上看你"的"你"则是客体。第二节诗,"明月装饰了你的窗子"是一个具象的画面,而"你"这一主体用"明月"这一客体来装饰;"你装饰了别人的梦"是一种语境,"你"这一主体又成为装饰别人梦的客体。显然,整首诗在主客体交换,暗示了宇宙中存在相对性的哲理。

卞之琳贡献了一种"情景的美学",这种情景是传统意境与西方戏剧化、小说化写作技巧的融合,这可以从他的诗中捕捉到。虽然很多是日常生活情景,但是在卞之琳的笔下,逐渐成为耐人寻味的哲理,这显然是将普通生活逐渐审美化了。看下面这首《航海》:

> 轮船向东方直航了一夜,
> 大摇大摆的拖着一条尾巴,
> 骄傲的请旅客对一对表——
> "时间落后了,差一刻。"
> 说话的茶房大约是好胜的,
> 他也许还记得童心的失望——
> 从前院到后院和月亮赛跑。
> 这时候睡眼朦胧的多思者
> 想起在家乡认一夜的长途
> 于窗槛上一段蜗牛的银迹——
> "可是这一夜却有二百浬?"

诗人设定的是航海中可能发生的情境。茶房明白经过一夜的航行可能带来时差问题,因此要求旅客对表,乘客的"多思者"在睡梦中想起自己在家乡是依靠蜗牛爬行来辨认时间跨度,与乡土居民从猫眼看时间类似。而同样的一夜间,船行驶了二百里。这呈现的同样是时空的相对性,同时可以看出航海代表的现代时间与乡土时间的差异,即两种时间观念的对比,背后则是两种生活状态的对比。

第五节　为革命而文学的左翼小说与渐趋成熟的长篇小说

在中国现代文学发展史上,革命时期的经典小说始终占据着重要的位置。这个时期的小说,最为经典的是为革命而文学的左翼小说和渐趋成熟的长篇小说。本节主要对这一时期的左翼小说和长篇小说进行分析。

一、为革命而文学的左翼小说

20世纪20年代初,中国一批较早接受马克思主义意识形态的革命家和作家,以蒋光慈、丁玲等为代表,开始鼓吹"革命文学"。但真正将"革命文学"作为一个否定五四文学传统、取代"文学革命"的新的文学运动口号,是在1928年,以后期创造社、太阳社成员发起的无产阶级文学运动为标志。其中李初梨的《怎样地建设革命文学》、成仿吾的《从文学革命到革命文学》和蒋光慈的《关于革命文学》等文章,对"革命文学"(又称"无产阶级文学""普罗文学")的性质、特征、作家立场和创作要求作了全面的阐释,为"革命文学"的产生作出了理论的准备。而成立于1930年的"中国左翼作家联盟"(简称"左联")则从组织上、思想上和刊物、出版机制上进一步强化、发展了这些理论,由此在30年代形成了不同于五四人本的、为人生的、人道主义的启蒙文学的另一种文学——政治的、革命的、阶级的、功利的、宣传的左翼文学,从而完成了"从文学革命到革命文学"的审美政治化转向。

(一)蒋光慈的小说创作

除了诗歌,蒋光慈的重要作品还有小说,有中篇小说《少年漂泊者》《短裤党》《冲出云围的月亮》。

《少年漂泊者》描写贫苦的农民青年汪中,双亲被地主害死,他只身飘流在外,做过书童、茶役、店员、乞丐,参加过"二七"大罢工,蹲过监狱,最后投奔革命。通过这些经历,一定程度上反映了辛亥革命后至北伐战争前的中国社会动态,是蒋光慈小说中现实成分较强的一篇。作品是书信体的,借汪中之口说:"一个人当万感丛集的时候,总想找一个人诉一诉衷曲,诉了之后才觉舒服些。"这为求"舒服"的情感宣泄,使作品染上浓重的主观色彩。书中插入男女恋爱故事,以及汪中失去双亲后进行疯

第二章　从人的文学到阶级的文学：革命文学时期文学发展研究

狂报复的幻觉,都带着初期左翼小说的共性。这到了短篇集《鸭绿江上》就更加强了。

1927年4月,蒋光慈迅速地完成了中篇小说《短裤党》。小说描写了起义的领导者杨直夫、史兆炎和忠诚的工人党员李金贵等,这是最早塑造的共产党人形象。这部小说还描写李金贵的妻子,共产党员女工邢翠英,当李牺牲后,产生了变态的疯狂心理,背着组织只身怀刀冲入警署杀人为丈夫复仇,结果牺牲了自己的生命。作者赞扬这种冒险主义的情绪和行动。这也是初期左翼文艺创作中具有代表性的现象,在大革命失败之后,一些年轻的左翼作家从革命高潮时的精神昂奋,一下子跌落到茫然的惶惑、迷惘中,感到了理想失落的痛楚,被一种幻灭感笼罩着。于是无论诗歌、小说、散文中都有一些作品表现了这种幻灭感,如茅盾的《蚀》三部曲等。又由于小资产阶级的急躁、冒进情绪,另一些作家怀着强烈的义愤,恨不得一个早上就把敌对势力消灭掉。于是,《短裤党》中邢翠英式的个人复仇行动,在更多小说中出现。

1929年蒋光慈创作了《冲出云围的月亮》。这部小说企图描写主人公由大革命失败后的颓唐、堕落,重新回到革命队伍,但未脱"革命+恋爱"的公式。上半部描写大革命失败后主人公曼英情绪十分消沉,自称"恨世女郎",竟然以肉体勾引政客、买办、资本家小少爷,尽情地玩弄他们以发泄自己的愤恨。作品赞美她:"从前曼英没有用刀枪的力量将敌人剿灭,现在曼英可以利用自己的肉体的美来将敌人捉弄"。下半部写曼英在李尚志的帮助下,又回到革命行列中来。而这种转变靠的是爱情的力量,是典型的罗曼谛克幻想。因此,一方面要描写革命,表现阶级压迫和人民斗争;另一方面,这革命又要是"有趣"的、"罗曼谛克"的,这就是某些小资产阶级知识分子想象中的革命。

这种进步同样表现在蒋光慈的创作中。他的最后一部作品,长篇小说《咆哮了的土地》(即《田野的风》),描写大革命中湖南某地一村庄的农民,在矿工张进德和背叛地主家庭的革命知识分子李杰的领导之下,组织起来向地主豪绅进行斗争。小说抛却对知识分子革命者的颓废情绪和浪漫行为的描写,较为专心致志地去写工农的革命斗争,描写农民形象,如刘二麻子、李木匠等带有农村流浪汉特征的农民。但未能彻底地摆脱"革命的罗曼谛克"。这部小说的成功在于对张进德及革命知识分子李杰这两大人物的刻画上。对张进德的描写主要体现在他回到家乡,发动群众,与当地的土豪劣绅做斗争,又能够对当地农村长期存在的文化心理与风俗习惯进行冷静的思考。当农民武装被包围时,他能够率领大家奔向金刚山,表现出他果断的性格。但是他的性格缺乏发展,对内心世界的刻

· 69 ·

画比较少。相比之下，对李杰的描写就比较深刻，既对他的性格特征进行了描写，又论述了其性格的发展。李杰因为恋上农村姑娘而遭到家里人反对，离家出走后参加革命，他具有较高的理论修养，看到对农村的改造不是出在"将作恶的父亲杀死"这一问题上，而是在于提升"农民觉悟"。作者将这样的任务置入时代的大潮下，深入地剖析其思想内部所存在的血亲观念、家庭伦理等问题，在斗争中揭示出他的复杂情感。总体来说，小说的客观描写非常深刻、细致，具有较强的生活实感，在结构安排、主题描写上都非常具有特色。

总之，蒋光慈以高昂的革命激情与不断探索的精神，创造出"力"与"美"结合的较圆熟的作品，顺应了时代潮流，是激情叙述下的革命言说，是"中国革命史上的一个证据"[①]，有其独特的文学价值。

（二）丁玲的小说创作

丁玲（1904—1986），又名蒋冰之，出身于没落的封建世家。她的母亲是具有民主革命思想的女性。少年时代的丁玲跟随母亲认识了一些著名的女革命家，这对她有深刻的影响。18岁后曾就读于共产党人办的平民女子学校和上海大学。这些经历使她很早就萌生革命的思想，强烈追求个性解放，特别同情妇女的命运。当从事文学创作后，她的重要作品中几乎都有各种类型的女性形象。就同情妇女命运、塑造众多妇女形象而言，在现代众多女作家中丁玲是非常突出的。

1927年12月，丁玲发表了她的处女作《梦珂》。《梦珂》就是写一位单纯而幼稚的女知识青年，与周围龌龊的现实格格不入。梦珂有点像王统照《沉思》里的琼逸，深深陷在对于现实的幻灭中。1928年1月，丁玲发表了《莎菲女士的日记》，这是她的成名之作。这篇小说的发表，"震惊了一代的文艺界"[②]，并使丁玲成为现代文学史上冰心之后最负盛名的女作家。而《莎菲女士的日记》也成为郁达夫的《沉沦》之后，又一篇长时期毁誉并交之作。

《莎菲女士的日记》的主人公，与梦珂一样，也不满于周围的卑俗的生活，感到十分孤独。而这篇小说的影响远远超过《梦珂》，是因为它塑造一个现代女性莎菲的形象，提供了一个莎菲性格，这是以往新文学作品中所少有的。它是通过两性关系来写莎菲的，相当大胆、袒露、真挚而且

[①] 蒋光慈.短裤党·写在本书的前面[A].蒋光慈文集（第1卷）[C].上海：上海文艺出版社，1982：213.
[②] 钱谦吾.丁玲[M].天津：天津人民出版社，1982：226.

第二章 从人的文学到阶级的文学：革命文学时期文学发展研究

深入细致地描写了莎菲的恋爱心理，这也是过去所没有的。通过莎菲的恋爱心理，写出追求个性解放的女子的彷徨、苦闷，写出了她们的命运悲剧。

莎菲的性格是崭新的，尽管她的心里也有旧文化的积淀，从而形成性格的某些矛盾。在两性关系上，她作为一个女子，绝不把自己视为被动地等待男性赏识、选择的对象，她认为自己在人格上与男性完全平等，也可以主动地去检验、评价、选择男性。因此，与传统女子的性格温顺、贤淑迥然相异，当她遇见凌吉士时，敢于"狠狠的望了他几次"，并在日记中写道："我要占有他，我要他无条件的献上他的心。"这样的思想在当时是令很多人感到吃惊的。而莎菲对男性的选择，有自己的标准。对于懦弱的、没有男性气度的苇弟，莎菲承认他是好人，可以做个好丈夫；但她不爱他，因为同他的心灵的差距太大。莎菲说："我总愿意有那么一个人能了解得我清清楚楚的，如若不懂得我，我要那些爱，那些体贴做什么？"对于凌吉士，莎菲曾被他那骑士的美貌、仪表、风度所迷醉，几乎爱到了癫狂的地步，甘愿把自己的一切献给他。但最后还是拒绝了他，因为看清了此人灵魂的庸俗、卑劣。在行为上，一方面对男女关系持开放的态度，甚至认为只要对别人无害，就可以做自己想做的事。在这一点上，莎菲很容易被人误解，以为她在玩弄男性。另一方面，莎菲又是十分严肃的、克制的，与男性相处，即使在为凌吉士的外貌所迷醉，有时忘了自尊与骄傲，她的行为仍有着严格的分寸。她要维护自己人格的尊严，懂得一个青年女子的自尊、自重与自卫。作者把她写得比她周围的男性，比凌吉士、苇弟等精神上都要高出很多。总之，她是当时罕见的惊世骇俗的人物，当然不为世俗所容，引起争议几乎是必然之事。而描写莎菲性格，正是《莎菲女士的日记》的文学价值之所在。

《莎菲女士的日记》显示出丁玲小说善于细腻刻画人物心理的艺术特征。她用日记体小说的形式来展开莎菲的恋爱心理，写她内心的冲突。她既是大胆、开放的，又是中国土地上生长起来的，在日记中便常有自责，也常懊恼，说一些要拯救自己之类的话。小说又写灵肉的冲突，细腻地写出了她的矛盾心理。她明知凌吉士很庸俗，从心里看不起他，又难以摆脱对他美貌的狂热的迷恋，也有忘了自尊与骄傲之时。此外，还写她感到周围有人在关心她，却没有真正了解她的人，写她的深刻的孤独感。这也是塑造莎菲形象的重要一笔。小说没有写莎菲究竟何去何从。莎菲是孤独的，她的感情圈子也很狭窄，对外部更广阔的世界，至少是知之不多。但人们可以料到，一旦她接触到足以使她精神振奋之事，例如革命斗争，她很快就会兴奋起来，毫不犹豫地踏上一条新的道路。但也并非没有投到

· 71 ·

凌吉士怀抱中的可能。所以,小说客观上提出了一个问题,像莎菲这样个性主义的青年,即使已经把个人的命运握在自己手中了,她能把握好自己的命运吗?莎菲就是出走了的娜拉,她的表现正在回答"娜拉走后怎样"。1928年的莎菲引起文坛的震动,但这也许是中国现代文学史上最后一次"个性解放"的震动。出走了的莎菲不可能永远是莎菲,或进或退她必有抉择。果然,1933年,丁玲在《文学》杂志上发表《莎菲日记第二部》,交代说莎菲没有浪费生命的余剩,她与一个19岁的少年同居,第六年生了小孩。正当她读着爱人新出版的《光明在我们面前》时,他已被捕并被秘密枪杀了。莎菲不愿把时间消耗在成日的对死者的追念中,她开始读书、写日记。由于心境的变化,已写不出第一部那样的日记了。的确,不仅是丁玲,就是此后的现代文学中很少再有莎菲这类形象了。莎菲革命化了,丁玲的创作也转向革命文学了。

《莎菲女士的日记》之后,丁玲继续写了一些以不同阶层的女性为主人公的小说。接着,丁玲在题材上又从描写知识分子革命者转到描写工农。1931年,以当年十六省大水灾为背景,写成了《水》。"水"含有象征的意义,既是描写自然灾害的洪水给农民带来的苦难;又指的是不堪政府、地主的趁机打劫,愤怒地奋起反抗的农民,也像洪水一样凶猛,是可覆舟之水。

《水》是丁玲开始努力地表现工农生活的新起点,对当时左翼文学创作也是有影响的。但因为对工农群众的生活和思想感情还较陌生,尚难以塑造出有血肉的工农人物形象。《水》带着新闻纪事性,反映生活比较表面化,而且常常在工农的嘴里加进去一些粗俗的秽语。后来批评"革命浪漫谛克"倾向时,有人也把《水》划入其中。但它毕竟是丁玲创作一个重大转折的开端。此后,丁玲便致力于表现工农的生活和斗争。《某夜》描写国民政府监狱中坚持斗争、英勇就义的革命者。《消息》表现工人地下工作者的母亲对苏区的热爱、向往。《奔》表现破产农民流入上海,照样没有活路。这时期,丁玲还以她的母亲为原型,开始创作长篇小说《母亲》,描写辛亥革命前后,一位贤妻良母式的女子的觉醒,从追求新知而走上自立、革命的道路。

总之,丁玲擅长叙述,她的人物、情节多是由作家声色鲜明地描绘给读者,而较少让人物自己在情节进程中活动。她说在作品里,她"不愿写对话,写动作"。而她的叙述是立足于细密观察基础上的,尤其写人物的内心世界,格外细腻、动人。她说她是爬进人物的心里,替他们设想何时应有何种心情,有时还立于其旁,对他们的心理给予解析。这种基本的艺术手法,后来也大体上保持着。

第二章　从人的文学到阶级的文学：革命文学时期文学发展研究

二、渐趋成熟的长篇小说

随着现代文学的发展,长篇小说经过不断的探索与尝试,出现了明显的发展势头。在这一过程中,茅盾的长篇小说起到了重要作用。单纯从长篇小说的艺术构架上来说,茅盾、巴金等人的创作具有鲜明的时代性,他们尤其对三部曲式的长篇巨著非常推崇。下面就从茅盾、巴金身上分析渐趋成熟的长篇小说。

(一)茅盾的小说创作

茅盾(1898—1981),原名沈德鸿,字雁冰。1927年,他的第一篇小说《幻灭》以茅盾作笔名,自此常用茅盾这一名字。他出生于书香世家,自幼有良好的家教,父亲为清朝末年的秀才,对中医通晓,母亲对文理也非常通晓,因此他从小就接受了"新学"的熏陶。10岁,父亲去世,母亲承担抚养与教育他的责任,母亲刚毅的性格让茅盾印象深刻。1913年,茅盾进入北京大学学习,之后由于家庭贫困,经亲戚介绍进入上海商务印书馆做编辑,开始译书工作,并在《学灯》《学生杂志》等刊物上发表文章。1920年,茅盾加入马克思主义小组,1921年加入共产党,积极投身社会斗争中。1921年1月,文学研究会成立,茅盾是主要发起人之一。1930年他参加了"左联"。抗战爆发后,茅盾辗转各地,曾担任《文学》《文季》《中流》等刊物的主编。中华人民共和国成立后,茅盾担任第一任文化部部长,此后长期从事文学艺术和文化事业的领导工作。1981年,茅盾在北京逝世。

茅盾对现实主义理论的提倡,对20世纪中国现实主义文学的发展,发挥了重要作用。他对现代文学的设计带有很强的理性化色彩,虽然他的理论观察与现代文学后来的发展不相符合,但是深深影响了他本人日后的文学创作。这种理性精神和激进思维的结合对理解茅盾的文学创作是十分重要的。

茅盾不仅是中国现实主义文学理论的重要倡导者,并且他还身体力行,以自己的创作实践来展示现实主义的特有魅力。他的文学成就主要体现在长篇小说创作上,这些作品在现代文学史上占据了举足轻重的地位,标志着中国现代长篇小说走向成熟。

1926年到1927年7月,茅盾带着幻灭、矛盾的心态,反复思考民族的前途和自身的境遇,思索着大革命的成败聚散和知识青年的生死沉浮:"我是真实地去生活,经验了动乱中国的最复杂的人生的一幕,终于感到了幻灭的悲哀,人生的矛盾,在消沉的心情下,孤寂的生活中,而尚受生活执着的支配,想要以我的生命力的余烬从别的方面在这迷乱灰色的人生内发一星微光,于是我就开始创作了。"[1]这样,茅盾完成了他的第一部长篇小说《蚀》三部曲(《幻灭》《动摇》《追求》),以现实主义艺术家的创作手法,真实再现了青年知识分子的人生悲剧,真实记录了一批青年知识分子在大变动时期的矛盾,表现了他们在"革命前夕的亢昂兴奋和革命既到面前时的幻灭,革命斗争剧烈时的动摇,幻灭动摇后不甘寂寞尚思作最后之追求"。

《蚀》三部曲是反映大革命的一部重要小说,三部作品各自独立成篇,但又有着内在的联系,均以大革命前后的一群小资产阶级知识分子的生活经历和心灵历程为素材,深刻揭示了革命营垒中林林总总的矛盾和在动荡中的阶层分化。《蚀》三部曲中的人物是当时社会中客观存在的,经过作者的加工、提炼、升华后体现在作品中,具有一定的典型性。作者特别善于刻画性格各异的女性形象。章静女士怯弱、游移、多愁善感;章秋柳放荡、颓废,以享乐与感官刺激来"报复"她所厌恶的现实。作者借助这些形形色色的人物,展现了大革命失败后的社会病象。

长篇小说《子夜》的问世,标志着茅盾创作的一个高峰,奠定了他在现代文学史上举足轻重的地位,同时也标志着现代长篇小说的成熟。《子夜》的写作意图在于驳斥托派认为中国已经走上了资本主义道路,反帝反封建的任务应由资产阶级来担任的观点,也针对当时自称资产阶级学者的观点。茅盾强调运用科学的理论对社会现象进行理解与分析,认为只有用科学的态度分析、解剖社会,揭示社会本质,具有社会科学家气质的小说家,才称得上是一个优秀的小说家。《子夜》就是茅盾用社会科学观察社会,将社会科学精密的剖析与现实小说的艺术描写出色地融合起来的结果。广博的理论修养给了他对复杂纷繁的现实生活进行洞察分析的能力,使他的作品具有理性化的特征;丰富的生活体验又使他最大限度地避免了概念化,终于使《子夜》获得了成功。

《子夜》的故事发生在1930年的两个月里,通过主人公吴荪甫从企图发展民族工业到这一理想破灭的过程,展示了1930年中国社会的广阔画面——工人罢工、农民暴动、当局镇压人民革命运动、帝国主义掮客的活动、中小民族工业的被吞并、公债场上惊心动魄的斗争、各色地主的行径、资本家家庭内部的矛盾……在很大程度上反映了当时复杂的社会矛盾。

---

[1] 孙中田,查国华.茅盾研究资料(中册)[M].中国:中国社会科学出版社,1983:2.

第二章　从人的文学到阶级的文学：革命文学时期文学发展研究

首先，小说显示了茅盾组织复杂情节结构的杰出才能。小说突破了在以前长篇小说大多线索单一、枝蔓过多、结构散乱的缺点。《子夜》虽然规模宏大、人物众多，但主要以吴荪甫的活动为中心，安排了三个展开矛盾冲突的主要场所：吴公馆、公债交易所和裕华丝厂，围绕这三个场所穿插着其他各个场景，既不局促单调，又不致凌乱散漫。在情节安排上，小说巧妙地以吴老太爷之死这个戏剧性的序幕为引子，以第二章的灵堂为发散点，将矛盾逐一展开，借助灵堂吊唁这个形式，使军政工商各界各路人物纷纷出场，这既从独特的视角展现了一幅富有30年代时代色彩的社会生活场景，又揭示了都市生活中的种种矛盾。

其次，茅盾在《子夜》中善于将人物放在尖锐复杂的矛盾冲突和广阔的社会背景中，巧妙地运用心理刻画的手法表现人物性格特征。

最后，《子夜》的语言细腻、简洁、生动，人物语言个性化，符合人物身份和性格特征。例如，吴荪甫谈吐专断尖刻、赵伯韬老辣奸诈、屠维岳工于心计等。个性化的语言和细致深刻的个性心理描写完成了《子夜》中人物鲜明丰富的个性特征的塑造。

总之，茅盾是中国现实主义文学重要的倡导者，他不仅系统阐发了有关现实主义的理论观点，而且以自己的创作实践证明了现实主义的特有魅力。他大力提倡和积极实践现实主义文学，对20世纪中国现实主义文学的发展做出了重要贡献。

（二）巴金的小说创作

巴金（1904—2005），本名李尧棠，四川成都人，出生于四川成都一个官宦家庭。巴金的母亲待人宽厚，是一个疼爱孩子、体谅下人的贤妻良母。母亲的教导使年幼的巴金懂得去爱一切人，不管他们是贫是富，懂得去帮助那些处于艰苦处境中需要帮助的人们。正是因为母亲的爱与教导，使童年的巴金和"下人们"建立了深厚的友谊。不幸的是，年幼的巴金不久就失去父母，在家庭中受到他房长辈的欺压，开始接触到社会冷酷、残忍、不合理的一面，真切地感受到家庭专制对年轻人身心的摧残，因此对社会上一切压制人性发展的专制制度都深恶痛绝，这些家庭影响对巴金后来的文学创作产生了难以估量的影响。

五四思潮的广泛传播，给巴金的生活带来了生机。巴金和他的大哥经常传看《新青年》《每周评论》等新思潮刊物，如饥似渴地吸收潮水般涌来的各种文化思潮。在大哥的资助下，他去法国留学。在留学期间，巴金广泛阅读了卢梭、伏尔泰等人的著作，对俄国民粹派、民意党人等人的传略非常感兴趣，受到了无政府主义的极大影响，并且翻译了克鲁泡特金的著作。最初,巴金没有打算从事创作,他研究无政府主义,一心寻找的是中国的出路,并幻想成为职业革命家。但是,远离家乡的孤独感,思念家乡和亲人的苦闷,国内风起云涌的革命运动的高涨,这一切促使巴金拿起笔去抒写心中的理想、激情与苦闷。1928年,他发表了第一部小说《灭亡》。小说塑造了一个充满矛盾的、有着忧郁病态性格的青年。主人公渴望平等、博爱、公正,忘我地投身于秘密团体的活动,把泄愤、复仇当作革命和献身的正义行为。《灭亡》将炽热的激情与酣畅的笔墨融合一处,使作品弥漫着浓郁的悲剧气氛和悲壮的进取精神,显示了巴金的艺术才华。一经问世,就引起了强烈的反响。巴金从此登上文坛,一举成名。

此后,在漫长的文学生涯中,巴金创作了大量的文学作品,主要有中长篇小说《新生》、"爱情三部曲"(《雾》《雨》《电》)、"激流三部曲"(《家》《春》《秋》)、"抗战三部曲"(亦称"火"三部曲),以及《憩园》《第四病室》《寒夜》等,他是中国现代文学史上写三部曲最多的作家,他所写的三部曲总字数占他全部小说的一半以上,影响则远远超过其余作品。

巴金最优秀的作品是那些以家庭为题材的文学作品,他善于从大家庭出发来剖析整个社会的本质,体现了作家自身人生经历与文学作品的高度融合、文学作品与时代社会的高度融合。"激流三部曲"(《家》《春》《秋》)就是其中的代表作。它以五四运动前后的社会现实为背景,展现了一个大家庭在巨大的社会变革中的兴衰变迁、垂死挣扎,以及最终走向全面崩溃的必然趋势。它描写的"家",所展示的只是社会的一角,却构成了五四时代家族历史的缩影。

《家》在艺术上取得了众所周知的成就,它结构宏大,人物众多,线索纷繁,但是巴金写来却有条不紊,举重若轻,没有刻意追求。既有纵向情节的发展,又有横向场面的架构,纵横交错,将一个大家族的衰亡过程展示得清清楚楚,许多场面描写通过主要情节的发展和人物内心感受加以勾连,形成一个有机的艺术整体,从而使故事张弛结合,跌宕有致,同时使人物处于矛盾交错之中。

巴金是一个注重抒发自我热情的作家,不习惯以故事的叙述者、事件的旁观者进行创作。《家》具有浓烈的抒情艺术风格,很有些类似俄国作家果戈理和屠格涅夫的风格。在巴金看来,小说创作是生活的一部分,而不是玩弄雕虫小技的职业。他曾经说过,他的创作就是"掏出燃烧的心""讲心里话",激发人们"对光明爱惜,对黑暗憎恨"。他最看重的是作家个人的情感在作品中的真诚流露,追求"艺术的最高境界是无技巧"。巴金自己始终在作品中作为一个特殊的角色,充满激情,奔走呼号,抒发情感,评判曲直。这使他的作品达到一种忘情忘我的纯真境地,这是巴金作品得以感人至深的魅力所在,但同时又暴露出作者不善于节制感情和文字的不足。他的小说是青春的乐章,是炽热欲燃的至情文学,是五四以后二三十年间时代激情和青年情绪的历史结晶。在那个困难煎熬着觉醒、毁灭孕育着新生的时代,一个热血青年很难不受这类作品中感情的洪流的影响。

总之,这一时期巴金的小说创作主要体现出了他对青年人生的思考,描绘出了青年一代的觉醒与反抗为主题,并寄托了对未来新生活的美好期望。

第六节　多幕剧的成熟

1930年8月,中国左翼剧团联盟成立,后更名为"中国左翼戏剧家联盟"。在创作上,多幕剧成为本民族文学的重要一环,其与独幕剧对应,舞台口的大幕启闭一次为一幕,如果大幕启闭两次及两次以上,这就是多幕剧。在革命文学的发展时期,多幕剧在曹禺、夏衍等人的推动下逐渐成熟。本节就来分析多幕剧的成熟。

一、曹禺的戏剧创作

曹禺(1910—1996),原名万家宝,出生于天津一封建官僚家庭。曹禺少年时代有较多机会欣赏中国传统戏曲,受到了戏剧的启蒙。他在1933年完成了他的话剧成名作《雷雨》,1934年发表。该剧演出后立即受到文艺界和观众的热烈欢迎。接着,又在1935年完成了《日出》。这两部多幕话剧的出现,标志着中国话剧艺术的成熟。

《雷雨》(四幕)以1925年前后中国社会为背景,描写以周朴园为代表的封建性的资产阶级家庭的崩溃。曹禺并没有想到要写社会或家庭问题剧,他自述当时并未想到要匡正、讽刺、攻击什么。他把《雷雨》写成了一出命运悲剧。曹禺看到"宇宙正像一口残酷的井,落在里面,怎样呼号也难逃脱这黑暗的坑"。他无力来解释,甚或也无意来解释,只能归因于"自然的法则",这使得《雷雨》笼罩着一层宿命的、神秘的气氛,读者和研究家可以作出各不相同的解释。

剧中所有人物都在与命运搏斗,而所有的人都无法挣脱命运的安排。最突出的是女主人公侍萍,作家通过她来描写"残酷的井"。这个被周朴园爱过又遭其抛弃的侍女,她最害怕的是女儿重蹈覆辙。然而偏偏女儿四凤又进了周家,而且重复了母亲的不幸,与她同母异父的哥哥、周家大少爷周萍热恋,已身怀六甲了。当侍萍出现在周朴园面前,周问她是谁指使她回来的,她回答是"命"!侍萍看到周家的无情和残忍,她极力逃离黑暗,没想到女儿仍然重蹈覆辙。她无力解释,也只能归之于命。

另一个女主人公蘩漪,是作者满怀激情塑造的人物。她在周家过着没有爱情和温暖的日子,受不了周家烦闷窒息的生活,精神上感到沉重的压抑。但她有个性解放的要求,不甘屈服于命运,她的反抗是非常强烈的,出轨的。她敢于到周萍那里寻找感情的寄托。封建旧家庭中庶母或姨太太与大少爷的乱伦,这也是文学中的老题材。传统的观念里,乱伦是丑恶的,但对蘩漪来说,这是对封建道德的极大胆的挑战,她的反抗的强烈超过了《莎菲女士的日记》里的莎菲。周萍对后妈做了万不该做的事,他想摆脱,又去爱四凤,却背上始乱终弃的罪名,重复其父的罪孽,只有在一声自杀的枪响中才得到解脱。蘩漪之所求其实是相当卑微的,只要能与周萍保持着"母亲不母亲、情人不情人"的关系,她也可能苟且地活下去,至少暂时是这样的。而为了拉住周萍,为了满足自己感情上的需要,蘩漪照样可以不择手段。当她无法忍受周家父子的伤害时,她的报复、反抗也是非常强烈的。她的性格已被扭曲,其中含有阴鸷和残忍。这是她反抗命运的仅有的一点力量资源了。

周朴园的所作所为,都为了建立他的"最圆满、最有秩序的家庭",但是命运也跟他开了个大玩笑。他的所有亲人最后都死的死,疯的疯。剧本本来有序幕和尾声,说的是十年后这"最圆满、最有秩序"的周公馆已成了医院,这里住着两个疯了的老妇,即蘩漪和侍萍,周朴园不时来看她们。他的家庭也是他的理想,全都崩溃了。就这样,命运总是向着与人的意愿相反的方向走去。谁都想冲出去,谁都冲不出去。那么这命运又是谁安排下的,把一个个人物都牢牢地圈在里头?曹禺没有回答,他当时也回答不了。只要他真实、生动地表现了这命运的无以抗拒的力量,让人感到震撼,人们自会思考答案。当然答案各有不同,在特定的历史背景下,最多的回答自然是旧家庭的罪恶、资产阶级的腐朽没落等。连曹禺自己都说,写到后来他也"毁谤着中国的家庭和社会"。

总之,曹禺的出现在中国话剧史上有着重要的意义,他的《雷雨》《日出》,是现代话剧艺术成熟的标志。无论在人物形象塑造、大型化的结构、戏剧语言等方面的创造上,他所达到的艺术水平,都高于过去的剧作家,把我国话剧艺术提高到一个崭新的高度。

第二章　从人的文学到阶级的文学：革命文学时期文学发展研究

二、夏衍的戏剧创作

夏衍(1900—1996),原名沈乃熙。15岁时,夏衍进入浙江省甲种工业学校学习,1920年留学日本。他在留学期间,受到国际国内革命浪潮的影响,于1927年回国,并加入中国共产党。

夏衍创作了很多历史讽喻剧,目的在于政治宣传。他在看了曹禺的《雷雨》和《原野》后,受到启发,认识到一部真实地反映现实生活的作品,即使不能直接为当前的政治做宣传,也是有意义的。于是,他以十分熟悉的上海市民生活为题材,创作了左翼话剧创作中的杰作《上海屋檐下》。《上海屋檐下》显示了夏衍艺术上的成熟。

《上海屋檐下》的政治倾向是鲜明的,但又是隐蔽的,因为这种倾向是通过作家提供的情节自然地流露出来的。匡复出狱找到林志成和杨彩玉后,三人的关系出现了非常尴尬的局面,他们的心灵都受到巨大的创伤,都陷入深深的痛苦之中。这是一篇那个时代的"伤痕文学"。艺术上的成功不仅使《上海屋檐下》成了夏衍的代表作,而且也是20世纪30年代左翼剧作中现实主义最为坚实的一部。

总之,夏衍是一个充满政治激情的剧作家,并且在创作中往往着眼于与现实紧密相关的题材,表现出他对国家命运的关注。夏衍的作品通俗、简明,受到很多观众的欢迎,他为中国现代戏剧做出了重要贡献。

综上所述,本章主要介绍了革命文学时期文学发展研究的主要内容。创造社、太阳社于1928年正式发起革命文学运动,革命文学标志着现代文学从艺术形式到思想内容的深刻变化,重要内容包括:左翼革命文学的发展,集中出现了一批革命文学的作家作品,左联五烈士、东北作家群、蒋光慈、叶紫、鲁迅后期、茅盾前期的创作,都看作左翼时代的创作。左翼之外,风格独立,卓有特色的艺术大家有:巴金、老舍、沈从文、曹禺等。这一时期的特点是:从思想到艺术都进入成熟阶段,整个文学创作呈现繁荣、复杂、多元的格局。

第三章 从抗战文艺到"为工农兵"的文艺：战争时期文学发展研究

1937年7月7日，日本发动全面侵华战争，中国军民奋起抵抗，抗日民族统一战线正式形成，中国掀起了全民族抗战的高潮。抗日战争关系到民族的生死存亡，这时抗战第一，一切都要服从它，文学也是如此。抗日战争对文学最大、最急切的要求就是宣传、鼓动抗日，因此这时文学创作都以反映抗战的现实为主要任务。1935年，红军长征到达陕北，建立陕甘宁根据地，许多文人奔赴陕北，在这里成立了中国文艺协会。这些作家从现代城市来到中共领导下作为抗日根据地的农村，克服了自己与农村的隔阂，放弃以五四的眼光关照根据地，给予农民的观念、情感、喜好以及审美趣味等以尊重，以农民的价值观作为重要的评价生活的标准，将现代文明与黄土地进行碰撞，经过他们的艰苦奋斗，文化落后的根据地开出了革命文艺之花。本章主要对战争时期的文学发展进行分析。

第一节 抗战文艺运动和敌后根据地文艺新气象

在抗日战争时期，文艺运动十分活跃，各种形式的文艺运动都在为抗战服务。而在敌后根据地，文艺运动也呈现出新的气象。本节将对抗战文艺运动和敌后根据地文艺新气象进行分析说明。

一、抗战文艺运动

日本发动的全面侵华战争使得中国大片领土相继沦陷，人们生活动荡不安，广大作家不再有从前良好的写作环境和心境，他们开始走出狭隘的生活圈子，开始从都市走向乡村和抗日前线。很多作家放弃原定的写作计划，开始进行抗日文艺宣传和从事抗战救亡工作，从不同的方面加入

第三章　从抗战文艺到"为工农兵"的文艺：战争时期文学发展研究

抗日战争的队伍。全民族的统一抗战推动了广大爱国文艺工作者的大联合，从事文学艺术的工作者，无论是诗人、小说家、戏剧家、文艺史学家、批评家，还是各艺术部门的作家，乃至众多的新闻工作者、杂志编辑、教育家等，都一致地团结了起来。

文艺界1938年3月27日在武汉成立了中华全国文艺界抗敌协会，简称"文协"。这是继戏剧界抗敌协会之后成立的规模最大的全国性文艺团体。大会选出郭沫若、茅盾、巴金、朱光潜、丁玲、郁达夫等45人为理事，周恩来、孙科、陈立夫为名誉理事。大会通过《中华全国文艺界抗敌协会宣言》《中华全国文艺界抗敌协会简章》等文件，提出"文章下乡，文章入伍"的口号，号召爱国的文学艺术工作者到农村去，到前线去，开展抗战文艺运动与创作。"文协"的成立标志着这一时期无产阶级革命文艺、民主主义文艺、自由主义文艺以及国民党民族主义文艺等几种成分的文艺运动的汇流，标志着抗日民族统一战线的形成。

"文协"成立之后，抗战文艺运动蓬勃兴起。"文协"先后组织建立了戏剧、电影、美术、木刻等抗敌协会组织，并且在广州、上海、昆明、成都、桂林、中国香港、贵阳、延安等地成立了分会；在国内健全了作家通讯网后，又设立了国际宣传委员会，从而保障了在战时分割的情况下，作家之间联络感情、沟通信息和相互勉励，在极其困难的条件下为创建服务于抗战的新文艺而努力。由于作家深入生活实际，和人民群众有了广泛的接触，提高了自己的认识和创作水平，因而在全国各地掀起了朗诵诗、街头剧、报告文学、短篇小说等的创作高潮，尤其是抗战诗歌与戏剧的创作活动空前活跃。同时，中国抗日战争是世界反法西斯战争的重要组成部分，中国文学加强了和世界文学的联系和交流，使五四以来的中国新文学在现代化的过程中更趋成熟和发展，并成为国际反法西斯文学的重要组成部分。

二、敌后根据地文艺新气象

伴随着民族解放战争的炮火，中国共产党领导下的八路军、新四军挺进敌后，建立了陕甘宁、晋察冀、晋绥、晋冀鲁豫、山东、华中、华南等大批抗日民主根据地。中国共产党高度重视文艺创作活动，以极大的热情关怀抗战文艺的发展，想方设法为作家们创造接近工农兵、深入第一线的各种方便条件，创造写作和发表的有利条件，并从理论上指导文艺运动健康发展。然而，由于以延安为中心的陕甘宁边区深处西北内陆，物质贫乏，文化水平落后，因此，文学创作首先面临的主要任务就是和农民对话，再加上特殊的政治现实，从而使得解放区的文学呈现出民间化、政治化和民族意识、群体意识高涨的趋向。

  1936年11月,中国共产党在陕北保安成立了中国文艺协会,毛泽东出席成立大会并讲话,他号召文艺工作者要从文的方面去宣传教育全国民众团结抗日。在毛泽东的号召下,解放区各项文艺活动逐步展开,大批文艺工作者从国统区来到解放区,开展各项抗战文艺活动。各类文艺社团组织、报纸、期刊如雨后春笋出现在各解放区。

  此外,中国共产党又在延安创办鲁迅艺术学院等机构,培训大批文艺工作干部,深入农村和部队,从事实际工作和文艺工作。鲁迅艺术学院简称"鲁艺"。"鲁艺"的专业设置,开始只有戏剧、音乐、美术三个系,后来增设了文学系;学院附属有"实验剧团""平剧团",各系研究室和附属剧团集中了一批优秀的文艺工作者。1942年5月,延安文艺座谈会后,经过文艺整风运动,"鲁艺"在教学改革及创作实践方面,都出现了新气象,创作了秧歌剧《兄妹开荒》、大型新歌剧《白毛女》等体现文艺新方向的优秀作品。总体上来说,在敌后抗日根据地,前期的文学呈现出新鲜活泼、丰富多彩的大繁荣、大发展势头。

  随着延安文艺座谈会的召开,解放区文艺运动进入后期阶段。1942年5月,中共中央召开了文艺座谈会,这时抗日战争进入最艰苦的相持阶段。当时抗日民主根据地的文艺运动主流是好的,但作家队伍的思想面貌、文艺思想也存在一些问题。其中的关键问题,就是知识分子出生的文艺工作者能否与工农兵相结合。还有少数作家,在极端困苦的考验下,暴露了不少小知识分子固有的弱点,发表了一些不利于抗战、不利于根据地的言论和作品。为了总结经验教训,克服错误观点,使文艺对抗日战争给予更大的帮助,1942年5月2日至23日,针对当时延安地区文艺工作的状况,中共中央在党内整风的基础上,召开了延安文艺工作座谈会,进行文艺整风。座谈会当天毛泽东首先作了"引言"讲话,在《在延安文艺座谈会上的讲话》(以下简称《讲话》)中对新文化运动以来解放区文艺的发展作了系统的、科学的总结,澄清了困扰革命文艺发展的几个主要问题,明确了文艺发展的基本问题,为解放区文学的健康发展指明了方向。

  随着文艺整风运动和毛泽东《讲话》的发表、贯彻、实行,1942年之后的抗日民主根据地、解放区文学面貌发生了显著的、深刻的变化,展现了前所未有的新风貌和新气象。首先,解放区的群众文艺创作活动迅速蓬勃。在农村,新诗歌、民间曲艺、剪纸、壁画、雕塑,呈现出新面貌,内容大多紧密配合中心工作;在部队,文艺创作以戏剧、快板诗、枪杆诗最为普遍;在工厂,逐步组织了群众性的工人业余剧团和文艺小组,写诗歌,出墙报,参加演出,控诉旧社会所受的压迫和剥削的痛苦。其次,在《讲话》

第三章　从抗战文艺到"为工农兵"的文艺：战争时期文学发展研究

精神指导下，解放区的文艺创作有了很大发展，戏剧、小说、诗歌创作都取得了突出的成绩。在戏剧领域，解放区先后掀起了新歌剧运动和旧剧改革运动。在小说领域，解放区的小说在反映农村生活和创造民族化、大众化的形式方面也取得了举世瞩目的成就，广大作家有意识地吸取民间文学的营养，创造出了新评书体小说、新章回体小说、新闻体小说等新的文体样式，丰富和发展了新文学的艺术形式。在诗歌领域，解放区诗歌创作的最大收获是出现了一些反映新旧两个时代巨大变化的民歌体新诗。最后，专业作家与群众文艺相结合，民族化、大众化成为文学的基本特征。广大专业文艺工作者走向社会，深入到工农兵中去，创作出了一系列崭新的文学作品。民族斗争、阶级斗争和劳动生产成为作品的基本主题，工农兵成为作品的主人公，人民群众所喜闻乐见的具有中国作风和中国气派的艺术形式受到重视并加以运用，注意尊重群众的审美心理习惯，形成了乐观、明朗、朴素的审美品格。

第二节　鲁迅风格的杂文与报告文学的兴起

战争时期，各种矛盾空前激化，人们时时都在关心着与自己紧密相连的战况和民族的命运，这一时期的文学作品大都以救亡图存为主题，而反映当前时局与民族共性的报告文学与具有战斗性特征的鲁迅风格的杂文正好适应了文学"救亡"的时代主题的要求，于是便迅速地发展了起来。

一、鲁迅风格的杂文

20世纪40年代的杂文与报告文学一样，是迎着民族解放运动的风暴向前推进的。这一时期杂文的创作潮流始终受惠于鲁迅的传统。国统区、解放区和上海"孤岛"，都曾经发生过这样的论争：鲁迅的时代是不是已经过去？还要不要重振杂文？这些讨论涉及在抗战的新形势下如何继承、发扬鲁迅散文的现实主义精神问题。论争以双方联合署名发表《我们对于鲁迅风杂文的意见》告终。

鲁迅杂文战斗传统的发扬是贯穿于这一时期杂文创作的共同精神，先后形成了围绕《鲁迅风》等刊物的"孤岛"杂文作家群和国统区围绕《野草》的"野草"杂文作家群。解放区的杂文创作相对稀少，而且多集中于延安整风运动以前的一段时间。《鲁迅风》创刊于上海，在创刊初期，巴

人就写了以下一段发刊词:

> 生在斗争的时代,是无法逃避斗争的。探取鲁迅先生使用武器的秘奥,使用我们可以使用的武器,袭击当前的大敌;说我们这刊物有些"用意",那便是唯一的"用意"了。

正是在这种"用意"下,该刊刊登了大量有关抗战的杂文。除《鲁迅风》外,当时还有诸多刊物发表此类杂文,其中影响较大的有《译报》的副刊《大家谈》《文汇报》的副刊《世纪风》,以及《申报》的副刊《自由谈》等。这一派杂文由于"孤岛"特殊的地域环境,有着现实批判性强、笔调真切痛快的共同特点。主要代表作家有巴人、唐弢、柯灵、阿英、周木斋、文载道等,其中以巴人的创作最为活跃。

巴人(1901—1972),浙江奉化人,谱名运镗,字任叔,号愚庵,笔名巴人等。1915年考入浙江省第四师范,五四运动中任宁波学生联合会秘书。1920年毕业,先后执教镇海、鄞县等地小学。1922年5月始发表散文、诗作、小说,由郑振铎介绍加入文学研究会。1924年10月任《四明日报》编辑,主编副刊《文学》。翌年任县立初级中学教务主任,主编剡社月刊《新奉化》。1972年去世。

巴人的杂文创作始于1922年,抗战时期,他先后出版了《扪虱谈》《生活、思索与学习》《边风录》等杂文集,以及与人合集的杂文集《边鼓集》《横眉集》等,这是他杂文创作的全盛时期。巴人这一时期的杂文主要表达了对日本侵略者及敌伪汉奸的愤懑、抗议,在鞭挞中勾画种种社会脸谱。他的杂文体式多种多样,善于从某种论调或某一世态生发开来,结合自身的体验和经历进行描述,融进鲜明的爱憎和独到的见解,杂而不乱,形散而神不散。例如其《说笋之类》由日本人诬蔑中国人嗜笋而引出童年掘笋的回忆,进而根据自己的经验一针见血地指出:"大抵我的掘笋方法,专看地上裂缝。因笋有成竹而为箭的使命,所以特别顽强,不论土地如何结实,甚至有巨石高压,它必欲挺身而出;故初则裂地为缝,终则奇缝怒长,即有巨石,亦必被掀到一旁。"此文从笋性说到民族性,以痛斥日本人诬蔑中国民族性始,以振奋中国民族性肯定抗日精神终,很能显示出他杂文的特色。

国统区在艰苦环境下坚持鲁迅杂文传统的,还有围绕着文学杂志《野草》形成的杂文作家群。《野草》是一个专登杂文的小型刊物,由夏衍、宋云彬、聂绀弩、孟超、秦似等5人合编,1940年8月在大后方的桂林创刊,1943年6月出至第5卷第5期休刊。1946年10月,在香港复刊。"野草"杂文作家在反抗日寇、反对投降,在批判周作人、"战国策"派等方面,较为集中地发表了笔锋犀利的文章。夏衍是"野草"派重要的杂文作家,擅

第三章 从抗战文艺到"为工农兵"的文艺：战争时期文学发展研究

写政论，《论"晚娘"作风》等是他这一时期的杂文代表作。聂绀弩是"野草"派影响最大的杂文作家，结集的有《历史的奥秘》《蛇与塔》《早醒记》与《血书》等，其杂文的主题是在抨击腐朽事物与黑暗现实之外，批判旧的伦理道德，力求改变中国人的精神面貌。

综上所述，这一时期的杂文主要有以下几个特点。首先，作者队伍迅速壮大。老作家郭沫若、茅盾、闻一多、朱自清、冯雪峰、夏衍、冯至、张恨水、梁实秋等继续（或转而开始）从事杂文创作，更出现了田仲济、王力、丁易、秦牧、黄裳、秦似等新人，在人数上远远超过了20世纪30年代。其次，杂文创作向全国扩展。随着大批文化人向内地和香港转移，不但在香港，在国统区的桂林、重庆、昆明、成都等地杂文创作活跃，就是在抗日民主根据地的延安也于1940年前后出现过杂文创作的高潮。再次，杂文数量大大增加。许多作家出版了多部杂文集；散见于国内各报刊杂志上的杂文，数量更是惊人，《新华日报》《华商报》在数年间刊发的杂文数以万计。最后，风格流派上更趋多样化。许多杂文作家自觉继承以鲁迅为代表的20世纪30年代左翼杂文的战斗传统，针砭时弊，犀利深刻；但同时也出现了许多讲究鼓动性、思辨性、知识性、趣味性的杂文。

总之，战争期间，杂文的写作量相当大，很少作家未曾涉及此领域的，这是因为在那个多难的战争年代，杂文这种短促突击的文体可以更直接地与现实对话，也更能适应读者的需要。

二、报告文学的兴起

报告文学是从新闻报道和纪实散文中生成并独立出来的一种新闻与文学结合的散文体裁，也是一种以文学手法及时反映和评论现实生活中的真人真事的新闻文体，具有及时性、纪实性、文学性的特征。

报告文学最初兴盛于国统区，大多集中描写前方将士浴血奋战和敌人的凶残横暴。在纪实小说和人物通讯领域，以报告文学呈现20世纪40年代中国状况的作家有丘东平、曹白和骆宾基。其中，七月派作家丘东平较早将上海"八一三"事变的战斗实况呈现在读者面前，他的纪实小说和文学性通讯没有明显界限，因而很难分得清。他最早突破一般的事件描写，而进入对战场人物的刻写，作品擅长烘托气氛，但偏于直接的感受、印象。此外，他的文学创作能够很好地结合外部的场面和人物内在思想的描摹，因此有一种摄人心魄的力量，他还创作了一些很有影响的作品，如《第七连》《我们在那里打了败仗》《我认识了这样的敌人》等。骆宾基也善于战地报道，他的中篇报告《东战场别动队》，写得有声有色，其篇幅之长在当时也是罕见的,他还创作了《救护车里的血》《我有右胳膊就行》《在夜的交通线上》等,描写了上海军民抗日的热情。曹白以报告文学展现"八一三"战事中上海难民的惨象和不屈精神,在这一时期也较为著名。他的《这里,生命也在呼吸》等都很逼真,暴露了国统区抗日战争的阴暗面,另外,他创作了在当时具有较大名气的两部人物通讯《杨可中》《纪念王嘉音》,还写了《在敌后穿行》等。这些作品均收入《呼吸》集。曹白的报告文学作品有他的独特性,笔调的感情色彩浓烈,语言也富有潜在的力度。

这一时期除了一些文人的报告文学写得较好之外,职业记者也对报告文学的发展起了很大的推动作用。如职业记者范长江从抗日战争一开始,便写过《台儿庄血战经过》《西线风云》等作品,传播很广。再如报纸记者萧乾,萧乾此时作为《大公报》的记者,在国内外进行了广泛的采访,写下了较多的报告文学作品,结集出版的有《见闻》《人生采访》等。代表作《血肉筑成的滇缅路》描绘了两千多万民工"铺土、铺石、也铺血肉"的惊天动地的事迹。萧乾的这类作品题材重大,新闻性强,在丰富的材料中善于采撷典型事例,在纷繁的头绪中善于剪裁和绾结,语言洒脱而富有激情。萧乾多以新闻记者的眼光采写通讯报告,所注重的是新闻性、真实性,但他同时又是一位作家,善以艺术性的叙写对读者起一种诱导作用,加上语言干净利落,手法变化多样,他的报告文学是很有可读性的。

其他较好的报告文学作品,有些写的是前方战士的英勇献身,有的写的是后方民众的爱国一心,有的写的是难民的颠沛流离,有的写的是敌寇的残横凶暴,有的写的是政治的腐败堕落,还有的写的是敌后武装的生长,如丁玲的《孩子们》、徐迟的《大场之夜》、以群的《台儿庄战场散记》、王西彦的《台儿庄巡礼》、田涛的《中条山下》、碧野的《北方的原野》《太行山边》二集、姚雪垠的《战地书简》、S.M(亦门)的《闸北打了起来》、慧珠的《在伤兵医院中》、汝尚的《当南京被虏杀的时候》等。还有一些报告文学,主要描写抗战中一些著名人物,采用接近人物传记的写法,文学性比一般报告文学更强,这种创作方法比较接近传记的写法,文学性比一般报告文学更强,但也带时事性,极受读者欢迎。如沙汀的《我所见之H将军》、卞之琳的《第七十二团在太行山一带》、刘白羽、王余杞的《八路军七将领》、周立波的《王震将军记》、陈荒煤的《陈赓将军印象记》,等等。

随着我国国内形势的不断发展,国统区的报告文学逐渐扩大它的暴露的内容,如黄钢的《开麦拉之前的汪精卫》、宋之的的《从仇恨生长出来的》、蹇先艾的《塘沽的三天》、草明的《遭难者的葬礼》、于逢的《溃退》、李乔的《饥寒褴褛的一群》、老舍的《"五四"之夜》,以及沈起予描写日本战

第三章 从抗战文艺到"为工农兵"的文艺：战争时期文学发展研究

俘思想变化的《人性的恢复》都真切地描述了战争中的中国的面貌。

随着抗日战争转入了相持阶段，战争初起人们的那种普遍的速胜心态冷静下来，担负传递战争信息和进行抗日战争宣传的报告文学写作相对减少，但介绍解放区或苏联的文学性通讯多了起来，报告文学的中心转向了解放区。

第三节 爱国主义诗歌的崛起

抗战时期，由于国内民族情绪的高涨和抗战胜利后革命战争的迅猛发展，诗歌的政治性明显增强，这一时期的诗歌的"大众化（非诗化）"与"贵族化（纯诗化）"两种艺术主张的对峙陡然消失，几乎所有的诗人都一起唱起了爱国的战歌。其中尤以七月诗派和九叶诗派为重，这两大诗派高举现实主义和自由诗体的旗帜，在抗日战争与解放战争时期高呼民族独立与解放，充分展现了诗人的爱国情怀。本节主要对他们的诗歌创作进行分析。

一、七月诗派

七月诗派是抗日战争时期出现的影响较大的诗歌流派。因胡风主编的《七月》得名，代表诗人有艾青、田间、鲁藜、绿原、牛汉、侯唯动、苏金伞、袁勃、胡征等。他们以《七月》《希望》《诗创作》《泥土》等杂志为主要阵地，强调诗歌中主观与客观的统一，历史与个人的融合，多写自由诗，而且以抒情诗为主。他们以新诗现实主义的传统为旗帜，以战斗的、火热的人生为底色，直接用诗投入实际的战斗，充满了爱国主义热情，并且对广大青年产生了很大影响。在艺术上，他们的诗歌不讲究诗句的修辞和雕琢，语言质朴粗犷，注重以强烈的情感感染读者心灵，是一道亮丽的现实主义风景线，丰富了抗战时期中国现代文学的内容。这里主要对艾青和鲁藜的诗歌创作进行分析。

（一）艾青的诗歌创作

艾青（1910—1996），浙江金华人，原名蒋海澄。1928年，他考入了国立杭州西湖艺术院。后到巴黎勤工俭学，在学习绘画的同时广泛接触了欧洲现代派的诗歌。1932年，艾青回到了国内，在上海加入了中国左翼美术家联盟，从事革命文艺活动，也开始进行诗歌创作。1933年，他发表了诗歌《大堰河——我的保姆》，在诗坛引起了巨大轰动，他也因此一举成名。1935年，艾青出版了第一本诗集《大堰河》。抗日战争爆发后，他积极投身到了抗日救亡运动之中，并坚持诗歌创作，发表了《复活的土地》《雪落在中国的土地上》《北方》《吹号者》《土地》《我爱这土地》《向太阳》等多首重要的诗作，并确立了其在中国现代诗歌史上的重要地位。1941年，艾青辗转到了延安，因深刻地感受到了时代的精神而改变了自己的诗歌创作风格。中华人民共和国成立后，艾青坚持进行诗歌创作，发表了《宝石的红星》《黑鳗》《春天》《海岬上》《归来的歌》《彩色的诗》《雪莲》等多部诗集。1996年5月5日，因病在北京去世。

艾青诗歌创作的高峰时期是在抗战时期，面对严酷的战争，艾青一面思索着民族的命运，一面思考着如何在这特殊的时代奉献自己的力量，写出伟大的诗篇。诗集《北方》可以说是艾青表现时代生活主题的典型代表。《北方》代表了爱情诗歌创作的最高水准。他曾这样评述这部诗集："这集子是我在抗战后所写的诗作的一小部分，在今日，如果真能由它而激起一点种族的衰感，不平，愤懑，和对于土地的眷恋，该是我的快乐吧。"诗集中，"北方"一词的象征意味非常浓，其深刻表达了诗人对"土地"既忧郁痛苦，又欢乐亢奋的情感。

诗集《北方》中收录了多首诗歌，包括《复活的土地》《雪落在中国的土地上》《乞丐》《我爱这土地》等。《复活的土地》是诗集的第一首，表达了诗人对一场即将来临的战争风暴的预感，以及对全民奋起抗战的期待。诗人以浑朴如椽的大笔，纯净而庄重的语言，将一个受尽凌辱的伟大民族正在觉醒奋起的姿态和精神，以及诗人自己"拂去往日的忧郁"与苏醒的大地一起迎接战争的欢欣和誓言，简洁而深刻地勾勒了出来。

《雪落在中国的土地上》创作于1938年冬，当时诗人抱着急切投入战斗的决心，从浙江家乡来到了武汉，却没有看到全民积极组织抗战的景象，而到处是无家可归的难民和流浪者，于是写下了这首脍炙人口的诗篇。诗歌中，诗人把想象的画面放在北方冰封的大地上，加强了凄怆悲凉的抒情气氛，痛苦地诉说着出现在中国土地上的国民流离失所，国家山河破碎的现象，表达了深切地愤怒。诗歌中的"雪"象征着社会现实，寒凝大地。农民与土地密不可分，"雪落在中国的土地上"，自然会先落到他们的头上。但这场雪不是瑞雪，而是一场灾难，是"寒冷的封锁"，是土地的沦丧。这些发生在中华大地上的深重灾难让诗人异常痛苦，只能对中国农民的苦难表示心灵的关切，感受到自我人生的遭遇与民族命运的紧密联结，从而使得诗歌被涂抹上了鲜明的时代色彩。

第三章　从抗战文艺到"为工农兵"的文艺：战争时期文学发展研究

在战争时期，艾青也经历了四处漂泊、颠沛流离的生活，在辗转的途中目睹了民族的灾难和国土的沦丧，爱国热情和创作激情被极大地激发，《乞丐》就是在这种背景下创作的诗歌。诗歌以最精简的白描手法将北方成群结队的乞丐徘徊在黄河两岸的画面描绘得令人触目惊心。这些乞丐是战争的受害者，他们原本都有着自己的生活，但战争将他们的生活炸得粉碎，"饥饿"成为他们最真实的感受，它不仅使得这些乞丐们彻底丧失了尊严，而且也造成了人性的扭曲。

《我爱这土地》创作于1938年，当时诗人已经有了比较丰富的社会阅历，对社会的动荡、民族的危机、民众的苦难也有了更加深刻的体会。而这一切都发生在中国这块土地上，因而诗人对土地的理解也更为深刻，对土地的感情也更加强烈了。诗中，诗人先是将自己想象成一只鸟，进而借助鸟的朴素而简单的语言来抒写他对土地的无比热爱。这土地已经受了太多的苦难，可它始终未屈服，而是以坚韧不屈的精神进行着反抗。对于这样的土地，诗人充满了热爱，而且为了能将自己的爱永远留给土地，他希望自己"连羽毛也腐烂在土地里面"，从而将自己的爱借助土地凝结成了不朽的诗句。

艾青诗歌中有很多的农民主题，这表达了诗人对善良、勤劳的劳动人民的赞美，也表达了诗人对遭遇苦难的劳动人民的深切同情。在《大堰河——我的保姆》一诗中，艾青运用排比的句式，对苦难的普通农妇"大堰河"进行了高度的赞美，进而表达了自己的人道主义情怀和对不平等的社会进行反抗的精神。

艾青诗歌中的光明主题，表明了他对祖国的光明未来充满了信心，也深信苦难的人民终将得到解放。因此，他歌唱太阳、火把、黎明、光明。例如，创作于中国的历史大变革时期的《太阳》一诗，一方面以国民党反动派为代表的一切旧的势力，以及外国侵略者的势力，要把中国推入黑暗之中；另一方面革命者们与劳苦大众，要打碎旧世界，建立一个光明自由的新世界。在这激烈的较量尚未明朗之际，艾青认为中国的希望就要来临了，于是他作了这首诗。毫无疑问，"太阳"在这首诗中是一种象征。诗中诗人以太阳象征20世纪40年代，以讴歌太阳来讴歌这个时代，以自己饱满的情趣来感染和影响读者的情绪，从而使人们感觉到一个新的时代就要诞生了。整首诗虽然不长，艾青却将其写得恢宏大气。这首讴歌太阳的诗歌，散发出蓬勃向上的意气，它植根于现实的土壤，又洋溢着浪漫主义的激情。同时，这种对光明的追求，也展现了艾青诗歌的特点。

在中国现代文学史上，艾青的诗歌创作有着敏锐的感受、深沉的情感和流畅的文笔，而且大都源于现实生活中的直接经验，因而有着鲜明的现实主义倾向。同时,受现实主义创作倾向的影响,艾青诗歌中的抒情主体具有了一种超越性,其诗歌中的"我"并不代表诗人个体,而是整个时代、民族和阶级的代言人,进而对一个时代的感情与愿望进行传达。

(二)鲁藜的诗歌创作

鲁藜(1914—1999),福建同安人,原名许图地。他在3岁时跟随父母侨居越南,直到1932年才回国。1933年,他参加了反帝大同盟,后加入了"左联",从事革命文学活动。1938年,他进入延安抗大学习,并发表了组诗《延河散歌》,在诗坛引起了极大的反响。抗日战争胜利后,他在晋冀鲁豫边区文联北方大学中文系任教。中华人民共和国成立后,他曾任天津市文协主席、中国作协天津分会副主席等职。1999年1月20日于天津去世,终年85岁。

鲁藜是七月诗派的代表人物,在中华人民共和国成立前发表了《醒来的时候》《星星的歌》《锻炼》《鹅毛集》等诗集。这些诗集中的诗作,都充满了爱国主义的激情,如《风雪的晚上》发出了"我爱北方的雪/我爱这没有穷人痛苦的北方的雪"的呼唤,《延河散歌·河》中通过描写山里的泉水"一滴一滴流到延河",表现了革命力量从四面八方汇聚到延安的盛况,进而表明了革命终将取得胜利的决心。

鲁藜的诗秀丽而清新,他善于感悟生活,并将其付诸诗句,在抒情的同时阐述一定的哲理,感人至深,深受读者的欣赏和喜爱。来看《泥土》这首诗:

老是把自己当作珍珠
就时时有怕被埋没的痛苦
把自己当作泥土吧
让众人把你踩成一条道路

这首诗篇幅十分短,但蕴藏了丰富的内涵,意味隽永,经得起读者的仔细推敲与思量,更经得起时间的打磨,至今仍能给人以深刻的启迪。在这首诗中,诗人不仅注重对哲理的思索,也注重对审美的把握,并且注意将自己的主观感受具体化,努力在刹那间表现出来的理性与感性之间寻找一种"情结"。"珍珠"价格昂贵,光泽诱人,因此"就时时有怕被埋没的痛苦"。诗人讽刺那些"老是把自己当作珍珠"的人,实际上就是在嘲讽和鞭挞那些在民族危难时刻,置民族利益于不顾的市侩主义者和自私的个人主义者。与之形成鲜明对比的是,诗人高度赞扬了"把自己当作泥土""让众人把你踩成一条道路"的自我献身精神。

总之,鲁藜以七月诗人特有的风格,运用象征的手法反映现实社会场

第三章 从抗战文艺到"为工农兵"的文艺：战争时期文学发展研究

景,表现出战斗烈火中他对于生活与斗争抱着思索和寻求的态度。

二、九叶诗派

九叶诗派是继 20 世纪 30 年代的现代诗派之后,中国现代诗歌创作中出现了的又一个"现代化"高潮。其成立的标志是 1948 年 6 月《中国新诗》的创办,核心成员有辛笛、陈敬容、杭约赫、穆旦、郑敏、唐湜、杜运燮、唐祈、袁可嘉九人。他们的诗歌创作,积极追求着诗歌艺术与现实之间的平衡与和谐,并注重将内心的深刻体验与现实世界的错综复杂有机融合在一起,还自觉将中国古典诗歌与西方现代派诗歌相结合,从而探索着诗歌艺术的现代化。下面主要分析一下穆旦的诗歌创作。

穆旦(1918—1977),原名查良铮,浙江海宁人,出生于天津。"穆旦"是诗人 1934 年发表散文诗《梦》时所用的笔名。穆旦天资聪颖,6 岁便在天津《妇女日报》上发表了习作,11 岁便考入南开学校,此后其文学才华有了进一步展示,其诗歌和散文频频出现在《南开高中生》杂志上。1935 年,穆旦考入了清华大学地质系学习,后改读外文系,继续从事诗歌创作。1937 年,抗日战争全面爆发,他到了昆明,并进入西南联大学习,毕业后留校任助教。从 1939 年起,他开始系统地接触现代主义诗歌与理论,并促使自己的诗歌创作逐渐走向了成熟。1942 年,他参加了"中国远征军",入缅抗日,后于 1943 年回国。1943 年以后的五六年中,穆旦辗转于昆明、重庆、贵阳、桂林、沈阳、北平等地,工作变幻不定,生活困顿,但写作不辍,而且诗风更加冷峻成熟。1945 年,穆旦的第一部诗集《探险队》出版。1949 年 8 月,穆旦赴美留学,进入了芝加哥大学学习英国文学,并获得了文学硕士学位。1953 年初,他回到了国内,任教于南开大学外文系。1975 年,他重新进行诗歌创作,但只发表了《智慧之歌》《冬》等十多首诗歌作品,1977 年,穆旦因病去世,终年 59 岁。

穆旦是九叶诗派影响最大的一位诗人,也是"中国最早有意识地采取叶芝、艾略特、奥登等现代诗人的部分表现技巧的几个诗人之一"[1],因而他的诗作中有着浓烈的现代主义色彩,如《我》这首诗中,诗人针对自己的内省意识和内视意识进行了表现。同时,诗人通过描写"我"的意识的复杂变化,积极探求着内在自我与外在世界的和谐。

《穆旦诗集(1939—1945)》收入了穆旦抗战时期的多首诗作。穆旦的诗歌是他对人生与生命苦难的发掘和反思,凝结着痛苦的智慧。作为

---

[1] 杜运燮.穆旦诗选·后记[M].北京：人民文学出版社,1986：151.

抗战时期的一部诗集，其中包含了很多反映抗战体验的作品。但穆旦的抗战诗歌中表达的不是简单的民族主义和爱国主义，还有很多单纯的乐观与开朗，他升华了苦难，将自己在战争中经受的困难上升为"人与战争""生命与战争"等形而上问题。在我们所熟悉的战争文学中，整装待发的抗日军队总是那样大义凛然、雄姿勃发，足以让侵略者胆寒，但是穆旦的观察很不相同。在《出发》中他写道：

> 告诉我们和平又必须杀戮，
> 而那可厌的我们先得去欢喜。
> 知道了"人"不够，
> 我们再学习蹂躏它的方法，
> 排成机械的阵势，
> 智力体力蠕动着像一群野兽。

这首诗包含了对战争更深刻的思考，揭示了战争这一现象与人类文明的巨大矛盾：无论从何种角度来讲，战争的结果都是对生命的残害，但战争必须通过战争来结束这种定律，也注定了杀戮与灾难不可避免。从这一意义来讲，穆旦的《出发》是一位现代思想者孤独的"先行"和"出发"。

善于观察的穆旦时刻保持着清醒的头脑，即使对民族精神的呼唤也充满了随处可见的忧患与警觉，同时创作出了深沉雄健的诗歌《赞美》。这首诗写于1941年，正是抗日战争最艰苦的岁月，诗中有对于中国历史的透视，对苦难祖国的理解以及知识分子自身的反思。诗人坚信，经过血与火洗礼的中华民族一定会重新站起来。该诗的主题是"生命再生"，是一个民族的生命再生，因而全诗每节的末句都是重复："一个民族已经起来"。

穆旦的诗中也有着鲜明的现实主义倾向和强烈的民族意识，这与其自觉地关注现实以及民族的危机、人民的苦难有着直接的关系。另外，穆旦的诗歌在对自己的民族意识进行表现时，并不是空洞乏味的情绪宣泄，而是灌注着对民族苦难的痛切感知。例如，创作于1945年5月的《旗》这首诗，在创作这首诗的时候穆旦可能已经预感到抗日战争即将取得胜利，诗中的"旗"不仅象征着胜利，而且象征着领导人。同时，诗人通过描写英雄以自己的壮烈牺牲来换取旗的光荣，表达了自己抗战胜利的信心。

总之，穆旦的诗歌在结构上呈现出了鲜明的戏剧主义特色，并因此使诗作呈现出了一种沉静气质下的巨大张力，诗歌语言充满了现代生活的气息，创造了一种别有韵致的"新的抒情"。穆旦以自己的诗歌创作实践，为中国现代新诗的发展做出了重要的贡献。

第四节 通俗小说的发展

在社会急剧动荡、民族矛盾激化的抗日年代,身处战争的人们试图通过一些方式来寻找生存的价值,而以消遣娱乐为主要功能的通俗小说逐渐繁荣起来。这一时期,通俗小说的代表性作家有张恨水、钱钟书、还珠楼主和张爱玲,本节将对他们的小说创作进行具体说明。

一、张恨水的小说创作

张恨水(1895—1967),祖籍安徽潜山,生于江西广信,原名张心远,初为文投稿时截取"自是人生长恨水长东"中的"恨水"二字为名。1919年被新文化运动感召而北上,受经济力量限制未能进入北京大学读书而进入报界,遂成为报人小说家。张恨水南人北居,小说中融通南北的气质,这也是他的魅力之一,张恨水试图打通雅俗关隘,既不崇仰新派之"雅",也不卑抑旧派之"俗",兼收并蓄,却不能否认他仍然是从晚清传统的道路上走来,是以通俗为根基的。他的第一部有影响的长篇小说《春明外史》标志其真正踏上通俗小说创作之路,一生创作了一百多部中长篇通俗小说,发表的文字有两千多万,代表作有《春明外史》《金粉世家》《啼笑因缘》等。1967年,张恨水因病去世。

《春明外史》连载于北平《世界晚报》,它既具有社会小说抨击揭露丑恶社会现实的特征,又有言情小说的悱恻缠绵,论者称之为"社会言情小说"。小说的主角杨杏园是记者,张恨水有意识地围绕他的活动与见证范围来结撰小说。张恨水在章回体小说内部进行了部分革新,小说有了通篇的主心骨杨杏园,他成了社会见证人,避免了多头绪的事件堆砌造成的结构散漫,这是自晚清以来的社会小说在形式上的一个进展。针对丑恶社会现象,《春明外史》建构了一个城市平民的道德评判框架。小说用平民的视角看"春明"(用唐代京城东门的名称借代北洋军阀治下的北京)揭露总长阁员们的腐朽糜烂,对当今政要和遗老遗少的狭邪余风进行讽刺,同时对下层贫苦者有平民式的同情。

"社会言情小说"是民初通俗小说较之晚清的发展,晚清小说呈现的"社会"难免落入泥实的一味暴露,"言情"的涕泪又往往夸张失当。张恨水的《春明外史》将面对社会的冷嘲热讽与宣泄一己感伤进行综合平衡,男女主人公的言情故事贯串始终,避免了"社会相"编排的松散,是其对社会言情小说的努力完善。

《金粉世家》连载于1927年至1932年的北平《世界日报》,是张恨水第一部具有现代意义的通俗巨制。小说中事件纷繁却叙述得谨严有序。小说写了大家族的衰败、崩解,其叙述是跟随冷清秋、金燕西的活动展开的。叙事安排有两条交互的线索,一条是冷清秋与金燕西的恋爱婚姻,一条是家族由盛转衰。冷清秋与金燕西婚前着重叙述金燕西的全力追求,全书在金冷恋爱、结婚、冲突乃至决裂遁走的行动之间组织大家庭生活图景,叙述的重大转折在于一家之主金铨的突然病逝,此后便开始了大家族的分崩离析过程。

张恨水擅长"言情",但《金粉世家》超越"言情"而回归"人情"。从1913年到1926年,言情小说已趋于末途,《金粉世家》则让言情回归人情。"人情"是包罗万象的,从一个人的性格气质到精神内涵、从个人和他人的多重复杂关系衍化出一个丰富复杂的世界。家族小说的美学追求,用张恨水在小说叙述过程中的话说是"包罗万象",小说中过分重视人际关系常常是伦理道德危机的表现,《金粉世家》人际关系的错综矛盾正是大家庭伦理分崩离析的结果。

长篇小说《啼笑因缘》连载于1930年3月的《新闻报》,同年12月由上海三友书社出版单行本,此后多次再版,续作有《续啼笑因缘》《新啼笑因缘》《啼笑因缘三集》《反啼笑因缘》等。小说很快被改编为话剧、电影、连环画和各种地方戏剧。《啼笑因缘》故事性很强,叙述以青年樊家树为中心的多角恋爱。樊家树在京游学结识关寿峰、秀姑父女和唱鼓书的少女沈凤喜。樊家树对凤喜一见倾心,秀姑则对樊家树暗暗钟情,而樊家树的表兄嫂则一心撮合他和财政部长独女何丽娜。凤喜经不住军阀诱骗,成了刘将军的笼中鸟。樊家树南下回京后,秀姑为成全樊家树而去刘府帮工,助其相会。樊沈情感裂痕无法弥合,凤喜却被刘将军折磨发疯。刘将军见秀姑又起不良意,秀姑将计就计行刺成功。最终是关氏父女策划促成了樊家树与何丽娜。小说在"言情"与"社会"结合的套路以外加上了"武侠"。《啼笑因缘》也有一个开放的结尾,主人公的结局比《金粉世家》中冷清秋的峰回路转开放度更大。

抗战时期,张恨水继续对章回体小说进行改良。《丹凤街》专为下层小贩立传,写菜贩童老五为首的义士救助被卖给赵次长的秀姐,讴歌其疾恶如仇和重然诺、轻生死的美德。小说不再是言情加武侠,而是统之以民间"侠义"思想。《八十一梦》连载于1939年底至1941年春重庆《新民报》副刊《最后关头》,1943年9月由重庆新民报社出版单行本。小说以梦幻

第三章 从抗战文艺到"为工农兵"的文艺:战争时期文学发展研究

奇谭表达社会讽刺想象,十四个梦指向国难期间大后方的种种丑陋现象。它有晚清谴责与幻想的风范,丰富的想象力与道德正义感是其特色。

总之,张恨水将我国的传统小说与现代西方小说的表现手法相融合,在人物塑造、情节结构上都进行了新的探索与改进,语言风格亲切温和、含蓄节制,第三人称叙事模式的大量存在,以中国传统小说中最常见、最普通的形式,来讲述新时代的故事,表达自己和人们对新时代的观点,将传统与新文化不露痕迹地融合。

二、钱钟书的小说创作

钱钟书(1910—1998),字默存,号槐聚,江苏无锡人。钱钟书出身书香门第,父亲钱基博是江南才子,国学大家。家学的滋养、父亲的管教,给钱钟书以潜移默化的影响。1929年,钱钟书被清华大学外国语文系破格录取,开始广泛接受世界各国的文化学术成果。1935年,他与杨绛结婚,同赴英国留学。1938年,钱钟书回国,并被清华大学聘为教授,此时华北已经沦陷,北京大学、清华大学、南开大学等高校被迫南迁,在云南昆明成立了西南联合大学(简称西南联大),钱钟书在西南联大开设了"欧洲文艺复兴""当代文学""大一英语"三门课程。1941年,钱钟书返回上海,完成了学术著作《谈艺录》的初稿,出版了第一部作品集《写在人生边上》。1946年,钱钟书的短篇小说集《人·兽·鬼》由开明书店出版,这部由四篇小说组成的小册子,是一本既针砭现实又开掘人性的小说集,专门揶揄知识分子。1947年,钱钟书出版了长篇小说《围城》,收获巨大反响。中华人民共和国成立后,曾任清华大学外语系教授、文学研究所研究员、哲学社会科学学部委员。1982年,任中国社会科学院副院长。1998年12月19日,钱钟书逝世。

《围城》是钱钟书唯一的一部长篇小说,也是奠定其在中国现代文学史上的地位的作品,更是这一时期涌现出的风格独特的幽默讽刺长篇小说中的代表作。《围城》所描绘的,是理想不断升腾又不断幻灭的循环。主人公方鸿渐经过求职、情感、婚姻的坎坷,切身地感觉到了"人生万事都是围城":归国轮船的舱房是围城,上海孤岛是围城,内地大学是围城,婚姻家庭也是围城。"围城"是对人生情境的一种形象概括,是人类身处困境、屡遭挫折的象征。

在中西交汇的文化背景和现实战难的时代环境中,小说以方鸿渐留学归国、谈情说爱、谋事求职和婚姻家庭为主线,描绘出现代知识男女的各色形象,充满了对战时知识分子某些性格弱点的批判和嘲讽。不学无术、空虚无聊的褚慎明,靠同英国著名哲学家罗素通信和会面猎取"哲学家"空名。三闾大学校长高松年,号称是一位研究生物的老科学家,却是一位心术不正的学界官僚。自称"诗人"的曹元朗,也是一位好色贪杯玩弄权术的可笑之人。韩学愈从美国的爱尔兰骗子那里买了子虚乌有的"克莱登大学"博士文凭,骗取大学教授的头衔,还让他的白俄妻子冒充美国国籍,以便到英文系任英语教授。还有以国防部、外交部信封唬人的教授陆子潇,用不通的英文假冒作者赠书给自己的学监范小姐等。小说通过描绘宽敞客厅里的高谈阔论、卖弄炫耀,花前月下的争风吃醋、打情骂俏,儒雅校园中的弄虚作假、投机钻营,充分暴露了他们自欺欺人、虚伪卑劣的负面性格,并对之进行了辛辣的讽刺和批判。

相比较而言,小说的主人公方鸿渐倒是一个可怜可爱而不那么可恶可憎的书生形象。他长于言谈,短于行动,聪明而怯弱。在不关涉大是大非的场合,常常妙语如珠、幽默风趣,颇有几分潇洒。而在事关人生重要选择之机,却总是无能为力、无所适从。出于文人的清高和自尊,方鸿渐羞于利用不正当的手段获取个人的利益,但在现实生活中处处碰壁。他总在试图进入一座围城之中,进去后才发现并不如愿,于是又开始了对另一座围城的美好想象,然而等待他的仍是失望。他总幻想着有什么机遇或什么人物伸出援手,但谁也救不了他。意志薄弱、优柔寡断、貌似洒脱实际软弱、有小聪明而无大智慧,这正是现代中国某些知识分子的通病。

小说意蕴层次十分丰富,虽然表面上看写的是方鸿渐的恋爱与婚姻,但其中却到处闪现着旧社会名利场上的你争我夺,虽然没有肉体上的伤亡,但时时看得到那晦涩的生活如何蚕食人们的灵魂与生命。因此《围城》刚刚问世时便被介绍为一部新的《儒林外史》,因为它向人们描绘了生活在20世纪40年代的一批知识分子的形象,并在对他们的堕落、病态的生活状态的描写中,完成了对当时社会的批判。

《围城》是中国现代最著名的长篇小说之一,人物形象丰富、生动,幽默风趣、充满智慧,深受读者喜爱。其艺术成就是多方面的,主要表现在杰出的讽刺手法和精妙的富有喜剧效果的语言等方面。作家以幽默、辛辣的笔法讽刺时态弊端,语言风趣幽默,妙趣横生,人物形象丰富、生动,令人赞叹的精辟比喻,机智的反语、双关、谐音、对仗、警句格言,古今中外的典故、逸闻,纷至沓来。[①] 采用独特的象征,蕴含着深刻的社会意义和人生哲理;以漫画式的笔法讽刺时弊,描摹人物世态,调侃"芸芸众生",惟妙惟肖地描绘出各色男女在特定的场合下的所思所想,传达出人物瞬

---

① 陈国恩.中国现代文学[M].北京:北京大学出版社,2010:257.

第三章　从抗战文艺到"为工农兵"的文艺：战争时期文学发展研究

间所萌发的情思与微妙的心理情绪。

《围城》好用和善用比喻，使小说充满机趣，令人忍俊不禁。作者善用一般人容易理解的事物来比喻较抽象难懂的事物或事理，带有强烈的讽刺意味，给人以强烈的感染和启悟。

总之，钱钟书的小说因其描写对象而具有较大的知识密度，在创作的过程中，作者旁征博引、融会中西，使小说的人物符合身份脾性，与故事情景相映成趣，显得渊博而又风趣。

三、张爱玲的小说创作

张爱玲（1920—1995），原名张煐，笔名梁京，原籍河北丰润，生于上海。中学毕业后到香港大学读书。1938年，18岁的张爱玲考取英国伦敦大学，因战事未能前往。次年秋，她改入香港大学文学系，不久，在《西风》月刊上发表她的处女作散文《天才梦》。1942年，香港沦陷后，张爱玲回到上海，开始创作生涯。1943年发表小说处女作《沉香屑·第一炉香》《沉香屑·第二炉香》。随后接连发表《倾城之恋》《金锁记》《封锁》《红玫瑰与白玫瑰》等代表作。此期主要作品结集为中短篇小说集《传奇》和散文集《流言》，极为畅销。1950年参加上海第一届"文代会"。1952年移居香港，在美国新闻处工作，发表小说《赤地之恋》和《秧歌》。1955年旅居美国，并先后发表了《五四遗事》《南北喜相逢》《魂归离恨天》等作品。1995年9月张爱玲在美国去世，享年75岁。

张爱玲是文学史的一朵奇葩，其一生经历了优裕而忧郁的童年、立志而发愤的少年、成名而谋爱的青年、漂泊而执着的中年、孤寂而怪癖的晚年五个阶段。[①]她矜持地活在想象的世界里，探寻着"人性和人性的弱点"。她有强烈的文体意识，不带偏见地尝试过鸳鸯蝴蝶派、章回体、"新文艺腔"等多种文体，并逐渐形成了卓尔不群而又雅俗共赏的"张爱玲体"。她是把中国古代文人小说精华与现代西洋小说技巧结合得最好的现代作家之一，笔下人物的人性深度和美学意蕴高于一般现代作家的作品。

中篇小说《金锁记》是描写变态心理的令人颤栗之作。其描绘了七巧由婚前的泼辣强悍到婚后的疯疯傻傻到分家后的乖张暴戾以至变态的性格历程。它使读者触目惊心地感到：封建的等级观念、伦理道德、金钱婚姻在一个遗少家庭表现得多么丑恶，对人性的戕害是多么狠毒残忍。

---

① 陈国恩．中国现代文学[M]．北京：北京大学出版社，2010：260．

《金锁记》是以第三人称的全知叙事方式一步一步地推演主人公的性格发展,一级一级地把曹七巧推向没有光的所在。其发展脉络之清楚、性格描写之细致、心理剖析之直接和犀利,在现代小说中难有匹敌之作。

主人公曹七巧嫁入豪门姜府,但因出身市井之家,在姜府处处被人瞧不起。实际上,曹七巧的出身只是遭人瞧不起的其中一个原因,更重要的原因是她爱耍小奸小坏,还抽大烟,不讨人喜欢。几年后,曹七巧生了一儿一女,丈夫也重病去世。分家时曹七巧捞了一大笔财富,带儿子长白、女儿长安租房另过。而曹七巧的小叔子,姜家三少爷则因抵消公账上的拖欠而"一无所有"。当姜季泽突然上门与曹七巧打情骂俏时,曹七巧判断出姜季泽是"想她的钱——她卖掉一生换来的几个钱",于是暴怒地将姜季泽赶了出去,从此曹七巧再也不信任任何人,而且强行干预子女的婚姻。她给儿子长白娶了媳妇,但又觉得儿媳妇芝寿抢走了她的儿子,于是一边虐待芝寿,一边又让长白长期留宿在自己的房里,最终芝寿被折磨至死。曹七巧对女儿长安更是毫无母爱之情,她在长安患痢疾时哄她吸食鸦片,在长安年幼时给她裹足,甚至还干涉长安的交友。姜季泽的女儿长馨可怜长安老大未嫁,给她介绍了个德国留学回来的童世舫。长安和童世舫两人相处得十分融洽,这让曹七巧十分嫉妒,便耍了不少手段拆散两人,在她的干预下,长安只得放弃了与童世舫的婚约。长安与童世舫解除婚约后,两人仍像朋友一般来往,但七巧却如鲠在喉,于是施计断了长安与童世舫做朋友的念头,长安也最终心灰意冷,断了结婚的念头。七巧拴住儿女的愿望最终达成,终于曹七巧在对往事的回忆中死去。

曹七巧是最具典型的金钱奴隶的代表,是宗法社会婚姻制度的牺牲品。在曹七巧的一生中,金钱像一架枷锁,锁住了她的脖子,扭曲了她的性格,造成了她的变态心理。变态的心理,不仅毁灭了她自己,同时也毁灭了别人,她值得怜悯,但是更让人恐惧。《金锁记》通过一个暴虐的个性表现了这个阶级这一环境的没落与衰朽。

总之,张爱玲传神地描摹出了一个个人物内心深处的软弱、愚昧、不自持、图虚荣等阴暗面,执着于人生的真谛,畸形、扭曲、变态尽收眼底,她的贡献正是对女性传统奴性意识的摧毁和破坏,体现了女性意识的真正觉醒。

第五节 现代话剧的革新探索

抗战时期,毛泽东《在延安文艺座谈会上的讲话》确立了解放区乃至

第三章　从抗战文艺到"为工农兵"的文艺：战争时期文学发展研究

新中国成立后"文艺为工农兵服务"的文艺创作观念。在这一精神的引导下，戏剧革新运动在解放区蓬勃发展，取得了极大的进步。本节主要对这一时期现代话剧的革新探索进行分析。

一、新秧歌剧的创作

所谓的新秧歌运动，是指延安文艺座谈会后，各抗日民主根据地的文艺工作者和广大群众共同创作的大批新型秧歌及其演出盛况。他们改革秧歌戏的音乐、表演、装扮，将流行于边区的旧歌剧形式和民歌曲调创造性地结合起来，编演熔戏剧、音乐、舞蹈于一炉的小型广场歌舞剧，用以表现群众参加生产学习及对敌斗争的场面。这种新秧歌既有鲜明的政治色彩又受到老百姓的热烈欢迎，因而促进了文艺与工农兵的结合，为文艺大众化开拓了新路。具有代表性的戏剧作品如《兄妹开荒》等。

1943年，王大化、李波和路由等人创作的《兄妹开荒》是新秧歌剧的代表作。《兄妹开荒》摈弃了旧歌剧中常有的丑角及男女调情的成分，而着重表现了新型的农民形象和欢乐的劳动场面，该剧具有浓郁的泥土气息，同时，不乏农民特有的诙谐幽默，整场小戏生动活泼，富有情趣，给人以焕然一新的强烈印象。

除了《兄妹开荒》，水华、王大化、贺敬之、马可共同创作的《惯匪周子山》，翟强的《刘顺清》，马健翎的《十二把镰刀》，周而复、苏一平的《牛永贵挂彩》，马可的《夫妻识字》等新秧歌剧，都受到了人民群众的热烈欢迎。在这些新秧歌剧中"出现了新的人物，新的世界。过去的秧歌中被歪曲成小丑的农民，现在变成了戏中的英雄，出现了新的生活场景，劳动被美化，被歌颂。"[1]

新秧歌运动的发展不仅创造出了一种新的戏剧形式——新歌剧，而且还推动了秧歌戏等民间小戏的革新与发展。

二、新歌剧的创作

新歌剧是指解放区文艺工作者在吸取新秧歌剧长处的基础上，既借鉴西洋歌剧和传统戏曲的有益成分，又借鉴其他地方剧种和民间艺术的表现手法，加以融会贯通，创造出的民族新型歌剧。

由于新歌剧创作主要借鉴西洋歌剧和地方戏曲的音乐、舞蹈等表现

---

[1] 雷达，赵学勇，程金城.中国现当代文学通史[M].兰州：甘肃人民出版社，2006：558.

技巧，故而体现与时代、民族相结合的新特色，呈现出三个主要特点：第一，在内容上与时代紧密结合，反映百姓生产劳动和农村生活；第二，表现方法上借用西洋歌剧中的舞蹈、美术、音乐、灯光等现代表达技巧；第三，吸收地方和民间艺术，如合韵的口语、对白、故事等，借鉴地方剧种的器乐、腔调，为戏剧表达方法加入新的元素。

这种新型歌剧的创作丰富多样，取材于人民群众熟悉的生产、斗争生活，采用了地方戏曲的表现形式，一些出色的作品多以农村妇女为主人公，表现她们从不幸走向解放的战斗历程。1945年前后，出现了一批较有影响力的新歌剧，如《白毛女》《赤叶河》《王秀鸾》《刘胡兰》《钢骨铁筋》《王克勤班》《无敌民兵》等，都是当时较优秀的剧目。其中，由鲁艺师生集体创作、贺敬之和丁毅执笔的《白毛女》是中国新歌剧发展史上的里程碑。它是根据河北平山县流传的"白毛仙姑"的故事改编而成的。

《白毛女》是一部多幕歌剧，共5幕16场。故事情节发生在抗日战争时期，主要以贫农杨白劳和其女儿喜儿的不幸遭遇为主线，写地主黄世仁为了达到占有喜儿的目的，大年三十催租逼债，杨白劳无力还债，只能在卖女儿的卖身契上按了手印，后悔恨交加，含恨自尽。喜儿被逼到黄家后，惨遭蹂躏，最后，不顾一切逃出黄家，隐匿在山洞里。由于缺少盐和阳光，她的头发全变白了，成了"白毛仙姑"。八路军来到后，她重获自由，并报仇雪恨。剧本深刻地反映了旧中国尖锐的阶级矛盾，真实地表现了旧中国农民的悲惨遭遇。

《白毛女》剔除了"白毛仙姑"故事中原有的封建迷信色彩，对其进一步挖掘，与时代相结合，突出了社会矛盾和阶级压迫，表现了"旧社会把人逼成鬼，新社会把鬼变成人"的主题。这部剧主要塑造了三个人物形象。第一个是以杨白劳为代表的老一代农民忍辱偷生，委曲求全。最后只能以死来表示自己的反抗。作者对其遭遇深表同情，对其反抗方式却是否定的。

第二个是以王大春、大锁、张二婶为代表的一类人。他们为了生活，随时作出对社会的反抗。大春和大锁两个人当年为了救出喜儿，一个（大锁）被抓进监牢，一个（大春）逃出后参加了八路军。根据地民主新政权建立后，大春与大锁救出喜儿，为她雪洗了耻辱。张二婶在黄家做女工，有不堪言说的苦痛，用解救、放出喜儿作为自己对地主压迫的反抗，她的做法是非常难能可贵的。

第三个是以喜儿为代表的一类人，对社会压迫作出坚决反抗，对生活进行坚决抗争。喜儿是作品塑造的核心人物。她的苦难遭遇是旧社会农村妇女生活磨难的缩影，其复仇是饱含喜儿的血和泪的。在自己的家里，

第三章 从抗战文艺到"为工农兵"的文艺:战争时期文学发展研究

虽然生活比较贫困,但至少她还有父亲的疼爱,而到了黄家之后则处处要看别人的脸色,在被黄世仁奸污之后,她曾经想一死了之,但是她最终还是放弃了"不能见人"的思想,最终坚强地活了下去。喜儿的苦难不是她一个人的,而代表了旧社会千千万万被侮辱被损害的民众,其苦难根源在于万恶的旧社会。她的抗争是对自己为人的起码的抗争,更是与地主阶级及封建制度的拼死反抗。她的仇和恨不只是她一个人的,也是整个农民阶级、劳苦大众的。在深山洞里忍辱偷生数载,目的是要等到人民当家做主的那一天,自己的仇恨能得以昭雪。

《白毛女》具有突出的艺术成就,主要表现在以下几个方面。

第一,借鉴了西方歌剧以音乐表现人物性格和塑造人物形象的方式。《白毛女》采用了中国传统民间音乐,如河北民歌"小白菜""青阳传"等,利用地方戏曲曲调进行新的创造,并在音乐舞蹈中掺杂对白,使话剧、歌、舞完美结合,从而奠定了中国新歌剧创作的基本模式。

第二,全剧洋溢着浪漫主义色彩。首先,在情节构思上,《白毛女》中有大量具有传奇性的情节,如黄家要贱卖已有身孕的喜儿时被张二婶救出,喜儿在深山里奇迹般地生活数载等,这些巧合和离奇的情节进一步增加了作品的可读性和可感性。其次,是人物塑造上,主人公喜儿这个形象的性格是按照受辱——寻死——求生——复仇这一过程逐步发展的,她的身上包含了作家的理想创造。最后,在抒情方式上,剧作中用唱曲抒情之处多达91处,有的激越愤怒,有的哀婉悲苦,每一首唱曲都倾注着作家的深情。

《白毛女》标志着我国歌剧终于寻找到了自己独特的发展道路,形成了自身鲜明的美学品格。《白毛女》的创作成功,推动了延安等解放区的文艺工作者对新歌剧创作的热情。解放战争时期,在延安、东北、西北以及其他解放区,许多文艺工作者都尝试着用这种艺术形式进行创作。短短几年内,先后有数十部新歌剧问世,形成了我国历史上"第一歌剧高潮"。

三、旧剧改革运动

旧剧改革运动是新秧歌剧和新歌剧深入发展的结果,其主要内容有两个方面:一是结合时代精神对传统剧目进行改编,创作新编历史剧;二是改造、利用旧形式创作具有崭新内容的现代戏。在旧剧改革中,取得一定成就的主要是京剧和秦腔。京剧改革的代表作有《逼上梁山》《三打祝家庄》;秦腔改革的代表作有《血泪仇》《穷人恨》等。其中,《逼上梁山》

取材于《水浒传》,描写的是林冲为形势所迫上梁山闹革命的故事。该剧上演后引起了广泛影响,毛泽东评价道:"历史是人民创造的,但在旧戏舞台上(在一切离开人民的旧文学旧艺术上)人民却成了渣滓,由老爷太太少爷小姐们统治着舞台,这种历史的颠倒,现在由你们再颠倒过来。恢复了历史的面目,从此旧剧开了新生面,所以值得庆贺。"[1] 京剧从旧有的古板的程式中解放出来,被改编成时代性强的现代戏,使京剧得到了进一步的发展。

综上所述,本章大致介绍了战争时期文学发展的主要内容。这一时期的开端标志是抗战爆发。抗战爆发形成全国规模的抗战文艺运动,使现代文学又出现一次深刻的变化,抗日救亡成为压倒一切的主题,现代文学密切配合社会发展。由于政治变化,出现国统区、解放区,解放区与国统区已经是不同的社会制度,解放区已经是不同于国统区的"新天地",当时局面更复杂,流派更多。

---

[1] 雷达,赵学勇,程金城.中国现当代文学通史[M].兰州:甘肃人民出版社,2006:562.

第四章 规范与控制:新中国 17年文学发展研究

1949年,中华人民共和国成立,中国文学进入新中国17年发展时期,诗歌、散文、小说、戏剧都随着政治上的转折而发生了巨大变化,呈现出规范与控制的特点。

第一节 第一、二次文代会与"双百"方针

一、第一、二次文代会

1949年7月2日至19日,经郭沫若提议,党中央批准,中华全国文学艺术工作者代表大会,即第一次文代会在北平正式召开。大会出席代表824人。会议期间,毛泽东亲临大会并作重要讲话,朱德代表党中央致贺词,周恩来作长篇政治报告。大会确定了以《在延安文艺座谈会上的讲话》为代表的毛泽东文艺思想为新中国文艺工作者战斗的共同纲领,确定了文艺必须为人民服务、首先为工农兵服务的方向,作为新中国文艺运动的总方向;大会通过《宣言》,成立全国文艺组织——中华全国文学艺术界联合会(1953年9月后,更名为"中国文学艺术界联合会",简称"文联"),选举郭沫若为主席,茅盾、周扬为副主席。会后又相继成立了"文联"所属的文学、戏剧、音乐、电影、美术、曲艺等协会。其中,中华全国文学工作者协会(1953年9月后,更名为"中国作家协会",简称"作协"),选举茅盾为主席,丁玲、柯仲平为副主席。第一次文代会是全国不同地区、不同工作部门、不同艺术风格的文艺工作者的大会师;大会的主要目的是团结全体代表,总结彼此的经验,交换彼此的意见,相互批评,相互学习,共同确定今后全国文艺工作的方针与任务,成立一个新的全国性的文艺组织。这次大会的召开,结束了全国文艺工作者长期被分隔的状态,确

定了新的文艺方针,加强了全国文艺工作者的团结,标志着中国新文学以此为起点,进入了当代文学的新阶段。

1953年9月23日至10月6日,中国文学艺术工作者第二次代表大会,即第二次文代会在北京召开。大会出席代表581人。大会围绕繁荣创作的中心议题,总结了中华人民共和国成立4年来的文艺状况,指出了文艺创作中存在的公式化、概念化倾向和文艺批评中存在的简单化、庸俗化倾向;确定了社会主义改造时期,文艺的新任务是文艺工作必须以抓创作为主,鼓励作家创造更多更好的作品;确定将"社会主义现实主义"作为文艺创作的方向和文艺批评的准则;确定社会主义文艺的基本要求是塑造新的英雄人物形象。由于时代与认识上的局限,第二次文代会把社会主义现实主义确立为文艺创作和文艺批评的最高准则,在理论上存在着明显的偏颇。首先,由于肯定了塑造英雄人物时"有意识地忽略他的一些不重要的缺点""是可以而且必要的",也就肯定了这种"忽略"的必要与合理,至于什么是"不重要的缺点"与"重要的缺点",实在难以准确地界定。这个命题在理论上造成的后果,是使作家在创作中将英雄人物人为地拔高和神化,以致在后来占据话剧舞台的全是"降龙伏虎"的英雄形象,而且这些"英雄形象"都是十全十美、不近人情的,他们"最本质的特征"就是"毫不利己,专门利人"。其次,把社会主义现实主义作为整个文艺创作和文艺批评的准则,就必然挤压其他创作方法的自由存在,从而导致当代文学日益步入单一化的轨道。

二、"双百"方针

"双百"方针,即"百花齐放,百家争鸣"的方针,它是毛泽东在1956年5月2日的最高国务会议上提出的发展艺术和科学事业的方针。其主要内容是发扬社会主义的艺术民主和学术民主,主张"艺术上不同的形式和风格可以自由发展,科学上不同的学派可以自由争论","艺术和科学中的是非问题,应当通过艺术界和科学界的自由讨论去解决,通过艺术和科学的实践去解决"。1956年5月26日,中共中央在中南海怀仁堂召开由北京知名科学家、医学家、文学家、艺术家参加的会议,中宣部部长陆定一作了经毛泽东修改定稿的题为《百花齐放,百家争鸣》的报告,代表中共中央对"双百"方针作了权威的系统的阐述。报告指出:"中国共产党对文艺工作主张百花齐放,对科学工作主张百家争鸣";"要使文学艺术和科学工作得到发展,必须采取'百花齐放,百家争鸣'的政策";"我们所主张的百花齐放,百家争鸣是提倡在文学艺术工作和科学研究工作中有

第四章 规范与控制：新中国17年文学发展研究

独立思考的自由,有辩论的自由,有创作和批评的自由,有发表自己意见、坚持自己意见和保留自己意见的自由",同时报告说明,"双百"方针的实施界限和范围是"人民内部的自由"。这标志了"双百"方针正式实施的开始。

"双百"方针给整个文艺界带来了蓬勃的生机,沉默多时的、受到太多压抑的知识分子解除了思想上的束缚,极大地激发了探索、创造、批评、争论的勇气和积极性。首先,文艺理论和文艺批评出现了摆脱教条,冲破禁区,解放思想,独立思考,大胆探索的新气象,对历来争论很多的问题进行了再认识和新的探索。文艺与政治关系问题,文艺特征问题,政治倾向性与艺术真实性关系问题,世界观与创作方法关系问题,阶级性与人性问题,歌颂与揭露问题,人物塑造问题,题材、表现手法与风格多样化问题,文艺工作的领导问题等等,都得到了较为大胆的探索与论争。

其次,在文学创作方面,现实主义理论和批评的活跃,使真正的现实主义精神一度高扬,并促使在文学创作实践中,出现了"干预生活"和"人道主义"两股彼此呼应的文学思潮。出现了一批大胆干预生活、敢于揭露社会矛盾、批判社会阴暗面的文学作品,如刘宾雁的《在桥梁工地上》《本报内部消息》,耿简(柳溪)的《爬在旗杆上的人》,王蒙的《组织部新来的青年人》、李准的《灰色的篷帆》、南丁的《科长》、耿龙祥的《入党》、李国文的《改选》、公木的《据说,开会就是工作,工作就是开会》、流沙河的《草木篇》、邵燕祥的《贾桂香》《多盖些工厂,少盖些礼堂》等。同时,还出现了一批运用讽刺手法嘲讽官僚主义、主观主义、教条主义错误的作品,如耿龙祥的《明镜台》和巴人的《况钟的笔》,任晦的《"废名论"存疑》、秦似的《比大和比小》、唐锼的《言论"老生"》、江有生的《行行有禁忌,事事得罪人》、黄秋耘的《刺在哪里》等,突破了讽刺手法只能对付敌人的片面观念。还有一些作家创作了一批表现家庭生活和爱情题材,张扬人情、人性和人道主义,揭示人物内心世界的作品,如宗璞的《红豆》、陆文夫的《小巷深处》、邓友梅的《在悬崖上》、李威仑的《爱情》、刘绍棠的《西苑草》等。

总之,"双百"方针的提出,体现了在新中国、新体制下,国家对社会主义文化政策的一种新尝试,促进了党内以及文化学术界的思想活跃和解放,社会主义文艺运动出现了活跃、兴旺的景象。

第二节 报告文学与抒情散文的发展

新中国 17 年时期,中国的局势发生了新的变化,国内的政局稳定、国民经济恢复为散文的创作开辟了广阔天地,散文在这一时期迅速发展起来,呈现出了一派欣欣向荣的局面,尤其是报告文学、抒情散文发展更是迅速。本节即对这两方面进行分析研究。

一、报告文学的发展

在新中国 17 年的散文创作中,报告文学的创作也取得了重要的成就。其中最有代表性的两位作家就是穆青和魏巍。他们对报告文学的发展做出了重要的贡献,下面具体分析他们的报告文学创作。

(一)魏巍的报告文学创作

魏巍(1920—2008),河南郑州人,原名魏鸿杰,曾用笔名红杨树,1937 年参加八路军,1938 年加入中国共产党。1950 年至 1958 年间三次赴朝实地采访,创作了《谁是最可爱的人》《故土与祖国》《在汉江南岸的日日夜夜》等作品,产生广泛深远的影响,确立了他在报告文学创作领域的崇高地位,1978 年完成了抗美援朝题材小说《东方》,于 1983 年获茅盾文学奖。2008 年,在北京因病去世,享年 88 岁。

魏巍的创作主要是"通讯+散文"的模式,他的散文具有很强的时代感,激情洋溢而又刚柔相济,富有很强的艺术感染力。除《谁是最可爱的人》外,《依依惜别的深情》《年轻人,让你的青春更美丽吧》《我的老师》《路标》《怀仁堂随笔》《春天漫笔》等也是魏巍的报告文学的名篇。

其中,《谁是最可爱的人》是魏巍报告文学的代表作,描写了 1950—1951 年间抗美援朝战争最艰苦的时候,我们志愿军战士英勇反击美国侵略者的故事。这篇报告文学在当时影响很大,从此之后,解放军广泛地被人们称为"最可爱的人"。在《谁是最可爱的人》中,作者选取了三个具有典型意义的感人至深的生活和战斗片断,从不同侧面表现了志愿军战士的崇高品格。第一个片段是将松骨峰战斗中激烈和悲壮的战斗场面同战士们英勇杀敌、壮烈献身的特写镜头结合起来,在战争的残酷中凸显革命战士的钢铁意志和英雄主义精神;第二个片段描绘的是战士马玉祥冒着

第四章 规范与控制：新中国 17 年文学发展研究

生命危险冲进大火抢救朝鲜妇女和儿童的事迹，表现了志愿军战士对朝鲜人民的国际主义博爱胸怀和无私忘我的高尚情操；第三个片段是通过在防空洞里吃一口炒面就一口雪的那位战士的纯真质朴的话语，表现了革命战士为和平而战、为祖国而战的崇高爱国情怀。这三个既各自独立、又珠联璧合的事迹特写旨在通过志愿军可歌可泣的英雄壮举，层层深入地展示战士们伟大的思想、崇高的情感境界和高尚的人格品质。这三个场景共同描绘出一个"最可爱的人"的立体形象，回答了"谁是最可爱的人"的基本主题，高度地概括了革命战士的精神实质。魏巍以极度浓缩的场景和人物的特写对"最可爱的人"的内在情思进行了深入开掘，"钻进了这些可敬的人们的灵魂里面，并且同自己的灵魂融合在一起，以无穷的感动与爱，娓娓地道出这灵魂深处所包含的一切感觉"[①]，因而其报告文学时至今日仍然有着很大的魅力。

总结来说，魏巍的报告文学作品有着独特的审美追求，主要有以下几个方面的特点。

首先，魏巍报告文学的主题基本是讴歌志愿军指战员伟大的爱国主义、国际主义和革命英雄主义的高尚时代精神。作者善于从革命战士的行为和言论中，发掘他们丰富火热的内心世界，在抗美援朝、保家卫国的激烈而悲壮的战斗背景中，寻找他们创造英雄业绩的力量所在。作者感受到的和发掘出的是战士身上最人性化、最内在的本质，也是我们赖以生存和发展的民族精神和时代精神。

其次，魏巍的报告文学常以抒情性的议论来展开作品情节和表达思想。魏巍的作品语言具有浓郁的情感色彩和以情动人的艺术魅力，能引起读者强烈的情感共鸣。同时，魏巍热衷于追求创作的政治功利性和艺术表现力，这也是他艺术思维固有的内在规定性。在创作中，他会在情感澎湃之际恰到好处地穿插议论，使作品的抒情和议论达到了和谐统一。

最后，魏巍报告文学在素材选择上具有典型性原则。作者善于在大量素材中精选、提炼出最能体现主题的典型事例，并在真实的基础上进行艺术加工。

总之，魏巍的报告文学有着很强的时代感，开篇、结尾以及场景转换处常常运用浸润了浓郁诗情的文句以及蕴含着深刻思想的议论，既情理贯通，又意蕴酣畅，激情洋溢而又刚柔相济，富有很强的艺术感染力。

---

① 丁玲.读魏巍的朝鲜通讯——《谁是最可爱的人》与《冬天和春天》[J].文艺报，1951（3）.

(二)穆青的报告文学创作

穆青(1921—2003),河南杞县人,原名穆亚才,1937年在山西参加八路军,1939加入中国共产党,1940年进入延安鲁迅艺术文学院。他的报告文学代表作品有《雁翎队》《为了周总理的嘱托》《县委书记的榜样——焦裕禄》等,都产生了广泛的影响。2003年在北京因病逝世。

穆青最著名的报告文学作品就是《县委书记的榜样——焦裕禄》,它在中国当代报告文学史上产生了重要的影响,是报告文学的经典代表作之一,一经发表就在文坛产生了不小的轰动。这篇报告文学主要歌颂了党的优秀干部焦裕禄,记述了焦裕禄在兰考的光辉事迹,从正面赞扬了焦裕禄的高尚人格和吃苦耐劳的精神品质。在作品中,作者巧妙地把人与事、情与理等许多复杂的关系处理得周密严谨,并没有回避当时的困难和矛盾,客观真实地反映了这一时期的社会现实情况。文章敢于触及现实生活中的重大矛盾,注重将典型人物的塑造与记叙、抒情、议论等创作手法有机结合,从而增强作品的感染力,引起人们的情感共鸣。

总的来说,这部作品具有以下几个方面的艺术特点。

第一,作品的语言具有民族化、大众化的特点,这也是使焦裕禄形象走进千家万户并深深打动人心的重要原因之一。文章没有华丽的文采和难懂的字眼,凭借的是简洁、朴素、自然的叙述和人物语言,用白描的手法状物写人,使读者深刻地牢牢记住人物。文中使用了一些来自人民口头的平易近人的语言,如"吃别人嚼过的馍没味道""干部不领,水牛掉井"等,容易引起读者情感的共鸣。

第二,这篇报告文学成功地表现了焦裕禄这个形象。他是迄今为止新中国报告文学中塑造得最完整最丰满的共产党员形象。他有着坚定的信念和顽强的意志,面对黄沙、白碱、洼窝的恶劣环境和巨大困难时,他不惧艰险,发誓要用自己的全部生命和满腔热血为兰考开辟出一片新天地,为老百姓找到一条衣食无忧的幸福之路;他从不好高骛远,而是从一点一滴做起,从查风口、探流沙、看水情这样的具体工作做起,为获取第一手资料而亲自调查;他与百姓同甘共苦,严于律己,时刻严肃地实践着自己的公仆使命,实践着自己共产党员的诺言;他勤学敏思,理论联系实际,详细科学地设计着兰考的发展蓝图,主动登门向当地有经验的老农请教;他悉心叮咛患病的同志安心疗养,自己却以坚强的毅力忍着肝痛,跋涉在风沙雨雪中。他至死还在思念着为之付出艰辛劳动和深厚热爱的兰考和人民。焦裕禄全心全意地为人民谋幸福,他崇高的党性和高度的公仆精神以及高贵的人格品质受到人民永远的爱戴和怀念,人民永远纪念他。

第四章 规范与控制：新中国 17 年文学发展研究

二、抒情散文的发展

这一时期抒情散文的创作取得了重要的成就。杨朔、刘白羽、秦牧等都是这一时期杰出的抒情散文作家。

（一）杨朔的散文创作

杨朔（1913—1968），山东蓬莱人，原名杨毓，字莹叔。他的父亲是清末秀才，他本人又曾受业李仲都门下研习古典诗文，这为他日后的文学创作奠定了良好的基础。抗日战争爆发后，他积极参加了革命，并与友人在武汉合资筹办文艺刊物以唤醒民众。1938 年，他以陕北革命根据地人民斗争生活为题材创作了处女作中篇小说《帕米尔高原的流脉》，并参加全国文艺界抗敌协会组织的作家战地访问团去了华北，此后便在山西八路军总部担任文化宣传工作，随军转战山西、河北一带。解放战争期间，他转入晋察冀野战军，担任新华社特派记者，写了《北黑线》《英雄列车》《血书》等十多篇反映人民解放军英勇战斗的短篇小说及两部中篇小说《北线》和《望南山》。中华人民共和国成立后，他调至中华铁路总工会任文艺部长，并创作了中篇小说《锦绣河山》。1950 年，他参加了抗美援朝战争，并据此创作了长篇小说《三千里江山》以及一些通讯特写。1955 年加入了中国作协，主要从事外事活动，因而写了许多国际题材的散文，如《埃及灯》《金字塔月夜》《印度情思》等。1968 年，杨朔不幸去世。

杨朔的散文具有一种时代精神，他总是自觉地对社会主义建设与变革进行表现。同时，他的散文题材开阔、内容丰富，或是对普通战士保卫祖国的英勇牺牲精神进行表现，或是对普通劳动的辛勤劳作以及献身祖国建设事业的伟大精神进行表现，或是通过对新旧生活的对比来表达自己对新生活的憧憬，或是对各国人民间的友好往来进行表现，注重在国际题材中对时代精神进行挖掘。

杨朔的散文内容非常丰富，主要包括以下几个方面。

第一，歌颂普通战士牺牲"小我"保卫祖国的作品，如《海天苍苍》讴歌了海军英雄战士吴才良为国捐躯的动人事迹。

第二，表现普通民众辛勤劳动的作品，并对其诚实劳动、献身祖国建设事业的执着精神进行讴歌，如《荔枝蜜》中歌颂了酿蜜的养蜂人，《茶花赋》中歌颂了勤勤恳恳的养花人。

第三，表达对未来希望的作品，这类作品常常是通过新旧生活的对比来实现的，通过比较，作者希望读者能认识到今日的发展和成就，如《蓬莱仙境》《海市》《画山绣水》《香山红叶》等。

　　杨朔的散文在艺术方面，形成了不俗的艺术成就，具体来说体现在以下几个方面。

　　第一，杨朔的散文开创了一种"自我置换"的模式。传统散文以表现"自我"的内在性情、内在心灵为主，而在他的散文创作中，更多的是表现"普通劳动者"的性情，描写他们的内心世界，实现了由主体向客体、由个体向整体的主题置换。例如，在《荔枝蜜》一文的结尾中，他梦到自己变成了一只小蜜蜂，酿造着未来，进而从养蜂人推广到所有社会主义的建设者，并歌颂了他们为祖国建设甘愿奉献的牺牲精神。

　　第二，杨朔的散文带有诗歌的性质，经常能够表现诗歌的意境，形成了独创的"诗体散文"。杨朔自觉地将诗和散文结合了起来，在看起来极其平凡的事物中提炼动人的诗意，进而对时代的脉搏进行把握和展现。例如，《茶花赋》一文借助绚丽的茶花，对祖国欣欣向荣的景象进行了展现；《香山红叶》一文借助鲜艳的红叶，寄寓了久经风霜、愈老愈红的革命精神等。

　　杨朔的散文除了善于在看起来极其平凡的事物中提炼动人的诗意外，也十分注重在散文中营造诗的意境。而在营造诗的意境时，他常常运用古典诗词中托物言志、借景抒情的表现手法，并将抒写景物和抒写人物巧妙地交织在一起，达到了情景一体、物我一致的境地。例如，《荔枝蜜》一文一面对荔枝林和蜜蜂进行描写，一面又对辛勤的养蜂人进行描写；《雪浪花》一文一面对冲击着礁石的浪花进行描写，一面又对建设新生活而默默劳动的"老泰山"的精神进行描写等，这样就把对蜜蜂和浪花的赞美与对普通劳动人民的歌颂交融在了一起。

　　第三，杨朔的散文十分注重结构布局，他善于从大处着眼、小处落墨，抓住一人一事、一景一物生发联想。同时，他深得我国古典诗词结构严谨和我国江南园林"曲径通幽"之妙，往往起笔自然，但富有生趣；然后行文曲径通幽，往复三折；结尾多是含有寓意，画龙点睛，含蓄止笔。《荔枝蜜》中就运用了这种结构布局，开头写自己对蜜蜂的疑惧，接着写从化温泉看到的荔枝林，之后笔锋一转，由荔枝蜜而想去看一看蜜蜂，于是读者被引入另一个新境地，既看到了蜜蜂的生活与辛勤劳动，也听到了养蜂人老梁对蜜蜂的介绍，从而认识到了蜜蜂的高尚精神，结尾处写梦见自己愿意变成一只小蜜蜂。文章起头写得平淡，但中间层层深入、曲折有致，结尾更是显真情，可见结构布局之巧。

　　第四，杨朔的散文语言细腻、清新、含蓄、隽永、简洁而不简单。他那诗意般的散文语言是经过多次推敲的，如《雪浪花》中的句子"是叫浪花咬的",一个"咬"字形象生动,使用了拟人的修辞手法,赋予了浪花人的性格和气质,与作者文章末尾的抒情遥相呼应;《香山红叶》中的句子"这一片曾在人生中经风吹雨打的红叶,越到老秋,越红得可爱",一个"老"字就赋予了秋天新的活力,作者因为是在写人,故而用"老秋"表明了人和红叶之间的关系,说法相当精确。在杨朔的散文中,类似的句子比比皆是,充分显示出作家高超的语言写作技巧。

当然,杨朔的散文在思想内容方面也有很多的不足,有很多作品将颂赞之情溢于笔端,忽视了对现实矛盾的揭示,显得空洞且不够真实。同时,杨朔由于对生活的严峻性及历史的曲折性认识不足,导致其散文创作中无视民间疾苦,且对现实进行了过度美化,其创作于"大跃进"时期的散文作品更是有着明显的"浮夸"成分。

（二）刘白羽的散文创作

刘白羽(1916—2005),北京通州人,原名刘玉赞,1930年入北平市第一中学。"九一八"事变后在爱国热情的驱使下投笔从戎,后在绥远因染上伤寒而被送回家休养。1934年考入北平民国大学中文系,开始文学创作,写过一些短篇小说和散文、报告文学,引起文艺界的注目。1938年他从上海奔赴延安,从事文艺工作,曾随文艺工作团遍历华北各游击根据地,并写了不少反映军民抗日斗争的作品。1942年他参加了整风运动,聆听了毛泽东在文艺座谈会上的讲话。1944年刘白羽被派往重庆担任《新华日报》副刊编辑工作。整个解放战争时期,他作为一名随军记者,转战南北,经历了一系列重要战役,写下了一系列反映战斗生活的作品。这一时期创作有散文集《为祖国而战》《火光照耀着沈阳城》,短篇小说集《早晨六点钟》,以及中篇小说《火光在前》。中华人民共和国成立后,刘白羽的创作中心也从小说转到散文领域。1950年,他参加了大型纪录片《中国人民的胜利》的编制工作。这部影片获得了斯大林文学奖金。抗美援朝战争中,他先后两次赴朝采访,写了《朝鲜在战火中前进》《对和平的宣誓》等通讯报告集和短篇小说集《战斗的幸福》,出版了报告文学集《早晨的太阳》《万炮震金门》和散文集《红玛瑙集》。1955年以后,他主要担任文化领导工作,同时出版了散文集《秋窗偶记》《冬日草》《平明小札》《红色的十月》《芳草集》《海天集》《刘白羽散文选》《刘白羽散文四集》等作品。2005年,刘白羽在北京逝世。

刘白羽的散文创作成就突出,与杨朔、秦牧并称为"当代散文三大家"。他的散文创作大致经历了两个阶段:1936—1958年是刘白羽散文创作的早期阶段,这一阶段以通讯、速写成就最高,代表作有单篇散文

《关于长城的回忆》《从黄昏到夜晚》等,通讯报告集《游击中间》《环行东北》《延安生活》等。其中,《延安生活》较早地报道了革命圣地延安的新面貌新生活,具有重要的史实价值。中华人民共和国成立初期,他创作了大量反映抗美援朝战争的散文,有散文集《为祖国而战》《朝鲜在战火中前进》《对和平宣誓》等,还有反映社会主义革命与建设题材的散文集《万炮震金门》《红玛瑙集》《平明小札》等。第二个阶段是从1959年到1966年,此时,他的散文创作更加重视抒发自己的情感,作品的抒情性较强。例如,他使用象征的表现手法创作的《日出》一文,描写了自己乘飞机在万仞高空观海上日出的壮观景象,含蓄蕴藉地表达了新中国的新面貌、新气象,同时也表达了新中国将会屹立在世界的东方;在书信体《长江三日》一文中,他能够使用辩证唯物主义和历史唯物主义的观点,抒发了自己游历长江的感触,揭示了美好时代的到来,表明了事物是不断向前发展的真理,光明会代替黑暗而最终到来。

刘白羽的散文颇具特色。首先,刘白羽的散文具有强烈的时代色彩和浓烈的革命激情。在他的散文创作中,总是能够看到极为广阔的时代视角,他总是将自己的构思架于历史的长河之中,能够用文笔及时反映历史、反映现实,希望通过自己的作品勾勒出中国革命的足迹,他歌颂正义的人民战争,歌颂祖国光明的未来,整个创作充满了时代的战斗气息。例如,他使用对照的手法创作的《红玛瑙》,真实地描写了自己重访延安时的感触,高度赞扬了延安人民吃苦耐劳、辛勤劳作的精神。同时,还鼓舞延安人民不要放弃,要继续与现实的困难进行斗争,要拼尽全力开拓属于自己的美好未来;在《长江三日》一文中,就表现出了强烈的时代气息,整篇文章立意深远,激情高昂,描写了奔腾不息、气势磅礴的长江。此外,对新中国社会主义变革的社会风貌进行反映、对伟大的时代精神进行讴歌是刘白羽散文的重要主题。同时,他常常借助于光明壮美、富有生命力和象征意义的事物景观,展开对比联想,引导读者对生活的赞美、对祖国的歌颂和对人生价值的深入思索。

其次,感情奔放不羁、雄浑豪迈是刘白羽散文风格的基本特征,在艺术上显示了他与众不同的特点。一方面,他认为作者应该把炽热的感情流注到文章里,这样文章才能具有高涨的热情,因此在他的散文里无时无处不洋溢着热情。而在抒发自己情感的同时,他又往往按捺不住自己的激情,直接站出来作议论式的抒情,使感情像开了闸的水一样奔泄而出,形成其抒情方式奔放、豪迈的特点。另一方面,刘白羽在散文创作中总是选取振奋人心、鼓舞斗志的大时代一角作为素材。不论是写社会生活、人生历程,还是自然风光,他都善于将美好的现实与苦难的历史相叠印,将

第四章 规范与控制：新中国17年文学发展研究

激荡的豪情与灿烂的生活画面相交融,使散文气势更加雄浑豪迈。

最后,刘白羽的散文善于融情于景,借景抒怀。他曾说:"如果作者不把血、感情流注到文章里,文章又怎能有燃烧的热情,有光彩呢?"因此,他的散文总是洋溢着浓烈的革命激情,并以感情作为贯穿全文的线索,且非常注重感情的抒发。例如,在《急流》一文中,他写道:"是急流勇进,还是急流勇退?是知难而进,还是知难而退?生活在革命斗争中的人,应当作乘长风破万里浪的能手,因为急流是永远奔腾前进的。"从而以激情的议论,使文章的主题得以升华。《长江三日》中作者没有去细致地描绘三峡的自然景色,也没有娓娓讲述三峡的古迹传说,而是热烈的想象多于冷静的观察,澎湃的激情常融于壮美的形象。在作者的笔下,江轮在前进,景色在变幻,思潮在翻腾。这不是一般的旅游散文,而是一篇气壮山河的祖国颂,一曲震撼人心的英雄交响诗。作者展开瑰丽的想象,融注澎湃的激情,不仅为我们展示了长江三峡壮丽雄奇的景观和神奇迷人的神话传说,更提示了中国人民战胜自然、征服天险的勇往直前的英雄气概和战斗豪情。

当然,刘白羽的散文也有不少的缺点,如一味地为生活唱赞歌而使自己的散文成了政治的宣传品、过分歌颂时代和英雄而忽略了对社会矛盾和社会冲突进行描写、太多的豪言壮语和政治议论削弱了作品的思想性和艺术魅力等。

(三)秦牧的散文创作

秦牧(1919—1992),广东澄海人,原名林觉夫。出生于香港,3岁时随父母侨居新加坡,幼年和少年时代都是在新加坡度过的。1932年回国后,曾在澄海、汕头、香港等地求学,并以"顽石"为笔名在报刊上发表文章。1938年到广州投身于抗日宣传工作,先后当过演员、编辑、战地工作者、教师等。1939年在韶关任《中山日报》副刊编辑时开始用"秦牧"这个笔名。1943年至1944年在桂林的报纸上陆续发表了一些杂文,其中一部分收录在《秦牧杂文》中。1945年,秦牧加入中国民主同盟,并担任机关刊物《再生》的编委。抗战胜利后,在香港过了三年职业写作生活。解放战争时期,他重庆、上海、香港等地从事进步文化工作。广州解放前夕,他从香港进入东江解放区。广州解放后,他一直在广州工作,曾任中国作协、广东分会副主席、《羊城晚报》副总编等职。1992年,秦牧逝世。

秦牧的散文有着多样化的题材,他能"笼天地于形内,挫万物于笔端",以至于他的散文被人们形象地比喻为一座"花城"。他的散文,或对英雄和劳动人民进行歌颂,或对腐朽丑陋的事物进行鞭挞,或对山川风物进行描绘，或对事理幽微进行剖析等。但他在对这些题材进行运用时，始终坚持着一个思想主旨，那就是为社会主义的成长擂鼓呐喊，同时为清除旧社会旧制度遗留下来的污秽而斗争。

秦牧的散文有着鲜明的特色，这主要表现在以下几方面。

第一，善于在平凡的题材中，经过思想和感情的熔铸，提炼出"深意"，如在《菱角的喜剧》一文中，他由菱角有不同的角，寓意了事物的多样性和复杂性，等等。

第二，形散而神聚。一方面，秦牧的散文不拘泥于一事一物，作多方面的开拓，并且联想活跃，文思敏捷。他写散文，起初的感觉只是一点点，随着材料的增加、体会的深入、联想的展开，他的思想也越来越开阔，文章也越来越神采飞扬，生气勃勃。比如《菱角的喜剧》，全文涉猎到植物、动物、化学、物理、以至于人体学等许多方面知识。但他没有像他同时代的一些作家一样，把对生活的真知灼见轻易地、简单地图解出来，硬塞给读者，而是通过谈古论今、谈天说地的方式，运用广博的见闻，丰富的联想，精彩的比喻，隽永的警句以及摇曳多姿的文笔和生动热情的语言，把深刻的哲理思索蕴藏在富于生活情趣和艺术魅力的境界之中，从而达到形象、感情、哲理的交相融汇以及思想性、知识性同艺术性的高度统一。

第三，秦牧的散文常常采用夹叙夹议的笔法，并借助描绘山川、谈天说地、道古论今、辨析名物等方式对人生的见闻和感受进行抒写，以期引起人们的思考。这样，他的散文就将思想性、知识性和趣味性比较完美地结合在了一起，而且形式活泼、妙趣横生、寓教于乐。而且，他在散文中的旁征博引、谈天说地都是围绕作品的主题而展开的。例如，在《土地》一文中，他面对着大地展开了深广联想，丰富的生活知识和历史知识如百川汇海般聚之笔下，同时他对这些知识进行了精辟分析，从而使蕴藏其中的爱国主义思想、人民热爱祖国土地的深厚情感以及保卫祖国领土的坚强精神显现了出来。

第四，新奇、奇妙。秦牧总是"在大量真人真事中，选择那最有代表性、最强烈动人的事情下笔"。所以他的作品不落窠臼、别开生面。另外，在写作过程中，他还能把看起来相距甚远的东西联系在一起，使人读起来感觉十分奇妙。

第五，秦牧的散文，语言简洁凝练，生动形象。他的散文，往往表面质朴，内含隐秀，研究者将秦牧散文特有的声情并茂的语言气势归纳为"林中散步"和"灯下谈心"的行文作风。另外，他还注意运用抑扬顿挫的音节和一连串的排比句，构成了声情并茂的语言气势。同时对一些口语大胆运用。用得准确恰当，使文情活跃，虎虎有生气。总之，秦牧以流畅的口语为基础,汲取古典名著中有生命力的语言,并适当采纳民谣、格言以及一些别有风味的地方话,"广采博取",形成他生动活泼、简洁凝练、朗朗上口的文学语言。

当然,秦牧的散文也有一定的局限性,有时为了围绕主题创作,故意罗列一些材料,使文章显得拖沓;有时同样的材料会在不同的文章中重复出现,丧失了文章的新意;有时文章注重宣传政治理论,如马列主义、社会主义思想等,使文章的说教气较强;有时他的散文为了说理而说理,过于注重道理的阐明,使文章的抒情性大大降低。这些都在一定程度上影响了秦牧散文的思想和艺术魅力。

第三节 从政治抒情诗到生活抒情诗

在新的历史时期,诗歌创作的总体态势也发生了较大变化,如在新中国17年这样一个特殊的文学发展时期,诗歌的创作带有极为明显的政治功利性,其创作宗旨也坚持服务于政治、与现实生活和人民群众相结合的原则。基于此,新中国17年文学发展中诗歌的创作形成了两种模式:一种是积极呼应现实政治且充满时代激情的"政治抒情诗",其强调诗人要以阶级代言人的身份表达当代出现的重要政治事件和社会思潮等,其典型代表有郭小川和贺敬之等;另一种是真切表现新时代、新人物的"生活抒情诗",其强调将诗人的主观经验和情感的表达转移到反映客观生活,尤其是工农兵的生活上,其典型代表有闻捷、李瑛等。

一、政治抒情诗的创作

从广义上说,20世纪50—70年代的多数诗歌,均可以称为"政治诗":即题材、视角的政治化。但是,仍然存在一种更确定的诗体模式,即"政治抒情诗"这种类型。其概念大致出现在20世纪50—60年代,但其典型样态早在20世纪50年代初就已经存在。早期较有影响力的政治抒情诗有石方禹的《和平的最强音》(1950),邵燕祥的《我爱我们的土地》(1954),郭小川以《致青年公民》为总题的组诗(1955),贺敬之的《放声歌唱》(1956)等。从艺术层面上考虑,政治抒情诗的形成主要有两个原因。一是中国新诗中有着浪漫风格的诗风;确切地说,应该是其中崇尚力量、宏伟的一脉。然而,20世纪30年代的"左联"诗歌和抗战期间出现的大量鼓动性作品,是最为直接的继承。另一方面源于接受西方 19 世纪浪漫派诗人、当代苏联,尤其是马雅可夫斯基的诗歌遗产。被称为"当代政治诗的创始人"的马雅可夫斯基,从"直接参加到事变斗争中去"并"处于事变的中心",贴紧现实政治主题,"和自己的阶级在一切战线上一起行动","像炸弹、像火焰、像洪水、像钢铁般的力量和声音",到"楼梯体"的诗行、节奏处理方式,均为当代中国政治诗的作者提供直接的经验。

(一)郭小川的诗歌创作

郭小川,河北丰宁人。1937 年到延安,新中国成立后在宣传和文艺部门担任各种领导工作,曾经担任《诗刊》的编委。其代表作品有《平原老人》《投入火热的斗争》《致青年公民》《雪与山谷》《鹏程万里》《月下集》《将军三部曲》《两都颂》《甘蔗林——青纱帐》《昆仑行》等。1976 年 10 月 18 日,在一场意外的火灾中不幸逝世。2000 年,广西师范大学出版社出版了《郭小川全集》。

在北平读中学的时候,郭小川就开始写诗,20 世纪 50 年代中期开始的诗歌创作代表了其诗歌的成就,其创作大致经历了以下四个阶段。

第一,1955 年至 1956 年,郭小川创作的政治抒情组诗《致青年公民》标志着其正式登上诗坛。然而,没过多久就认为这仅是其"以一个宣传鼓动员的身份"所写的"粗制滥造的产品"。

第二,1956 年至 1959 年是郭小川创作"最富光彩,也最富争议的阶段"。这一时期的创作可以分为三类:一是配合政治、政策的抒情诗,如《保卫我们的党》《县委书记的浪漫主义》等,与前期的创作并没有本质上的区别。另外两类创作有很大突破:一类是较多表现诗人个人情感和思考的抒情诗,如《山中》《致大海》《望星空》等;另一类是战争题材的长篇叙事诗,如《白雪的赞歌》《深深的山谷》《严厉的爱》《一个和八个》《将军三部曲》等。其中,《白雪的赞歌》主要讲述的是一对在战事中失散的夫妻,丈夫在敌人手里遭受巨大的折磨和死亡的威胁,妻子不知其生死,在漫长的等待中忍受孤独、绝望以及"医生"给予她的爱情考验。对丈夫的爱和对事业的忠诚最终使她经受住了考验。《深深的山谷》以女性的视角讲述了她与一位知识分子在战斗中相识相爱,后来因为对方没能经得住严酷的考验而分手,在情和理的冲突中,表现女主人公精神上成长的过程,同时也是对坚持"个人主义"的"叛徒"的谴责。两部长诗展示了知识分子转变成纯粹革命战士过程中的欢欣、焦虑和困惑,文本存在着革命与爱情的裂痕与冲突。《一个和八个》写到革命内部"冤案"这样的当代题材"禁区",在文艺界高层内部遭到严厉批判。其试图探寻"革命的胜利需要借助战争的手段,但不可或缺的是,人和人之间基本的同情心"这样一个主题。《望星空》的立意是歌颂社会主义革命与建设的伟大成就,但其又以"神秘""浩大"的星空为参照,发现"人间远不辉煌"。郭小川在这两类作品中所进行的独特思考,体现了那个时代难得的诗人主题意识的觉醒,所以也受到很多质疑。

第三,郭小川诗歌创作的第三个时期是 20 世纪 60 年代前期。因为在上一阶段受到了严厉批判,郭小川停止了诗歌思想方面的探索,在"楼梯体"与"半格律体"之外,进行"新辞赋体"与"新散曲体"的尝试,其代表作品有《厦门风姿》《祝酒歌》《乡村大道》等。

第四,郭小川诗歌创作的第四个阶段是 1966 年至 1976 年。20 世纪 70 年代初期,郭小川的作品有《万里长江横渡》《江南林区三唱》等。1975 年还写了《团泊洼的秋天》《秋歌》等,在一定程度上恢复了 20 世纪 50 年代中后期的创作个性,代表着他这一时期的创作高度。

从一定程度上说,郭小川的全部诗歌均为政治性的歌颂,这是由其"战士"的身份所决定的。作为"战士",郭小川的诗歌在对诗歌政治功能的强调,对国际国内社会运动与社会事件的热情,演绎政治理念的艺术结构,以政论性与鼓动性为基本特征的热情而昂扬的抒情风格,与"阶级"或"人民"融为一体的抒情主人公设置,以及诗歌旋律上的回环复沓、节奏分明、声韵铿锵等方面,与时代的声音完全合拍;然而"知识分子"的传统还促使郭小川对历史与现实作出自己独特的思考,这种思考溢出了当时的时代规范,却正是郭小川艺术个性的显示。在这类创作于 20 世纪 50 年代中后期的作品中,作者"试图展现的正是一个现代知识分子通过考验走向革命的思想历程",在此"历程"的完成充满了矛盾与困惑。《山中》等抒情诗中常常出现的疑问句以及"我"与"我们"的混合使用就很典型。但在长篇叙事诗中,作者则将更多的笔墨放在"生活矛盾和人的思想感情"的开掘上,也就是说,在"个人—群体,个体—历史,感性个体—历史本质"的对立中,作者其实不断在肯定前者价值的不可抹杀。与当时多数诗歌几乎毫无保留地赞颂革命与战争的历史有所不同,在郭小川的这些诗歌中,我们常常体会到的是战争的"残忍"(《山中》),战争对人的日常生活的破坏及对人性、人情的伤害。文本的实际思想、审美效果与作者的创作意图之间的裂痕,体现了郭小川诗歌文本的内在复杂性,这就是他高出同时代诗人的地方,也正是这种独特的"思考",使得郭小川的激情抒发了一点沉郁与内敛。文本的裂痕在其晚期的《团泊洼的秋天》《秋歌》等诗歌中再次出现,但诗中对战斗青年与对毛泽东毫无保留的歌颂,均说明郭小川一直没能超越时代的局限。

（二）贺敬之的诗歌创作

贺敬之(1924—　)，山东枣庄人，出身于一个贫苦农民家庭，少年时靠亲友资助，才得以完成中学和师范学业。1940年去延安，进入鲁迅艺术学院学习，次年加入中国共产党。这时，他开始用自由体诗的形式创作新诗。这期间的主要诗作后来收入《并没有冬天》《乡村的夜》等诗集里。之后，贺敬之和丁毅等共同执笔出样作了歌剧《白毛女》。抗日战争胜利后，诗人随文艺工作团来到华北地区工作。这期间写下的大部分诗作后来收入诗集《朝阳花开》。中华人民共和国成立后，贺敬之一直担任文艺领导工作。1979年出版了自选集《贺敬之诗选》。

贺敬之属于激情型诗人，受的是解放区诗歌传统教育和熏陶，信奉集体主义与英雄主义，在抒情主体"本质化"的过程中比郭小川来得更为鲜明、响亮、高亢。贺敬之的政治抒情长诗，一般以重大的社会政治事件、政策甚至领袖的号召作为抒情的起点，展开对某个政治理念的充满激情的形象化解释。构思方式的典型特点是，在无限广大的现实与历史中，用抽象化的生活图景与象征性的自然物象为载体，展开以政治理念为指导的相同或不同的诗中。在诗歌形式上，贺敬之常常用铺排、复沓的手段以增强抒情效果，在"楼梯体"外，还主动借鉴古典诗词与民歌的手法。

二、生活抒情诗的创作

在20世纪50-60年代，与政治抒情诗并存的是生活抒情诗。生活抒情诗的主要特点是对生活场景和事件直接进行客观的摹写，以普通劳动群众以及生活作为抒情对象，并在此基础上表现新的生活风貌和诗人的精神境界，具有一定的写实倾向和叙事倾向。从艺术渊源来看，生活抒情诗一方面是解放区诗歌"写实"风格和叙事诗热潮向抒情诗延伸和发展的结果，同时也受到苏联诗人伊萨科夫斯基创作风格和理论的影响，另一方面也有民歌形式诗歌和民歌的影响。在这个时期，比较有代表性的生活抒情诗人有闻捷、李瑛等。

（一）闻捷的诗歌创作

闻捷(1923—1971)，江苏丹徒人，原名赵文节。在抗战初期，闻捷在武汉参加了抗日救亡的演剧工作，1940年到了延安。可以说，对于诗歌创作，闻捷始终都是一个有着充足准备的诗人。在解放之前，闻捷就开始

第四章 规范与控制：新中国17年文学发展研究

写作，如写过通讯、诗、散文、短篇小说以及剧本等。解放战争期间，闻捷在部队里从事报道工作，跟从军队去过西北战场，也去过新疆。在新疆生活的日子从他的作品中就可以找到很多足迹。比如，1955年，闻捷先后发表了五个组诗《吐鲁番情歌》《博斯腾湖畔》《水兵的心》《果子沟山谣》《撒在十字路口的传单》。此外，他还发表了一首叙事诗《哈萨克牧民夜送"千里驹"》。

闻捷的《天山牧歌》，就反映了新疆哈萨克、维吾尔、蒙古等民族在解放之后的崭新的生活状态。在这首诗中，充满着对新生活的激情，所以其也被称为"激情的赞歌"。诗中描绘、抒发了生活中美好、明朗、欢乐的景象与情感。不管在吐鲁番、果子沟，还是博斯腾湖畔、和硕草原，在诗中，始终呈现的是辽阔的牧场、繁茂的果树、雪白的羔羊、肥壮的马儿。这里的年轻小伙子的性格犹如山鹰一样骁勇，这里的姑娘的心为爱情跳得失去节拍。他们策动骏马，马背犹如驮着一座山；他们拨动琴弦，连夜莺也不敢高声歌唱……整首诗的基调就是柔和、轻快、明媚。

在这些美妙的抒情诗中，诗人的笔触深入到兄弟民族的青年男女的内心，通过单纯明朗的艺术形象，揭示了跨进新的生活门槛的少男少女的精神世界，他们的思想情感中萌发的新因素：对国家的忠诚，投入创造新生活的劳动的热望，以及纯洁坚贞的爱情。《向导》中的蒙古青年，热爱着自由幸福的家园，当一名保卫疆土的骑兵战斗员是他最大的一个心愿。和硕草原上的少女林娜，想要终身做一名卫生员，要让老爷爷们可以活到一百岁，要迎接每一个新生儿（《志愿》）。在《天山牧歌》中，有大量篇幅讲述的是青年男女的爱情生活，深受读者喜爱。这是因为：解放之后，很少有诗歌用于描写爱情，即便有一些，也是模糊不清的。在当时，像闻捷这样将感情写得如此真挚且强烈的诗人少之又少。这些诗不只写爱情，还表现了爱情生活一种新的内容与时代气息，会给读者一种新的体验。这一时期的爱情诗主要歌唱的是解放了的劳动人民的爱情；是与劳动密切相连的爱情；是服从于劳动的爱情；是以劳动为最高选择标准的爱情；是有着崇高道德原则的爱情。在20世纪50年代的诗歌中，闻捷的诗将爱情与劳动、与创造新生活的劳动联系起来，较为充分、集中地揭示爱情观念的这种变化与发展。对于这一时期的青年男女而言，创造美好生活的劳动是超越爱情本身价值的崇高目标，也是男女相互爱慕的一个重要衡量标准。虽然年轻人迷恋吐鲁番的葡萄、泉水，迷恋美丽热情的姑娘，但他还是翻过天山来到了金色的石油城（《夜莺飞去了》）。那些姑娘所热烈追求的对象，有胸怀改造自己家乡理想的年轻人（《婚期》），也有跟着勘探队走向额尔齐斯河的青年（《信》），还有在讨伐乌斯满的战斗中建立了功勋的战士(《爱情》)。

闻捷创作的这些抒情诗中,通常都有简单的人物与情节,通过对生活的描述来抒发热烈的情感,是它们的表现特点。所以,只有那些蕴含着浓烈的情感因素的生活现象,才会为闻捷所注意。他对这些素材,根据表达的感情需要,将"情节"提炼得单纯、和谐,让感情得到充分抒写,并且将对生活现象的描写用歌唱性的叙述方式予以展示。对民族的风情与风俗的描写,进一步为这些作品增加了浓郁的色彩。

1958年,闻捷生活在甘肃河西走廊一带,并创作了大量作品。这一时期的作品,诗风越来越粗犷豪迈。虽然闻捷在这一时期的政治抒情诗没能达到较高水平,但是其叙事长诗《复仇的火焰》却引起了广泛关注。

闻捷计划完成三部长诗,但是第三部因为政治原因没能得以完成。1959年和1962年分别出版了第一部和第二部长诗。在《复仇的火焰》的前两部中,闻捷力图站在历史的角度正面表现当时的复杂斗争,并且用浓郁的色彩涂抹这幅历史图画。起初,闻捷用几条交错的线索,刻画了各个社会阶层的众多人物。我国现代叙事诗创作从未发生过这种宏伟的规模,其曾被称为"诗体小说"。将开阔的历史场景的展现与对人物思想性格的刻画结合起来,塑造一定数量的鲜活的人物形象,是该作品取得成功的重要保证。诗中出现的,有解放军的师长、团长和战士,有哈萨克民族的老人、青年、少女,有外国领事与间谍,有叛匪头子及其爪牙。其中,外国领事马克南、惯匪乌斯满、部落头人阿尔布满金、哈萨克老牧民布鲁巴大叔、民族干部沙尔拜、身世悲惨而善良的少女苏丽亚等,均有自己的特点。在第一部中,形象丰满而有一定深度的是青年牧人巴哈尔。闻捷在逐步展开的矛盾冲突中表达了他复杂的性格:他是彪悍骁勇的,但他在爱情的波折中又很胆怯懦弱。正是他的胆怯懦弱和落后的思想,使其成了残暴的头人的忠顺的奴仆,还参加了此次反动叛乱。

巴里坤草原的风光、哈萨克民族的生活习俗,在诗中得到了真实的再现。第一部中的"静静的巴里坤",第二部中长达八九百行的对草原婚礼的描写,更增加了诗的繁丽。

在这座宏伟的诗体建筑中,也存在一些因为事件复杂而流于叙述交代,或者琢磨不够而显得粗糙的部分。当第一部作品出版之后,出现了大量肯定的评论,同时也提出了更多要求,如情节可以更集中、描述可以更加精炼。于是,诗人在完成第二部作品的过程中,特别注意对情节线索的删繁就简,将空间留出来用于抒情。但因此带来在总体构思上与第一部的某些地方脱节:有的线索、若干重要人物,未能继续得到有力的表现。

(二)李瑛的诗歌创作

李瑛(1926—),河北丰润人。诗集有《战场上的节日》《红柳集》《难忘的一九七六》《我骄傲,我是一棵树》《春的祝福》等。李瑛的诗的题材多与军队生活情感有关。

在诗中,他全力表现战士的胸怀,用战士特有的眼光去观察和体验平凡的生活。诗人能够从大处着眼,从小处落笔,选取部队典型的生活片段,真实地再现了解放军战士宽广的胸襟、乐观的革命精神以及对祖国的忠诚,如《戈壁日出》就以精湛的笔触向我们展示了一幅雄奇壮丽的画面,诗人能够抓住戈壁滩的地貌特征,在此基础上描绘出壮观的日出景象。诗人通过对戈壁环境的描写,热情地赞颂了在戈壁滩恶劣的环境下那些不畏风沙、吃苦耐劳的骑兵战士和勘探队员的坚强意志和崇高精神。

李瑛有着细腻的艺术感受力,使得他表达社会政治主题的诗更具有感性内容。李瑛的诗的特点是清新、单纯、鲜明和细致,其擅长短诗的布局与构思。

第四节 长篇小说的史诗化趋向

新中国17年的小说在继承五四新文学传统的基础上,以革命现实主义为指导,创作了大量的革命历史题材小说和农村生活题材小说,尤其是长篇小说的创作取得了非常突出的艺术成就。

一、农村题材的长篇小说

在新中国17年的文学创作中,农村生活为题材的小说也占据着重要的地位,不论是在创作数量上还是在创作质量上都相比之前有较大的提高。五四以来新文学小说就已经开始强调文学对表现农村生活的重要性,而这一时期农村生活小说的创作正是对新文学小说创作的延续。具体来说,这一时期的农村小说着重反映农村中发生的重要历史事件,如"大跃进"运动、农业合作化运动、"人民公社"运动等,而对乡村日常生活的描写较少。另外,这一时期作者的态度立场也与要表现的农民形象相一致。这样一来,小说作品的艺术性被大大削弱,而且小说的取材范围也受到了极大的限制,作家的创作视野也受到了局限。这一时期,涌现出了许多致力于农村生活小说创作的作家,包括柳青、赵树理、周立波、李准、马烽、骆宾基、王汶石、浩然、李束为等,其中以柳青、赵树理和周立波的成就最高。

(一)柳青的小说创作

柳青(1916—1978),陕西吴堡人,原名刘蕴华。1936年加入中国共产党,1938年到延安参加文艺界的抗敌工作。解放战争期间,发表了以战争生活为题材的长篇小说《铜墙铁壁》。1952年创作了长篇小说《创业史》,获得了很高的评价和肯定。1978年不幸离开人世。

柳青的《创业史》是一部自觉实践社会主义现实创作方法、探索中国农民历史命运和生活道路的多卷本长篇小说。原计划写作四部,但因"文化大革命"发生,写作计划被迫中断。

在柳青的《创业史》中,梁生宝互助组的诞生与巩固过程,就是农村两条道路斗争的展开过程。

《创业史》主要讲述的是一个"唤醒"的故事,在作品的人物系列中,这一主题是作者精心塑造的"社会主义新人"典型——梁生宝来承载的。因此,将"梁生宝"写好,是《创业史》的一个重要任务,也是当代文学的重大任务。社会主义文学的一个重要目标,就是令人信服地描绘出新人的清晰面貌,呈现其成长的精神历程。作者较为详细地描写了党对农村生活的介入,两条道路斗争使得梁生宝这个农民的精神面貌与对未来的期许发生了根本改变,走向了觉醒——具有强烈的共产主义信仰与行动来源意识。通过这样的农村叙事,《创业史》将一个关于农民的生活叙事转化成党的政治叙事,为党的农村政策提供给了合法性来源,并且承担着"唤醒"更多的农民走梁生宝道路的教育功能。在对反面人物的政治道德化描写中,与"土改小说"相比,作者的突破不是太多。"中间人物"梁三老汉是作品中最富有历史厚重感的人物,有着几千年个体农民的历史沉淀。在这个淳朴、天真、勤劳的农民身上,有着中国农民长期贫穷下对财富的强烈渴望,这是他的个体发家道路与梁生宝的合作化道路冲突的焦点。作品的最后,他在现实的物质面前解决了他与梁生宝的矛盾,而物质愿望的满足也为社会主义道路的合理性提供了支撑。

梁生宝形象是在历史的呼唤下"出场"的,他因为契合当时对社会主义新人的想象而得到高度评价,但是争议也随之而起,争论的焦点在于知识分子要如何想象与言说农民。严家炎认为梁三老汉是比梁生宝更具有典型性的人物形象,但是这受到包括作家在内的多数批评家的反对。这一争论,在新时期这一变化了的时空幻境下继续延续着,"梁生宝"所依托的农村合作化运动遭到了历史性的解构,作者的主观愿望与现实之间存在很大差距。历史的"吊诡"使得以《创业史》为代表的合作化小说显得异常"尴尬"。

《创业史》并不是一部讲述合作化运动的历史著作,其写的是"生活的故事",社会主义关于未来的幸福承诺激励着柳青,其在合作化运动的框架中讲述农民的生活故事,表达了自己对农民的理解与对现实世界的体会。梁生宝是一个社会主义理性话语与人物情感统一起来的新人典型。作品通过梁生宝艰苦创业的"生活故事",讲述了农民与贫穷抗争的"创业"艰难。这种对底层人物生活命运的关注与物质欲望的尊重使得梁生宝的形象充满了深切的人文关怀,将社会主义理性话语与传统的人情伦理统一起来,在细致的日常生活叙事中显示了"鸡毛上天"的可能性。在此处,柳青将梁生宝写成了"新式好人"与"旧式好人"的综合体,《创业史》"要向读者回答的是中国农村为什么会发生社会主义革命和这次革命是怎样进行的"。然而,柳青丰富充盈的描写穿越了作者对人物的阶段预设,细致地展现了人性与人情。梁生宝的确处在阶级斗争的框架之中,即便框架没了,生活故事的生动性与魅力仍然存在,梁生宝的形象仍具有美学冲击力与对心灵的震撼力。在与政治气候互相协调的框架中,柳青始终坚守文学的艺术性,为自己制定了很高的艺术目标。柳青在农村生活了14年,从社会底层感受历史,将宏观的结构与精细的描写结合起来,在历史描写中,将艺术延伸到生活深处,极具生动性和质感性。在《创业史》中,被提炼了的农民口语、淳朴的田园风光、平实的农民生活、关中的民风民俗,让整个作品充满了地方色彩。

(二)赵树理的小说创作

赵树理(1906—1970),原名赵树礼,山西沁水人。中华人民共和国成立后,赵树理继续深入农村,创作了一系列反应农村生活变迁的小说。1970年去世。

1943年创作的《小二黑结婚》《李有才板话》以及1946年创作的《李家庄的变迁》等作品及作品的发表,奠定了他在文学史上的地位。解放后,赵树理还创作了长篇小说《三里湾》。

《三里湾》是我国第一部反映合作化运动的长篇小说。小说主要就三里湾合作社秋收、扩社、整社、开渠等工作,通过对村里四户人家两种不同的思想、道路和生活范式的矛盾与变化进行详细描写,反映当时合作化的发展趋势与变革的历史意义,以及对农村当时的经济、政治及人的思想等方面产生的影响。

这部小说对合作化运动的激烈矛盾与斗争进行了揭示。其涉及资本主义与社会主义两条道路的斗争,而且涉及家庭内部成员在思想上的斗争,更有伦理道德方面的斗争。各种斗争相互交织,使得农村的矛盾极为复杂,进而说明合作化运动的艰辛和曲折。老中农马多寿,一直要成为富农,走个人发家致富之路,他用"刀把地"当作筹码,极力抵制扩社和开渠;村长范登高用自己的职权为自己谋利,雇工人做自己的买卖,被称为"翻得高",拒绝入社;老党员袁天成脚踏两条船,一边听领导指挥,一边接受老婆"能不够"的安排,想方设法地多留自留地,以维护自身利益。三户人家就成了三里湾村进行合作化运动的巨大障碍。与三户人家不同的是,支部书记王金生带领全村人坚持走合作化道路,经过不懈的努力和斗争,最终让三户人家入社,完成了扩社、开渠的艰巨任务,这说明合作化运动带有历史必然性。

在小说创作过程中,作者用大量篇幅描写马家大院这一落后保守的封建家庭的变化。马多寿的绰号是"糊涂涂",他对集体利益经常犯糊涂,但是对自己的利益永远都算计得非常清楚。他进入互助组的目的是剥削小组成员,并且利用互助组抵制合作社;在家里,马多寿是一个典型的独裁者,他经常虐待三儿媳,强行干涉四儿子马有翼的婚姻,对家里的一切都表现出很专权。这一形象可以说明封建思想已经深入老式农民的骨髓。这个家庭不但有马多寿,还有蛮横的婆婆"常有理",自私自利、精打细算的大儿子"铁算盘",愚昧、蛮横的大儿媳"惹不起"。这个家庭中的所有人在合作化运动中,都得到了些许改变,原本顽固的封建家庭最终被解散,揭示了合作化运动对农村家庭关系与人的思想产生的巨大功效。

小说除了对中间落后人物的刻画之外,还塑造了一批社会主义新人。比如,坚持党性、一心为公、沉着善战的村支书王金生;心灵手巧、聪明能干、热情无私的王玉生;成熟稳重、深明大义的王玉梅;天真烂漫、积极进取的范灵芝;爱憎分明、敢说敢做的王满喜等。赵树理通过对这些人的描写,寄托了自己的理想,极具探索价值。

(三)周立波的小说创作

周立波在1951年,到北京石景山钢铁厂生活和工作,创作了以工业战线为题材的长篇小说《铁水奔流》。1955年回到家乡罗湖,参加了农业合作化运动,并与1957年和1959年先后完成了《山乡巨变》的正、续篇的创作,发表了很多短篇小说,结集为《禾场上》和《山那面人家》两个集子。1978年发表《湘江一夜》,获得全国优秀短篇小说奖。

《山乡巨变》是周立波在中华人民共和国成立后创作的一部长篇小

第四章 规范与控制：新中国 17 年文学发展研究

说,以 1955 年到 1956 年的农村合作化高潮为背景,对湖南的一个落后村庄清溪乡的农民在实现农业合作化的过程中思想、情感和相互关系等的变化进行了深刻反映。该部长篇小说由正篇、续篇两部分组成,分别于 1958 年和 1960 年出版。

对于小说的情节结构,作者继承并发展了中国古典小说"故事完整"而又"富于曲折和波澜"的传统,围绕农业合作社的建立、发展以及人物性格的发展逻辑展开叙述。另外,小说描写的虽然也是农村合作化运动这一历史过程,但作家并没有着重对"史"进行描写,而是较多地采用曲笔和侧笔,将"史"巧妙地融合在清溪乡的自然风光、风土人情以及农民的日常生活的描绘中,从而使得小说在表现农村合作化运动以及农民在这一过程中的巨大变化的同时,刻画出一幅优美的风景风俗画。

在《山乡巨变》中,对于合作化运动的新人,作者对他们进行了某种程度上的"祛魅化"书写,一方面写出了他们不同于一般农民的新特点,另一方面写出了他们"人间性"的特征,邓秀梅、刘雨生、"婆婆子"李月辉等这种有缺陷的新人更具有人性化的特征。

小说中塑造得更加成功的是一些合作化运动中的"落后人物",如"亭面糊"(盛佑亭)、陈先晋、"菊咬金"(王菊生)等。他们都是有着强烈发家欲望的农民,对于变革感到很不安。作者深入农民的日常生活与内心世界,用艺术的眼光关注这些合作化运动中被影响得最深的人群,他们最能反映此次变革的真实状况。作品真实且生动地反映了革命是怎样触及农民"灵魂"的,在合作化运动的背景下描述了农家日常生活、乡村风俗民情和自然景观,充满生活气息,对农民的发家愿望、恋土情节及爱情婚姻寄予善良的同情。周立波没有抛下文学理念,而是在找寻一种可供操作的文学话语。因此,该作品描绘了一幅清婉秀丽、明净爽洁的生活图景,其用邓秀梅、刘雨生、盛淑君等一批新人为核心,揭示了一种社会生活中崭新的精神氛围,展现了社会政治运动进入封闭乡村后所呈现的时代变化。周立波将"亭面糊""陈先晋""菊咬金"放在这样一个生活图景中进行描写,其身上的"落后性"与时代新人展现出来的风气的差距更加突出,这种先进与落后的较量,没有表现出你死我活的阶级斗争,而是平和的对话关系,是启发而非启蒙的关系。周立波用宽厚的心态、诙谐的语调及从容的笔触,削弱了此次运动的紧张感。

二、革命战争题材的长篇小说

革命历史题材的小说在中国当代文学中一直占据着重要地位,尤其是在20世纪50-60年代占有很大的分量和极重要的位置。从20世纪50年代开始,就出现了"革命历史题材"的概念。1960年,茅盾在中国作协第三次理事会(扩大)会议的报告中就用了"革命历史题材"这一概念,其不仅指《红旗谱》《青春之歌》等作品,还包括描述辛亥革命前后社会生活的《六十年的变迁》《大波》等。在这一时期,革命战争题材长篇小说取得了相当大的成就,这些小说的题材丰富、内容质量高、作品数量也大,特别是有史诗性质的长篇小说最佳。下面主要研究梁斌和杨沫的革命战争题材的长篇小说。

(一)梁斌的小说创作

梁斌,原名梁维周。1930年,梁斌考入了保定第二师范,还参加了当时的二师学潮斗争。1933年,梁斌开始了文学创作。除了长篇三部曲《红旗谱》(1957)《播火记》《烽烟图》,还创作了长篇小说《翻身记事》等。在当时,深受好评的、影响巨大的要属《红旗谱》。该小说塑造的是主人公朱老忠这一集民族性、时代性及革命性于一体的英雄人物,是一部描绘农民革命斗争的壮丽史诗。

《红旗谱》主要由三个部分组成。第一部分主要围绕反割头税、保定二师学潮展开,再现了我国北方阶级斗争的情况;第二部分名为《播火记》,主要描述的是冀中平原星火燎原的高蠡起义,赞美了中国人民不畏强暴、不怕牺牲的革命英雄主义;第三部分名为《烽烟图》,记叙了抗战期间,中国战火不断的场面。《红旗谱》全面地再现了从我国第一次国内革命战争到抗日战争前夕北方农民革命斗争的历程。

《红旗谱》是一部极具史诗意识的作品。首先,在特殊的历史背景下,该小说通过描写冀中平原锁井镇两家农民三代人与一家地主两代人的尖锐矛盾和斗争,揭示了大革命前后中国北方农村和城市的阶级斗争状况,再现了新旧历史时期中国农民斗争的不同道路和中国共产党领导农民不断走向自觉斗争的历史进程。该小说对中国农民从自发反抗到自觉斗争的历史转折进行了完整的概述。因此,小说的内容具有极强的史诗性。

另一方面,《红旗谱》的史诗性还体现在对活跃于其中的英雄的描绘,塑造了一批有代表性的人物形象。其中,最突出的成就还在于它塑造了朱老忠这样一个形象。朱老忠在当时是人民心中的英雄,他既有农民的反抗意识,又有现实的革命行动。朱老忠一生为人慷慨无私、坚贞不屈、重团结、讲义气。该小说从不同角度描写了他与家人以及受苦受难的农民兄弟之间的情谊。在这样一个特殊的时期,朱老忠的思想不断进步,经历了一次次事件后,他那种乐于助人的江湖义气和传统的正直仁义就开始升华为阶级的友爱和感情。他那种坚忍不拔的斗争决心和意志在他找到了共产党的领导以后,获得了发展和升华,所有的经历都对他是一种历练。他从一个农民英雄走进了无产阶级先锋战士的行列,成为一个具有新时代无产阶级革命精神的人物。

此外,《红旗谱》表现了质朴的民风,作品通过人物的行动和对话展示人物性格,制造矛盾冲突,表现复杂的情节;生活内容极具民族特点,叙述的是一个地区的生活风俗,还描述了在这种风俗下人们的各种反抗与斗争;小说的语言通俗易懂、朴实无华,在使用方言的基础上添加相关的文学语言,增加了其浓厚的乡土色彩,更增添了语言的表现力。

对于这部小说来说,其在艺术层面取得了较高的成就,其结构也特别强调情节的连贯性,采用了多个事件串连的方式,即一个序幕、两个主峰、几个生活事件串连一线,既突出了故事的主干,又保持了彼此的独立,层次分明。从作者所描写的内容看,该小说有着浓郁的民族特色,对冀中地区的民族风俗进行了高度渲染。就小说所使用的艺术手法而言,其继承了我国古典小说的优秀传统,多用故事情节,用激烈尖锐的矛盾冲突,用人物的行动和对话刻画人物性格,同时对外国小说的一些长处有所吸收;从语言方面来说,注重对北方农民的语言进行提炼加工,同时吸取古今文学的语言精华,既朴素生动,又通俗易懂,还有着浓厚的乡土气息。

(二)杨沫的小说创作

杨沫(1914—1995),原名杨成业,1914年出生于北京。1950年出版中篇小说《苇塘纪事》。1958年出版长篇小说《青春之歌》,短篇小说集《红红的山丹花》,长篇小说《芳菲之歌》《英华之歌》以及《杨沫散文集》《自白——我的日记》等。其中,《青春之歌》这一长篇小说的出版得到了巨大反响。

《青春之歌》既是写"革命历史"的小说,又是写"知识分子成长"的小说,目的是叙述知识分子是怎样在党的领导下、在革命斗争中成长起来的。

杨沫通过自己的经历塑造了小说中林道静这一人物。这一人物也是20世纪30年代觉醒、成长的知识分子的典型代表。林道静出生于地主家庭,因为拒绝继母为其安排好的婚姻而离家出走。正当绝望之时,得到了余永泽的帮助,并与其相爱、同居。后来在卢嘉川等共产党人的启蒙与引领下,林道静逐渐也加入革命并且认识到资产阶级右翼知识分子余永泽的虚伪与自私,最后与其决裂。经历了革命熔炉的锻造,林道静最终成了一名无产阶级革命战士。作者通过对这个最初被家庭与社会抛弃,前途一片迷茫的小资产阶级女孩,从苦闷、彷徨到参加革命,从个人反抗到群体斗争,最终融入时代的政治洪流,成为英勇战士的叙述,呈现了一代知识分子从个人反抗到自觉革命斗争的过程。《青春之歌》之所以得到高度的重视,一个重要原因是,其沿着现代作家的足迹,探讨了知识分子的道路问题。

在该小说的叙事策略中,马克思主义意识形态的接受、严酷的监狱斗争的磨炼、农村生活中阶级感情的"工农化"成了该形象在"英雄化"过程中必经的门槛。林道静的成长,与共产党人的教育引领有着密切关系。在小说中,林道静在革命道路上的领路人和革命理论的传播者就是卢嘉川;林道静的战友和同盟军是江华;林道静的学习榜样则是林红。为了呈现小资产阶级知识分子林道静成功完成革命者身份的转化过程,杨沫对1958年《青春之歌》的初版做了修订,在人民文学出版社1961年的再版中增加了林道静在地主家做家教,配合农村斗争的内容,进而完善了林道静的成长所经历的思想改造与转变的过程。对于这一改编的历史,杨沫指出:"《青春之歌》刚一出世虽受到了广大读者的欢迎、喜爱,但鞭挞、批判却很快汹涌而来。有名的自称是'工人代表'的那位郭先生首先向它发难,说它是歌颂美化了小资产阶级,说主人公林道静不配是共产党员……"可见,对于初版的修改其实是作家屈服于当时政治权威话语的无奈之举。

第五节 话剧的盛衰沉浮

新中国17年的戏剧在继承和发展了解放区戏剧的现实主义传统的基础上,开拓了戏剧创作的题材和种类,力求反映新的时代、表现新的人物。同时,这一时期无论是传统戏曲剧目的改编、新编历史剧的创作,还是话剧文学剧本、歌剧剧本的创作,都获得了一定的发展。

由于话剧在反映生活方面具有现实性、迅捷性和尖锐性的特点,从而使它成为当代戏剧中发展最快、影响最大、产量最丰富的剧体。但正由于话剧与当时政治的关系前所未有的紧密,使当代话剧在教育功能发挥到

第四章 规范与控制：新中国17年文学发展研究

极致的同时,审美功能却在日渐衰微。在那个政治标准第一的时代里,话剧的艺术性被严重轻视。现实主义和斯坦尼斯拉夫斯基体系一统天下的结果是：当代话剧的浪潮层出不穷,但艺术风格却从多元走向单一。话剧思想的政治化和话剧艺术的一体化,构成了中国当代话剧的总体面貌,从而给话剧在表面繁荣的背后埋下潜在的危机。到20世纪60年代末期,话剧陷入了灭顶之灾,直至20世纪70年代后期,才从一片废墟中得以复兴。20世纪70年代后期,在话剧方面成就最大的当推老舍和田汉。

一、老舍的话剧创作

早在20世纪40年代,老舍就开始了戏剧创作。尤其是1949年他回国以后,逐渐由一个小说家转变为一个戏剧家。在20世纪50-60年代,其创作的话剧、歌剧、曲艺和改编的京剧有20多部,比如话剧《方珍珠》《龙须沟》《春华秋实》《西望长安》《茶馆》《女店员》《神拳》等,歌剧《大家评理》,京剧《十五贯》《王宝钏》等。

老舍的话剧多以北京的胡同、茶馆、大杂院等充满民俗风情的地点为具体场景,描写北京人的遭遇、命运和变化,以此反映整个中国的时代历史变迁,《茶馆》也正是基于此创作而成的。《茶馆》全剧三幕各以一个时代为背景。第一幕背景是戊戌变法失败后的一段时期。裕泰茶馆在表面的兴盛中掩藏着清朝即将覆灭的前兆。行尸走肉的庞太监居然在将死之年买一个农家大姑娘当老婆;有钱人家因为一只鸽子不吝铺张,聚众动武,穷人"一家大小要是一天能吃上一顿粥"就很不容易了;顽固派得势,洋人威风凛凛,政治无比黑暗等。第二幕写的是民国初年的现实,与前一幕相隔20年。此时军阀混战、民不聊生,封建军阀和外国势力相勾结,社会更加动荡,人民陷入更加痛苦的深渊。两个人合娶一个老婆,实在是荒唐社会中荒唐事的典型。以说媒拉纤为业、干了一辈子缺德事儿的刘麻子,到头来被稀里糊涂地砍了头,固然不值得同情,但统治阶级杀人如儿戏,却也令人触目惊心。第三幕写的是抗战胜利后蒋介石统治时期,距离前一幕也是20年的时间。这是一个沉滓泛起、群魔乱舞的社会,国民党政府与美帝国主义狼狈为奸,给人们带来空前的黑暗和灾难。裕泰茶馆破旧不堪,生意萧条,最终在恶势力的压迫下破产,被改为特务情报站,形象地反映出半封建半殖民地的旧中国已经腐败到非灭亡不可的程度了。

《茶馆》获得了巨大的艺术成就,这主要表现在以下几个方面。

首先,《茶馆》在艺术构思上使用侧面透露法,以小人物的悲欢离合展现时代的变迁。旧中国的茶馆是个五方杂处的地方,各色人等都可以在这里自由出入。老舍选择这样一个地方作为他戏剧展开的环境,不仅可以把中国社会各阶层的人按他的意愿集合起来,让他们各自亮相,而且丝毫没有生硬、勉强之嫌。茶馆除了它的真实性质以外,又具有象征意味,茶馆以及茶馆中发生的事件,其实就是整个社会的缩影,这独特的艺术构思显示了作者高超的艺术功底。

其次,老舍采取了"多人多事"戏剧结构,即纵向线性结构与横向层面结构相结合,众多人物和众多事件交错在一起,没有明显的主次。这种戏剧结构既有深度,又有广度,具有史与事结合、虚与实结合的优点,收到了吸引人、震撼人的效果。

再次,《茶馆》融悲剧与喜剧于一体,形成了悲喜交汇的艺术风格。剧中人的悲剧命运与人物的喜剧、幽默性格与剧作家的讽刺笔法,让作品产生了独特的悲喜剧风采。一方面,该剧有着浓重的悲剧色彩。剧中描写了王利发、常四爷、秦仲义等人求生存、求发展的美好愿望与旧时代之间的矛盾冲突及其被旧时代吞食的悲剧,生动形象地反映了旧中国劳动人民的苦难命运;另一方面,剧中写出了旧时代的荒谬、矛盾及其社会渣滓、丑恶小人、流氓无赖的表演,给作品涂上了喜剧色彩。此外,作品还常常用喜剧形式和手法表现悲剧性的内容,用悲剧形式和手法表现喜剧性内容,创造出亦喜亦悲、悲喜难辨、哭不出来、笑不出声的艺术效果。

最后,《茶馆》表现了作者深厚的语言功力,其语言简洁传神,幽默隽永,呈现出浓郁的地方色彩和鲜明的个性特征。剧中的语言来自作者所熟悉的北京话,通过作者的艺术加工,具有精炼简洁而又含蓄生动,朴素干练而又幽默诙谐的特点。即使同一个人物,处于不同年龄和境遇,其语言也有所变化。

二、田汉的话剧创作

田汉早在20世纪20年代就开始了话剧创作,而在新中国17年中主要致力于历史话剧的创作,如《关汉卿》《文成公主》《朝鲜风云》等。其中,以《关汉卿》成就最为突出。

《关汉卿》是田汉1958年应世界保卫和平理事会之约,为纪念世界文化名人、我国元代伟大的戏剧家关汉卿从事戏剧活动七百周年而创作的历史剧,被认为是中国当代戏剧史上不可多得的一部珍品。

剧中塑造了元代戏剧家关汉卿的艺术形象,而田汉在塑造这一人物形象是围绕着他创作、排练并演出《窦娥冤》展开情节的。戏剧一开幕,关汉卿就目睹了善良却柔弱无助的女子朱小兰因抗拒恶奴凌辱而被诬

第四章 规范与控制：新中国17年文学发展研究

陷,含冤惨死在了昏官的刀下。义愤难平的他拍案而起,以笔为武器大胆地向旧社会提出抗议,创作并上演了《窦娥冤》。但是,《窦娥冤》的上演激怒了权臣阿合马,他下令关汉卿修改剧本,将对现实进行讽喻的章句全部删去,但关汉卿宁折不弯,坚持按原作演出。为此,他和主演朱帘秀被捕入狱,受尽了折磨,但绝不屈服,还毫无畏惧地面对死亡。

《关汉卿》从艺术方面来说取得了较高的成就,具体体现在以下几个方面。

第一,剧中实现了历史真实与艺术真实的完美结合。这部剧作依据人物精神内涵及其性格发展的可能性进行大胆的艺术加工,巧妙地安排人物、组织情节,从而实现了历史与艺术的辩证统一。

第二,剧中运用了"戏中戏"的艺术结构,独特而巧妙。整个戏剧是在写关汉卿,但剧中还有一剧是《窦娥冤》,它的写作、排练和上演引起了剧中的矛盾冲突,并成为各种势力和各种任务聚散分离的焦点,丰富了剧作的艺术性。

第三,剧中有着浓郁的抒情色彩。"以诗入剧"是这部剧作的一个突出特点,所谓"以诗入剧"就是把诗情与剧情融合在一起。剧中,田汉结合剧情的发展安排了不少富于诗情画意的诗词、歌曲,让剧中人物直抒胸臆,以此来突出戏剧的主题和烘托人物性格,这不仅增添了作品强烈的抒情气氛,而且有助于展现作品的主题和烘托人物性格。《蝶双飞》和《沉醉东风》是剧中最有特色、最感人肺腑的两个插曲,将读者和观众带到了诗一般的意境中,形成剧中有诗、诗中有剧的独特艺术魅力。尤其是出现在剧中第八场关汉卿垂危之际的《蝶双飞》将剧情推向了高潮,表现了关汉卿高远的理想和耿直的品格,使全剧的悲壮气氛更加饱满,成为剧作中的"画龙点睛"之笔。

当然,《关汉卿》也存在一些不足之处,如将关汉卿的形象过分政治化、革命化了,从而忽视了他作为一位著名戏剧家身份,影响了人物塑造的全面性和多样性。

本章主要介绍了新中国17年文学发展的情况。那时的文学史上比较浓重的一笔就是政治性凌驾在文学性上,政治运动造成了文学的盲从特征。面对那时的作品,我们几乎能真切地感受到那个时代的政治气息和那个时代人们的某些精神特征,作品被强行要求放进一个形势认可的政治思想和流行的政治倾向。当高昂的革命热情替代了文学的现实创造和诗意境界,自然而然也就产生与这些要求相适应的文学规范。这十几年的历程虽有种种的不足,但在中国文学史上也是占有相当的地位的。在中国近、现、当代文学史上有着较高的艺术成就和丰富的艺术内涵。

第五章 文学的解冻与革新：20世纪80年代文学发展研究

20世纪80年代前期，"17年"中原有的刊物先后复刊。一些在前期沉默或被迫中断创作的作家们也逐渐恢复了创作，他们的创作显示出了文学"解冻"的重要特点，即对个体命运、情感创伤的关注与反思。与此同时，我国农村普遍实行的家庭联产承包责任制和城市改革步伐对中国文艺的发展产生了巨大的影响。从1981年陆续开展的关于塑造社会主义新人问题的讨论，人们就时代对"新人"的需求，什么是"新人"形象，如何处理"新人"形象，"新人"与时代、理想的关系，"新人"的审美价值等方面进行了广泛的探讨，争论的焦点是新人形象的"属性"问题。这一讨论关注文学自身的建设，试图通过深化艺术实践，达到对传统现实主义的超越与革新。文学在发展中开始自觉地把西方20世纪以来的各种文学、思潮，作为革新文艺的主要参照。本章主要对这一时期的文学发展进行分析研究。

第一节 文学"新时期"的想象与重写

一、文学"新时期"的想象

1977年8月，中共第十一次代表大会在北京召开，这次会议将1977年之后的社会称为新时期。在这次会议上，提出中国共产党的工作重点应该向社会主义现代化建设转移。当然，由于文学与社会政治有着紧密的关联，因此1976年之后出现"新时期"文学这一口号。

对于新时期文学，不同作家有着不同的期待，而且是乐观的期待，对这一文学形态的重新建构，也将他们共同的问题意识加以汇聚。五四时期的那种"精神解放""多元共生"的形态，逐渐成为新时期文学的想象

第五章 传统与革新的冲突：20世纪80年代文学发展研究

与知识的资源。但是，在"共识"上，对于新时期文学的含义是存在分歧的。其中，对于中国20世纪文学的历史记忆是他们的重要分歧。对于一些人来说，"转折"就意味着对"17年"主流文学的恢复，即坚持"人民文学"，而对另外一些人来说，主要是对"17年"受到压抑的那些非主流文学的复活，从而建立人的解放。当然，"转折"最有影响力的方法就是实践与诉求，尤其表现为对"左翼"文学与"工农兵文学"的离弃。当然，新时期文学的"转折"更体现为不同派别、不同思潮的重组与建构。

1978年，文化部决定恢复所属艺术表演团体的原来建制和名称。之后，一些机构也恢复当时的工作，一些有影响力的作家，如艾青、丁玲等，也都逐渐复出。

在"新时期"，国家和执政党在文艺方针、政策上也做出相应的调整。与"当代"的其他时期一样，文艺的政治功能，文艺的领导、控制与作家"自主性"的关系，是调整的中心点，文艺要"为人民服务，为社会主义服务"。

二、文学历史的"重写"

对文学历史展开重写，是文学转折的重要表现。从新的历史图景出发，对原有的占据主流地位的历史描述进行取代，这为新时期文学的发展提供了依据，也为新时期文学思想提供了巨大的艺术资源。

新文学被认为是在无产阶级文学与资产阶级文学发展的过程中逐渐确立起来的。这一历史的描述广受质疑，因此文学史研究逐渐进行改写。新的历史图式逐渐浮现出来：经过了五四的蓬勃，之后逐渐下降，再到之后的低谷，到了新时期的复兴。

"重写"的目的在于还原本来的面目，这一口号在悄然地展开。对文学史书写的理论与评价展开重新建构，是历史重写的重要方面。现代化、启蒙主义逐渐对阶级论的标准加以取代。由于20世纪50年代到20世纪70年代大陆文学史出现了空白与偏见情况，激发了重写的激情与能量。这主要体现在如下两个方面。

一方面，革命文学、左翼文学、解放区文学等文学虽然占据了潮流的地位，但是逐渐丧失了其主导地位，它们的作家、作品逐渐发生了动摇。

另一方面，一些受到忽视、淹没的作家逐渐凸显出来，并出现了新的流派热潮。

进入20世纪80年代中后期，这一"重写"的历史思潮受到了具有文学史形态的理论的凝聚。这期间的"重写"，是以"走向世界文学""文学现代化"等作为它的目标和尺度;而"世界文学""文学现代化"主要体现在"现代派"文学中。

第二节　文化寻根的兴起与文学思潮的涌动

一、文化寻根的兴起

20世纪80年代,中国所谓的"现代派"作品由于对西方文学过于依赖与重复,导致很多作者提出反感与意见。尤其是中国经历了一系列文化破坏活动之后,并未对传统文化进行评判与评估,出现了全盘西化的情况,这也引起了很多学者、作家的焦虑。为了对中国文化予以回复,文坛提出了"文化寻根"。这一概念的提出一方面是因为文学本身的直接动机的存在,即很多作家认识到当代文学想改变落后与困境,就必然需要借鉴西方文学,对西方文学的热潮进行关注,将作者的视域予以开拓,从而引起我国文学观念与方法的革新,也产生了文学翻写观念;另一方面是作为"新时期文学"主体的一些知青出身的作家,在20世纪80年代中期也遇到了提升艺术创作层面的难题,他们迫切要求摆脱困境,找到对待传统文化的态度,或是救赎,或是批判,或是新生,这些都体现出中国急需进入现代化的情况与忧虑。

(一)文化寻根兴起的背景

文化寻根是基于全球化背景下的一种反叛现代性的反应。在过去的20世纪,西方文化寻根成为波及范围最广泛的民间文艺复兴活动,也可以称得上是一种思想观念,并在理论上也产生了一大批的思想成果。其中,文化人类学具有卓越的成就。有人认为,这一时期的知青作家群之所以会向文化寻根迈进,主要是因为受身份认同的影响,另一方面也是因为现代主义实验受意识形态的制约之后的一种逃逸策略,试图通过民族传统加以包装,将正在形成的现代意识含蓄地表现出来。

在20世纪80年代中期的政治文化背景下,文学界开始是反伪现代派,也就是对西方现代派的观念持有反对的姿态,只是从方法上进行学习。之后,拉美文学的突然出现,尤其是《百年孤独》的翻译,对世界产生了巨大影响。一部分作家批评说中国盲目模仿拉美文学,因此著名学者韩少功指出应该努力挖掘民族文化甚至是民间文化,对那种移植外国作

第五章 传统与革新的冲突：20世纪80年代文学发展研究

品的做法持批评的姿态。这体现出中国文学创作的民族意识在逐渐觉醒。

在这一时期，文化"寻根"成为一股主要的思潮，这一潮流由于一些相关事件的发生，获得了一些标志性的命名，也具有极大的推动作用。"寻根"一词最早是出现在1983年李陀写给鄂温克族作家乌热尔图的信中，并将这封信发表在《人民文学》第三期，在信中，李陀表达出应该关注文化根基，并指出："一定的人的思想情感活动、性格、行为发展的逻辑，无不是特定文化发展形态以及由这个形态所决定的文化心理结构的产物。近些年，我国有些作家开始对这一问题进行研究和关注，如邓友梅、汪曾祺等。"这种认识与之后一些批评家对寻根文学的认识存在着相通的地方。在他们看来，许多具备明显现实主义特征的小说无不是详细地描写了书中人物所生活的环境。

但是，从文学事件的角度而言，寻根始于1984年12月在杭州举办的《新时期文学：回顾与预测》会议上所探讨的命题，以及会议参与者对这一命题所展开的讨论与阐释。与会者主要是以知青作家为主的中青年批评家、中青年作家等。如韩少功、李杭育、李庆西等。

文化寻根探寻的是被那些文化虚无主义忽略与否定的民族文化、文化心理结构，希望重新建构新时期中国文学发展的渊源。

（二）寻根文学

从很大程度上说，寻根文学的兴起是国家文化恢复与振兴的尝试。所谓寻根文学，即一批受拉美文学影响的作家，从现代意识出发对现实与历史进行观照，从而创作出一批对传统文化进行反思，寻求民族文化的病态之根与生命之根，从而更好地传播与发展传统文化，消除民族文化劣根性对社会进步产生的不利影响，重塑民族文化心理结构的一系列作品。

寻根文学对传统文化的丑陋与劣根性进行了批判，体现出一种启蒙精神。在对作家、批评家"集束式"的倡导与阐述的基础上，20世纪80年代提出的与之相似或者相近的一系列创作与言论，这些都被归于"寻根文学"之下，使"寻根文学"更具有潮流色彩，并为"寻根文学"类型概念的产生找到了依据。例如，韩少功笔下的湘西、李杭育笔下的吴越等。在这一时期，寻根文学逐渐达到了繁荣。

1. 寻根文学的发展

寻根文学有自己的创作实践与理论主张，并且有相应的代表人物，他们创作的目的在于"寻根"。1982年，著名学者汪曾祺在《新疆文学》上发表了《回归民族传统,回到现实语言》这一篇论文之后,创作了对其理论进行实践的《受戒》《大淖记事》等作品,这是寻根文学。之后,1985年,韩少功创作的《文学的"根"》、阿城创作的《文化制约着人类》、李杭育创作的《理一理我们的根》等作品,被人们称为寻根文学的"集体宣言"。至此,这些作家或者批评家被认为是新时期初期知青作家群体的集体转向。他们在文化寻根的审美实践之前,都发表了自己的看法,并对相关的民族文化问题进行了阐释。

在寻根文学这一思潮中,韩少功具有突出的贡献,而且表现得更为活跃。他创作的《文学的"根"》被人们看作寻根文学运动的"宣言"。在韩少功看来,文学是有根的,文学的根需要置于民族文化的土壤之中,根不深,那么叶子就很难茂盛。这就是说,我们的责任应该释放现代文学观念的热能,来重塑"民族的自我"。

在韩少功提出这一主张之后,其他学者也提出了与之类似的观点。例如,阿城发表的《文化制约着人类》一文。在阿城看来,中国文学还没有建立在一个深厚的文化开掘之地,尚未建立一个独特的和强大的文学限制,这样是很难达到文学先进水平这一自由的,也很难与世界对话的。从中国的社会历史发展而言,五四运动虽然在社会变革中意义巨大,但它对民族文化的虚无态度,致使民族文化出现了严重的断层。

李杭育发表了《理一理我们的"根"》一文。在李杭育看来,一名好的作家不仅需要对时代进行把握,还需要去努力感受另外一种深厚文化对他们的感召,这种文化就是民族文化。但是对于中国传统文化来说,李杭育指出以儒家文化为代表的文化注重实际和功利色彩,其与艺术的境界相去较远。因此,李杭育主张应该要理清我们的"根",并认为我们的"根"并不是在那些被规范的、枯死的中原规范文化之中,而是出现这些规范之外的文化。最后,李杭育还主张在理清"根"的基础上,应该选择西方文化的"枝",将西方文化的新芽嫁接在我们民族文化的肥沃的土壤之中,这样才能开出来奇花异果。

不难看出,寻根文学主要呈现了两种基本价值取向。一种是"文化回归",即发掘民族文化中的精华部分,对现实社会进行批判,呼唤的是对民族优秀传统文化的弘扬和传播。二是"文化批判",即通过将传统文化的痼疾揭示出来,对传统文化进行批判,呼唤现代文明的出现。因此,寻根文学的题材明显呈现了地域的色彩。在表达手段上,寻根文学不仅具有了中国现实主义文学的手法,还融入了西方现代文学的抽象、象征手法,是对创作作品的文化意蕴的融合和凸显。

2. 寻根文学的文学价值

在当代现实社会中,寻根文学具有重要的价值与意义,这不仅体现在寻根文学通过文化反思来拓宽政治反思,实现现实主义在主题上的丰富、在题材上的发展,还体现在寻根文学基于拉美现实主义文学来吸收西方现代主义的一些表现手法,从而丰富寻根文学,在艺术形式上也丰富和发展了现实主义。

当然,在理论批评界,一些学者也对其提出了质疑。一些人认为,寻根文学中融入了对抗社会进步文化的成分,与那些落后、愚昧的反现代化思潮相互暗和。甚至一些人认为,这些以怀旧作为主线的文化寻根不仅是反生活的,还是反美学的。在这场争论中,还涉及了很多对传统文化、民族文化的态度,涉及传统文化与现代文化之间的关系问题等。文化寻根现象,将理论探讨与创作实践相结合,将思想与现象同时呈现,这对20世纪80年代的文学产生了重要的影响。

"寻根"的主张推动了这一时期文学表现领域的转折,出现了与现实批判、强烈政治意识形态偏离的情况。这种情况的表现之一是小说对于世俗日常的兴趣。中国大陆的当代小说的风俗、地域特征特别模糊,其中历史运动、人的行为等这些居于主流的文学观念,是政治意识与阶级地位的体现,其他一切都不重要。这一观念在20世纪80年代受到质疑,很多作家认为特定风俗、地域是文学艺术美感诞生的土壤,并有可能使个体命运与对民族历史的深刻表现融合为一体。加强对传统生活方式的掌握与了解,将这一生活方式在现代呈现出来,则受到了不少小说家的重视,有的甚至对某一地域、民族的饮食、器物、婚俗、节日、交际方式等进行研究和考察,从而成为他们创作的灵感与凭借。

具有"寻根"倾向的小说在美学与历史上,无论是从整体上来说,还是就个别文本来说,都具有暧昧特色与复杂性。倡导"寻根"的作家在经历了极左思想之后,对传统文化进行接触,进而产生对传统文化的倾慕之情。但是,他们大多倾向于对传统文化做出规范与不规范的区分。对于以儒家学说为中心的规范的体制化"传统",他们往往是持有批判姿态的,而是认为那些偏远区域的、有野史与传说的风俗民情以及道家思想等,才具有更多的文化精华。

综观上述文学作品小说,这些作家们对"根"到底是什么还未给出明确的回答,有的持肯定态度,有的持否定态度,而有的持历史主义的态度。总之,寻根文学是一种具有强烈的文化自觉意识的文化思潮,其充分展现了中华民族的传统文化,既有肯定,也有批判,这是中国文学道路上的又一个尝试。

二、文学思潮涌动

20 世纪 80 年代,文学的主要思潮是思想解放运动以及巨大潮流催生的新的文学观念与创作技巧。其是对中华人民共和国成立之后的一种新的文学形态的拨乱反正,是对五四运动以来新时期文学的集成与发展,是对文学层面的启蒙与批判精神的恢复,是文学回归到审美自身的创新与探索。

(一)20 世纪 80 年代前期现实主义的复归与发扬

20 世纪 80 年代前期,新时期的文艺界摆脱极左思潮,使得现实主义的传统得到发扬和复归。

1. 反思文学对现实主义的复归

反思文学将现实主义推向一个新的阶段,其向历史的纵深层面追溯。在时间上,反思文学可以追溯到 1957 年,正值"反右派"斗争时期,甚至可以追溯到更早时期。因此,反思文学的诞生是在广阔的历史背景下,有着广阔的历史与文化根源。从深度上来说,反思文学对历史的反思更为深刻与厚重,理性特点也是非常强烈的,因此使得反思文学作品传递出更为丰富的思想与社会信息,加强了对现实与历史的批判。

在艺术层面上,反思文学采用中篇小说的形式,并结合现代小说的艺术手法,保证了故事的政治背景。这方面的作品包含鲁彦周的《天云山传奇》、张贤亮的《灵与肉》等。其中,反思文学始于茹志鹃的《剪辑错了的故事》,通过审视 20 世纪 60-70 年代的历史事实,对我国曲折而复杂的历史进程加以认识与评估,从而在人的价值、意识形态等层面审视出现实问题的根源。

2. 改革文学对现实主义的发扬

以现实主义为思潮的文学创作,不仅对历史加以思考与审视,还对改革中的各种现实人生变化进行了解与把握,因此这时候诞生了改革文学。在新时期的现实主义文学阶段,改革文学处于第三阶段,也是第三次高潮,其反映出我国当时各个领域的改革情况以及引起的政治经济体制变革、思想观念与社会心理的改变等。改革文学具有崇高的悲剧品格、强烈的批判精神,将时代感与历史感凸显出来。例如,蒋子龙的《燕赵悲歌》、贾平凹的《鸡窝洼的人家》等就是这样的作品。

第五章　传统与革新的冲突：20世纪80年代文学发展研究

(二) 20世纪80年代后期现实主义的拓展与转化

20世纪80年代前期，现实主义的复归与深化期基本结束。从1985年开始，新时期文学发生了巨大的改变，加上社会变革的发展，文学领域以历史作为对象的反思逐渐消失，人道主义文学思潮也逐渐衰退，取而代之的是以社会改革开放大潮为背景的中国现代化思考与想象在逐渐渗透于文学之中，并对文学的风格与未来走向产生了巨大影响。因此，20世纪80年代后期开始进入现实主义的拓展与转化阶段。而代表这一阶段诞生的主要是寻根文学、纪实文学、新写实主义的出现。由于寻根文学已经在上文有详细的论述，这里仅从另外两个方面来进行探讨。

1. 纪实文学思潮

寻根文学热潮出现之后，现实主义创作处于低谷，但是在这一阶段，两种文学思潮进入了人们的视野，这就是所谓的纪实文学与新写实主义文学。

纪实文学主要包含人物传记、报告文学、纪实小说等多种形式，其内容主要反映的是我国改革过程中出现的复杂现象以及重大社会问题，展现了改革过程中各个领域新观念与旧有观念的冲突，这些领域包含政治、文学、经济等。其中张辛欣、桑晔的"口述实录体小说"《北京人》，刘心武的"纪实小说"《5·19长镜头》，涵逸的《中国的"小皇帝"》等是这一时期的代表作，这些都属于报告文学，还有梁晓声的《父亲》等，这些都属于传记文学。这类作品放弃了典型与虚构，而是对实人、实物加以描摹，将现实生活中的原貌进行再现。

2. 新写实主义文学思潮

在新写实主义文学思潮中，新写实小说是比较引人注目的部分。新写实主义或者可以被称为"后现代主义"或者"现代现实主义"，也有人从题材角度出发，将新写实小说称为"写生存状态"的小说。新写实小说发端于1987年湖北女作家池莉发表的中篇小说《烦恼人生》。1989年，《钟山》杂志上专门开辟了一个专栏，即用于"新写实小说大联展"，正式提出"新写实小说"这一概念。《新写实小说大联展·卷首语》这样评价说：所谓新写实小说，既与历史上已经存在的现实主义不同，又与现代主义"先锋派文学"不同，但是其创作手法上主要以写实为主。就总体文学精神而言，仍可以归于现实主义的大范畴中。但是其减退了过去那种急功近利的色彩，而是追求一种更为广阔的文学境界。显然，新写实小说是对传统现实主义小说的发展。

新写实小说注重将普通人的生存情况冷静地展示出来，注重对现实生活的原生态加以还原；在描述与叙写世俗人生中，将对人的生存状态与生命意味的思考含蓄地表达出来；对日常生活琐事予以关注，对故事模式加以淡化，强调生活中富有的热情与真实。在表现手法上，新写实小说是对传统现实主义小说的继承，并容纳了精神分析与荒诞小说的手法，具有包容性与开放性。例如，池莉的《不谈爱情》、刘恒的《狗日的粮食》、刘震云的《官人》等就是新写实小说的典型代表。

需要指明的一点是，上述文学思潮的改变是经过几个重要的焦点问题和论证事件才得到发展的。20世纪80年代后期，文学思潮正着眼于对新格局的创立，文艺理论界出现了新观念与新方法、小说艺术创新、文学主体性等相关的讨论，这些都推动着20世纪80年代后期文学观念的革新。

（三）20世纪80年代现代主义的萌发与兴盛

1.20世纪80年代前期积极学习西方现代派

在新时期，文学出现了新的改革浪潮，即对"伤痕"进行痛斥，对"历史"进行反思，对"改革"进行呼喊，中国文学开始积极地面对世界，并在对西方文艺的评价中寻觅新的途径。从1981年到1985年，文艺界一直探讨的一个热点问题就是西方现代派如何推进中国新时期文学现代化的问题。1980年前后是对西方各种现代文艺进行评述的时期。在这一时期，西方的现代派如克服卡、波特莱尔、福克纳、乔伊斯等人被大家所熟悉，格外引人注目。除了文学之外，新潮音乐、电影等也涌现出来。但是，对这一时期西方现代派文学的介绍还处于知识性阶段，或者处于零阶段。

2.20世纪80年代后期我国现代主义思潮的兴起

现代主义产生于19世纪末到20世纪70年代，又可以称为"现代派"，是欧洲未来主义、象征主义、超现实主义、荒诞派、表现主义等的总称。这主要可以从以下几个层面来理解。

从思想特征上来说，现代派文学具有较强的文化批判倾向，一个突出的主题就是社会异化现象。

从艺术特征上来说，现代派热衷于艺术技巧的实验与革新，强调将心理真实表现出来，追求艺术的深度。

现代派作为20世纪一种具有代表性的文艺思潮，其对20世纪80年代后期的中国文学产生了深远影响。

在20世纪80年代初期，一批西方现代派文学研究著作被评介与翻

第五章 传统与革新的冲突：20世纪80年代文学发展研究

译,这种译介形式对人们固有的思维产生了冲击,极大地拓宽了人们的视野与眼界,为文学艺术的发展开拓了一个多维空间。关于现代派的文学讨论,使我国现代主义文学思潮从手法与文体的革新转向文学概念的审视,扩大了现代主义对我国文艺界的影响。就文学创作层面而言,随着社会文化环境的变化,一些富有现代派特征的意识流小说、朦胧诗、荒诞小说等逐渐出现。这些都为1985年的文学变更奠定了基础。

1985年前后,"文化热"这一现象在中国普遍出现,而对于西方文化的热情主要体现在电影与美术方面,之后逐渐对新潮进行尝试,出现了"85新潮"。基于这样的背景,从1985年开始,现代派文学创作出现了"第三代诗""先锋小说"等创作高潮。

新时期现代主义思潮的兴起导致文学观念在不断更新与发展,也使得文学艺术手法与形式更加多样化。当然,在文学变革的背后,也存在着现代主义在不断演变。从朦胧诗到意识流小说到荒诞小说再到现代派小说等,都推动了新时期文学的多元化。

(四)文学批评与文艺理论争鸣

1.20世纪80年代前期对西方现代派文艺的大讨论

20世纪80年代前期,现实主义的复兴与回归是主要潮流,但是同时也是对西方现代派文艺的大讨论时期。这场讨论以1982年徐迟的《现代化与现代派》为开端。这篇文章直接将西方现代派与中国新时期的文艺相结合,提出在我国大规模进行现代化的今天,文学是如何与之相匹配的。叶君健、冯骥才等学者也对这一观点进行支持。徐敬亚《崛起的诗群》一文认为西方现代派十分看重表现人的自我心理意识,追求形式上的抽象美。在徐敬亚看来,传统观念中的逻辑与理性应该被反对,主张将艺术家的直觉与潜意识挖掘出来。这些观点的震撼性与文艺革新有着密切的联系,曾经被很多人期待。但是受文化语境的影响和制约,文艺现代化的呼唤对现实主义理论格局的形成并未形成多大的影响力,讨论较多的是马克思主义与西方现代派在创作观念上的本质区别,这是两种截然不同的观念体系。西方现代派着重于将资本主义的危机感表现出来,并彰显人的异化现象。相比之下,现实主义是开放的,被称为艺术之母,可以将其他流派的手法吸纳进来。

在深入讨论西方现代派文艺的过程中,争论的焦点主要集中于西方现代派是如何产生的、如何评估西方现代派等方面。人们的话题主要体现在西方现代派产生的哲学基础、西方现代派产生的社会思潮等方面。

这场讨论不断深入,为20世纪80年代后期的文艺思潮奠定了基础。

此外,20世纪80年代还深入探讨了文艺心理学、朦胧诗、复杂性格、通俗问题等问题。这些都说明前期的讨论主要集中在批评、创作与理论上,要比之前文艺复兴阶段有了大的提升与改变。

需要注意的一点是,受长期以来在文学与意识形态关系上形成的惯性与思维模式的制约和影响,前期的文艺创作并未脱离政治的圈子。反思文学、改革文学等都是在时代政治背景下对文学审美的考察与研究。这也反映出这一时期欠缺某种问题意识与审美理性。

2.20世纪80年代后期的文学批评

1985年与1986年被人们称为"方法年"与"观念年",这是因为在这两年,文学界探讨的热点话题在文学批评方法的革新上。经过1985年的泛化与推动,西方的各种批评方法被引入,同时被批评家迅速运用到对新时期文学的研究与实践之中,如新批评、符号学、形式主义批评、接受美学、结构主义、象征主义等,尤其是信息论、系统论、控制论的引入,这些都在文学批评的实践中得以出现。总而言之,新方法的出现不仅推进了新时期文学研究的发展,也带动了文艺观念的变革与思维的革新。

3.20世纪80年代后期的文学论争

20世纪80年代后期的文学争论主要都是对理论性问题的争论,文学对自身理论的浓厚兴趣主要反映在对文学观念、文学本体的思考上,导致文艺理论观念改革大潮的出现。这与文学进入20世纪80年代后期对未来的想象有着密切的关系,还与文学试图走向世界的现代性焦虑相关。也就是说,文学逐渐从观念向创作突破,且这种突破是全方位的突破。

从1984到1987年,很多学者对文学主体性问题展开了分析和探讨。作家们在写什么与如何写这两个问题上,更多地关心的是如何写这一问题。在作家的创作观念中,形式的意义逐渐被强化。

刘再复发表了一系列论著,指出应该在文学中确立人的对象、人的创作、人的接受,即人的主体地位。在他看来,文学的主体性研究即是对人的研究,同时认为主体性问题不仅涉及人的主体,还涉及民族的主体、人类的主体。这是对人的能动性与创造性的强化。

之后,越来越多的人认识到文学的主观性,并认为一切被表现出来的现象都不失是一种真实的现象。对此,陈涌发表《文艺学方法论问题》一文提出质疑。在陈涌看来,主体论将作为一种客观存在的人与作为行动者的人分离,将人的受动性归结到前者身上,而将人的能动性归结到后者身上,这显然是错误的。在任何地方,都不存在超越时间、空间、社会历史条件行动着的人的主体性。如果抛开社会时间,对人的主动性与能动性展开讨论,不是机械的唯物主义的观点,就是主观唯心主义的观点。总体上来说,文学主体性的争论主要集中在于如何认识人的主体性和人的主体性与社会的关系问题。有关文学主体性问题的大讨论,体现了新时期文学从一开始就关注的"人"的观念的深化,这无疑对这一时期甚至是90年代文学的发展,产生了明显的推动作用。

此外,这一时期还对创作自由问题、文学多元化问题、通俗文学问题、文艺商品化问题、文学作品中情爱描写问题以及文艺与意识形态关系问题等展开了讨论。这些讨论都一同昭示并构成了20世纪80年代文学的活力。

第三节 艺术性散文、杂文与报告文学的发展

20世纪80年代,散文创作随着社会转型也进入了一个从再度振兴走向繁荣的时期,不仅逐步恢复了"五四"散文的精神传统,在新的历史条件下也重建了散文的审美观念与文体品格。这一时期,艺术性散文、杂文和报告文学获得了极大的发展,本节主要对其进行分析。

一、艺术性散文的发展

随着文学观念的变革与艺术思维的更新,在以巴金为代表的老一辈作家、以余秋雨为代表的中年作家或以叶梦为代表的女性作家的努力下,散文题材领域不断扩大,创作队伍不断扩大,艺术传达不仅继承了传统散文的诸多精髓,而且注重与世界文学的潮流接轨,新时期艺术性散文的创作呈现出欣欣向荣的发展态势,在样式多样化与表现手法上体现出一种全方位的创新。

(一)巴金的散文创作

1978年底,巴金在香港《大公报》开辟《随想录》专栏,从1978年开始到1986年结束,前后共写了150篇散文,这些散文被每30篇编为一集,形成了《随想录》《探索集》《真话集》《病中集》《无题集》5部散文集,并被合称为《随想录》。

《随想录》是新时期散文的重要收获,其价值主要在于作家具有震撼

力的批判与自我批判的精神。在这部散文集中,巴金带着个人的深刻认识和痛苦经验,站在人民的立场上,对20世纪70年代出现的种种怪相进行了审视、分析、评判、探索。巴金曾说过《随想录》是"这一代作家留给后人的'遗嘱'"(《探索集·后记》)。《随想录》可以说是巴金用全部人生经验来倾心创作的,这里面蕴含着他强烈的社会责任感,以及他对历史的反思。

《一颗桃核的喜剧》借用一颗桃核的故事对早请示、晚汇报等行为进行了本质上的批判。在这篇文章中,巴金讲述了一个发生在俄国沙皇时代的故事。有一天,皇太子吃了一个桃子,把桃核扔在了窗台上。一个县陪审官发现了这个桃核,并把他送给了一位有名的太太,然后他又拿另外的五个桃核送给了其他的五位太太,让每一位太太都以为自己是"真"的得到了皇位继承人吃过的桃核,并因为能够借此表现对皇上的效忠而心满意足。巴金对"桃核喜剧"的事件进行了深刻的反思。

巴金还在《随想录》中对自己的行为进行了无情的、痛苦的、赤裸裸的剖析,反思了自己在近60年的文学创作道路和个人创作思想的变化,反思了自己在17年的一些政治运动中"跟在别人后面丢石块"的"左"的思想行为以及"检查""思想汇报"的"机器人"经历。在《豪言壮语》中,他坦承自己是"歌德派",形成了"上了瘾"的、"不可收拾"的创作定式,如今才大梦初醒。在《随想录》中,类似的思过类的散文占有相当大的比重,几乎在每篇文章里作者都在作自我解剖。他的这些散文,文字朴实,记述流畅,没有刻意经营雕琢的痕迹,与此同时,作品中显露出来的真情和真诚也让人为之感叹。

(二)余秋雨的散文创作

余秋雨(1946—),浙江余姚人。他在1968年于上海戏剧学院戏剧文学系毕业,之后留校任教,历任该院的院长、教授,有论著《戏剧理论史稿》《戏剧审美心理学》《艺术创造工程》等。同时,他从20世纪80年代起开始进行散文创作,先后发表了散文集《文化苦旅》《文化的碎片》《山居笔记》《霜冷长河》《千年一叹》《行者无疆》《晨出听雨》等。

余秋雨的散文也有着鲜明的艺术特色,具体来说体现在四个方面。

第一,他的散文通常格局恢宏、篇幅较大,彻底打破了以往散文的短小框架,给人一种大气派的感觉。同时,他的散文情理交融,长于议论,表现出了"大散文"的风范。

第二,他的散文常用游记的形式来进行文化的思考,并且在这种思考中注入了强烈的理性精神。

第五章 传统与革新的冲突:20世纪80年代文学发展研究

第三,他的散文摒弃了传统散文的借景抒情、托物言志等单一主题表达的程式,而是以自己深刻的思想及独特的思路穿透现实与历史,对某一物象或是景观进行多侧面、多角度的透视,从而将所描写的对象的丰富而广阔的含义在一种多元开放的发散式中得到突出的显现,并大大增强了文章的议论色彩。

第四,他的散文在结构安排上采用了戏剧的手法,不再囿于"形散神聚,起承转合"的陈规,而是将焦点聚集到某一景观上,然后对其进行时空的转换和调度,进而去展现一个时代的概观,充分发挥了散文文体的"多边缘性"特征。

(三)叶梦的散文创作

叶梦(1950—),湖南益阳人,原名熊梦云。1980年开始发表作品。著有散文集《小溪的梦》《湘西寻梦》《月亮·女人》《灵魂的劫数》《月亮·生命·创造》《风里的女人》《遍地巫风》《文艺湘军百家·叶梦卷》《乡土的背景》《超越平庸的双面人》《行走湖湘》,长篇小说《男孩丁丁》等。

叶梦早期的散文大多是一些山水游记,流露出某种因缺乏生活而不得不四处寻找素材的痕迹,有点"为赋新词强说愁"的味道。但是在这些散文中却能体现出作者的写作功力。1983年,叶梦发表了她的成名作《羞女山》。在这篇散文中,叶梦体现出了女性意识的觉醒。她不相信羞女山的传说,认为羞女山不可能是一个弱女子变的,它是人类始祖的象征。在这篇文章中,作者勾勒出了一个大写的女人,而羞女山就成为中国女子从男权文化的重压下直起腰身的一个象征。

在叶梦的散文中,女性意识是一个十分突出的主题,在散文集《月亮·女人》中,很多的作品都是以女性自我的生命本体为抒写对象,"以极其细腻的艺术笔触大胆率真地展示女性自我在女性意识觉醒后的生命流程与心灵感受,托现出一个鲜活而又丰富的女性生命世界。"[①]

在散文风格方面,叶梦的散文既有温婉纤细的一面,也有刚毅雄健的一面,在她的散文中,呈现出了其他女性作家少有的催人奋进的精神力量。在叶梦的散文中,常会体现出她对独立自主的人格精神的追求,在她的笔下,"男人和女人不论在哪方面都是很平等的两性"。同时,叶梦也没有停止过对人生真谛的探索,在游记类的散文中,体现出了对"我是谁""我将踏向何方"这类问题的探索,并且会在作品中采用隐喻、象征等手法,写出一些常人不能说出的感觉,并将艺术笔触伸向自我情感世界的

---

① 张克明.叶梦散文的艺术魅力[J].益阳师专学报,1996(3).

深层角落,细致入微地去展示出那些容易被人忽略的心灵世界。

二、杂文的发展

进入 20 世纪 80 年代后,杂文的创作取得了丰硕的成果。这些新创作的杂文大多数继承了鲁迅的创作传统,密切关注着社会的发展,对阻碍社会发展的丑恶现象和事物进行了坚决的批判。这一时期出现的杂文作家主要有林放、严秀等。

(一)林放的杂文创作

林放(1910—1992),浙江瑞安人,原名赵超构。中华人民共和国成立以后,林放长期在《新民晚报》任职。1978 年十一届三中全会后,林放创作了大量的杂文,结集为《世象杂谈》《末晚谈》(一编,二编)、《林放杂文选》等。1992 年,林放去世。

林放的杂文见解精辟,观点鲜明,他常用幽默犀利的文笔来揭露和抨击社会中的丑恶现象,从而在杂文中呈现出了人民性的特点。例如,在《临表涕泣》中,他从某市一个区统一印发的"幼儿园登记表"要求幼儿家长在"父母状况"一栏中填写"有无重大政历问题、结论否"一事中,看到了极左思潮的阴魂与流毒。

林放的杂文集《世象杂谈》中所包含的散文是对社会现象的评论,或是颂扬,或是批判,表达的是自己对"世象"的见解。在集中,他对我国改革开放过程中所出现的一些问题,通过杂文的形式,发表了自己的看法,表现出了自己与众不同的看问题的角度,同时,也引起了读者的思考。

正是因为林放的杂文在思想深度上有着与众不同的特点,因此杂文界普遍肯定"林放文章老更成";杂文家严秀认为他的杂文"文笔老练,清新流利,生动活泼,思想深度等都达到了颇高的或相当的水平"。

(二)严秀的杂文创作

严秀(1919—2015),四川宜宾人。早在 1941 年严秀就已经开始了杂文的创作,其杂文作品结集的有《严秀杂文选刊》《当代杂文选粹·严秀之卷》等。进入 20 世纪 80 年代后,严秀的杂文在内容上体现出了时代的特征,与社会现实紧密相连,从而体现出了时代性。2015 年于北京去世。

严秀在杂文的创作理论方面为杂文的进一步发展指明了道路。在《略

第五章 传统与革新的冲突：20世纪80年代文学发展研究

论杂文的功过》《中国新文艺大系(1976—1982)杂文集·导言》等文章中，他提出了许多有益的见解，他认为："没有丰富的生活感受，丰富的文化知识，较高的文笔修养，特别是创造性的思想能力，是写不好杂文的"，并指出杂文的"思想要深一点，学问要广一点，格调要高一点"，他还提倡杂文要重视文采、重视自我情感等问题，他的这些意见对于杂文创作理论与实践有着十分重要的启迪作用。

严秀的杂文创作实践在内容上主要有两个特色，第一，汲取了鲁迅杂文中的思想资源，不断地提醒人们警惕形形色色的"破坏"。随着改革开放的不断发展，各种问题也接踵而至，严秀看到了社会中存在的各种现象，对一些不良现象进行了深刻的批判。例如，在《重谈"雷峰塔的倒掉"》中，他不仅告诫人们存在着"文革"式的"寇盗式的破坏"，而且存在着不为人注意的"奴才式的破坏"，这是一种"损人不利己，损公而不能肥私的破坏"，是一种"只要能使自己得到一点小利，就不管对社会以至对子孙后代造成多么严重的后果，都不加考虑，一心一意对国家和社会加以挖掘、破坏"，从某种意义上说，这是一种更为隐蔽、危害性一点也不亚于"寇盗式的破坏"的破坏。①

第二，呼吁思想解放，强调启发民智，对禁锢政策和愚民政策进行批判，反对文化专制。例如，在长篇杂文《论"歌德派"》中，他针对当时影响颇大的一篇继续散布"左"倾文艺观的文章《"歌德"与"缺德"》的文章提出了自己的观点和看法，对"歌德"现象进行了批判，并明确指出"如果这个风气和产生这个的历史根源、政治条件、思想路线和习惯势力没有一个彻底的改变，一切好的风气都建立不起来，四个现代化也终将成为泡影"。

三、报告文学的发展

自1978年十一届三中全会结束以后，在报告文学的领域，也出现了一大批直面人生、反思历史的作品，这些作品大都讲述的是知识分子的坎坷遭遇，通过一个个贫贱不移、威武不屈的典范性人格，多侧面地阐发了他们所坚持的祖国高于一切的坚定信念，有力地恢复了知识分子的真实形象，在观念形态上调节了历史与现实的紧张关系，强化了社会对既定现实的关怀态度。此后，报告文学的内容变得更加的多样化，有感应时代节律、表现改革初期开拓者创业者形象的，有反映光明与黑暗搏斗的历史场

---

① 金汉.中国当代文学发展史(第2版)[M].上海：上海文艺出版社，2004：342.

景和探索真理、坚持真理的思想斗士的,有缅怀革命老前辈的,有赞颂平凡人物非凡贡献的,等等。这些作品在愤激而严厉的历史批判和热烈而纯情的现实讴歌的思想前提上,恢复了现实主义的传统,发挥了艺术"干预生活"的艺术功能,拓展了报告文学的生存空间。进入 20 世纪 80 年代中后期,报告文学的创作高潮迭起,形成了颇具冲击力的"报告文学热"。这一时期的报告文学的创作主题主要有四类,第一类是反映自然生态问题的,第二类是反映大的文化问题的,第三类是反映政治、经济发展中的社会现象的,第四类是反映重大事件的。总之,20 世纪 80 年代报告文学的创作呈现出了繁荣的局面,并最终成长为一种不容忽视的文体。限于篇幅,这里主要对理由、陈祖芬的报告文学创作进行分析。

(一)理由的报告文学创作

理由(1935—),辽宁辽中人,原名礼由。进入新时期后,理由创作了很多的报告文学作品,主要有《高山与平原》《她有多少孩子》《扬眉剑出鞘》《中年颂》《痴情》《倒在玫瑰色的晨光中》《世界第一商品》《香港心态录》《希望在人间》《南方大厦》《倾斜的足球场》等,其中《扬眉剑出鞘》《中年颂》《希望在人间》《南方大厦》《倾斜的足球场》蝉联四届全国优秀报告文学奖。

理由的报告文学的创作以 1985 年为界,大体上可分为两个阶段。在第一个阶段中,理由所创作的报告文学作品主要是通过人物的命运来再现历史风云和生活波流,揭示出变革时代民族精神演化的内在规律性。例如在《痴情》中,理由叙述了袁运生对艺术的不懈追求。由于持有不同的艺术见解,袁运生被打成右派,恋人张兰英不顾世俗非议,毅然投入袁运生的怀抱,开始了他们共同的命运旅程。最终,在经历了生活的清贫、政治的阴影、社会的歧见后,袁运生终于"从崎岖的山路踏上开满鲜花的峰峦,迎来了艺术的春天",但张兰英却没能看到这一天。可见,在这一阶段,理由"掺入了过多的主观意念性,投入过多的情感,直至近乎煽情,并习惯于寻求事物和问题的答案,热心地加以解说,去代替读者做出判断"。

在第二个阶段中,理由所创作的报告文学作品以日趋深入的变革现实为生活背景,以各种文化观念的混合、对峙、碰撞为心理前提,反映了社会重大事件和问题,拓宽了作品的思想视野和表现时空,加强了报告文学的客观性和实效性。这类的作品主要有《倾斜的足球场——5·19 之夜》《世界第一商品》等。在这一阶段,理由以力避自我的介入,摒弃过度的价值判断,尽量还原生活,充分尊重读者的主体性为超越自我的途径,显示了清醒的艺术自省。

（二）陈祖芬的报告文学创作

陈祖芬(1943—　)，上海人。从1979年起，陈祖芬开始进行报告文学的创作，发表的作品主要有《她创造时间》《祖国高于一切》《青春的证明》《挑战与机会》《中国牌知识分子》《挂满问号的世界》《共产党人》《催人复苏的事业》《理论狂人》《哈佛的证明》《我爱篮球》等，其中，《祖国高于一切》《共产党人》《催人复苏的事业》《理论狂人》分别获得四届全国优秀报告文学奖，出版的报告文学集有《陈祖芬报告文学一集》《陈祖芬报告文学二集》《青春的证明》等。

陈祖芬的报告文学前期的创作主题主要集中在"祖国高于一切"上，她善于在时代的潮流里淘洗闪光的美质，在生活的原野上开掘绚丽的理想，在平常的人物身上发现崇高的道德精神。在代表作《祖国高于一切》中，陈祖芬叙述了内燃机专家王运丰的曲折生活，怀着对祖国的热爱，王运丰在中华人民共和国成立之后，放弃了西德的优裕生活，忍痛与妻子分别，带着一吨重的书籍回到祖国，希望能够为祖国的发展做出自己的贡献，后来他被诬为"德国特务"，受尽委屈，但这并没有动摇他对祖国的热爱，他忍受了个人生活道路上各种不期而至的痛苦和磨难，矢志不移，三十年如一日地勤恳工作，为新中国内燃机的发展贡献出了自己全部的才智。在叙述的过程中，她抓住了王运丰的人生"焦点"始终对着祖国这一特有的内容，展现了王运丰那颗金子般的赤子之心。

除了描写知识分子的精神追求外，陈祖芬还努力涉足更广阔的政治经济生活，书写共和国的建设者、开拓者和人民公仆，如在《人民代表》中，她塑造了一个能真正带领群众与贫穷落后斗争的称职的人民代表史静虚。

进入1984年以后，陈祖芬的报告文学的创作主题开始转向了改革所带来的机遇与挑战，表现出了人们在新的经济秩序和科技时代的挑战与机遇面前的迷乱、惶惑、亢奋和追求，揭示出了一个令人激动的历史前景。这些作品的出现为1985年之后问题事件性报告文学的异军突起起到了一定的推动作用。

总之，陈祖芬的报告文学有着自己独特的切入点，她往往会在浓郁的感情叙写中融入哲理性思考，从而实现对人生意义的探寻。她的报告文学作品有着指点生活价值的作用，呈现出了深邃而警策的理性光芒，从而具有了很高的思想品位。

第四节 新启蒙时代的诗歌

中国共产党十一届三中全会的召开使得诗坛也迎来了新的发展时期。20世纪80年代之后,"归来者"的诗歌、朦胧诗以及新生代诗都得到了极大的发展。

一、"归来者"的诗歌

所谓"归来者",指的是受各种政治原因的影响,从20世纪50年代在文坛上逐渐消失,之后又得到平反的那些诗人。这是一个将大量创作成员包含在内的群体,他们的历史使命感非常强,因此在诗歌创作中会将一些现实主义精神融入进去。这些"归来者",多数都是从少年时代就受到中国共产党的影响的,甚至一些人参与到政权斗争之中,革命资历比较深厚。但是在反"右派"斗争中,这些人遭到了批判和迫害,导致他们被监禁或者处于社会底层,直到20世纪80年代才被平反,因此有了"归来者"这一称号。

(一)艾青的诗歌创作

在这些"归来者"中,艾青是一个典型的代表。1957年,因为社会原因,艾青被定为"右派",曾经去过北满森林伐木,还去过新疆古尔班通古特荒原开荒,历时21年。1978年4月30日,艾青在《文汇报》上发表了《红旗》一诗,宣告其要重返诗坛。

"归来"后的艾青,仅仅在几年里就完成了二百多首诗,其中《鱼化石》就是对自己这些年被打成"右派"遭到的各种经历。在诗中,艾青虽然提示了"依然栩栩如生""却不能动弹"的现实与心理的困境,却不相信会有这样的困境。他还清楚地表达了自己的信念,即"活着就要斗争,/在斗争中前进,/当死亡没有来临,/把能量发挥干净"。

在这首诗歌中,爱情主要在生死之间、动静之间彰显,将生命的活跃与命运的强大呈现出来,具有历史感以及对中国当代史进行了鲜明的指向。

艾青在"归来"之后还创作了很多的宏观抒情诗歌,如《光的赞歌》《古罗马的大斗技场》等。所谓宏观抒情,即对民族、国家进行的抒情,是

第五章　传统与革新的冲突：20世纪80年代文学发展研究

诗人从这些对象的现实与历史出发，对一些规律性的东西加以领悟，从而引发自己的创作灵感。《光的赞歌》是艾青晚年创作出来的，其对艾青自身的哲学观、人生观等进行总结和描述，这首诗歌也是中华民族伟大历史的转折，因此蕴含了强大的艺术感染力与思想力量。

（二）公刘的诗歌创作

公刘是当代著名诗人、作家。他从12岁就开始写诗。19岁时在中正大学法学院半工半读。21岁赴香港参加革命工作。22岁时参加中国人民解放军，并且跟随军队前往大西南，做过见习编辑和文艺助理员。27岁时参加了中国作家协会，并且出版了第一部诗集《边地短歌》。28岁时发表了《佤伍山组诗》《西双版纳组诗》《西盟的早晨》三首诗，使得其在西南边疆的诗坛地位得到了巩固。从公刘早期创作的作品可以发现，其有着极强的革命乐观主义精神，其言语热烈直白。然而，公刘后期的诗歌创作，显得更加沉郁，对历史和现实的感悟富有哲理，意象深邃，感觉敏锐。

公刘复出后的代表诗歌是《刑场》和《哎，大森林》。两首诗均是对张志新烈士的歌颂。两首诗均体现着公刘炽热的情感、深入的思考、坦诚的襟怀和沉郁的色调，体现了其风格特色。

二、朦胧诗

20世纪70年代末80年代初，一群名不见经传的青年诗人如顾城、北岛等，带着强烈的使命感和强烈的社会批判意识走上了诗坛。他们的诗一反过去的直白抒情和议论，"以内在精神世界为主要表现对象，采用整体形象象征、逐步意象感发的艺术策略和方式来隐示情思，从而使诗歌文本处在表现自己和隐藏自己之间，呈现为诗境模糊朦胧、主题多义莫明这样一些特征"[①]，所以被称作朦胧诗。20世纪80年代，大量朦胧诗得以出现，其不但掀起了一场席卷全国的新诗潮运动，而且逐渐成为统领诗坛的力量。

---

① 朱栋霖，等.中国现代文学史 1917—2000（下）[M].北京：北京大学出版社，2007：201.

（一）顾城的诗歌创作

顾城在13岁时随父亲顾工下放到山东的某农场。18岁时顾城回到北京,之后做过木工、搬运工、编辑等。他是"朦胧诗"的主要作家之一,他的许多诗句曾被青年读者反复咏唱。1981年,顾城的《抒情诗十首》获得了"星星诗歌奖"。1985年,顾城顺利加入中国作家协会。1987年,顾城应邀出访欧美等国进行文化交流。1988年,顾城奔赴新西兰讲授中国古典文学。1993年,顾城获得德国伯尔创作基金,同年,顾城与妻子谢烨发生冲突,导致谢烨死亡,随即自杀。

顾城的诗歌更关注人的内心,而很少关心社会历史。从他早期的作品可以发现,其有着孩童般的纯稚风格和梦幻情绪,然而现实与理想往往相背离,在严峻的社会现实中,顾城的理想和希望往往都会化为泡影,当面对这一切时,顾城显得冷峻而成熟,开始对人生进行严肃的思考。在1986年出版的《一代人》中,顾城只写了两句诗:

　　黑夜给了我黑色的眼睛,
　　我却用它寻找光明。

此诗歌虽然仅有两行,但是以一组单纯的意象"黑夜""黑眼睛""光明"等道出了一代青年从迷狂到觉醒的心理过程,以及他们探索真理的心声和坚强不屈的意志与反抗精神。作为"童话诗人"的顾城,虽然始终沉迷于其梦幻般远离尘嚣的"生命幻想曲"中,但是也尝试探索时代的问题,此时就是一个直接的回答。实际上,也可以将这首诗歌看作一代人"心灵史"的缩影。这两句诗道出了一代青年探索真理的心声,是这一代人的自我阐释,也是不屈精神的写照。十年的浩劫就是那漫漫长夜,没有月光,没有星辰,但是渴望光明的心却在这"黑夜"之中,由迷惘到清醒,由困顿到解脱,由无知到觉悟。全诗简洁、明快,短短两句诗充满必胜的自信。

（二）北岛的诗歌创作

北岛(1949—　),浙江湖州人,原名赵振开,出生于北京,是朦胧诗创作中最重要的诗人之一,在20世纪70年代开始写诗,著有诗集《陌生的海滩》《北岛诗选》等。

北岛的作品有很多,如著有诗集《陌生的海滩》《北岛诗选》等。合集有《五人诗选》和《北岛顾城诗选》。另外还有小说集《波动》《归来的陌生人》。他还翻译了《现代北欧诗选》。

第五章　传统与革新的冲突：20世纪80年代文学发展研究

北岛的很多诗歌都表达了社会转型期一代青年的愤怒和抗争,如在《回答》一诗中对20世纪60-70年代的荒谬现实进行了尖锐有力而又形象的否定和批判,诗中描述了一个叛道者的高大形象,其是一个不服输、坚决斗争到底的铮铮铁汉。一连串的"我不相信"体现了一代青年的觉醒,以及与丑恶现实决裂、抗争的决心。《回答》实际上是对新旧历史节点的见证与反思,怀疑与承担,其描绘了黑暗时代的黑暗真相,还展现了新时代中青年们的激情、理性和责任感。

另外,北岛还有一些歌颂英雄的诗,如《宣告》："从星星的弹孔中／将流出血红的黎明。"可见,北岛的内心除了有人道主义的义愤外,还有英雄主义的悲壮和理想主义的浪漫。

北岛深受西方现代主义诗歌的影响。在创作过程中,他不满足于模仿,而是将其化为自己的东西,然后进行再创造,如《古寺》通过时空错误,并且借助蒙太奇手法,营造了一种诡谲奇妙的艺术效果。北岛使用通感手法,从听觉转换成视觉,将钟声变成可视的形象,然后与蛛网、年轮两个意象叠加在一起,增加了诗的历史厚重感,使诗歌变得更加具体化、物象化,增加了诗歌艺术情感的表现力。北岛借助古寺这一整体意象揭示了封建主义的某些社会特征,其蕴含着严肃的历史批判意识。这种批判,其态度是辩证的,即对僵死的、陈旧的传统意识应该扬弃,对待"石碑""文字"所象征的传统文化应该继承,并且希望它们在"一场大火之中"获得新生。诗的意境空灵、深邃,但没有那种远离尘世的超脱,也没有艾略特"荒原"式的绝望,表达出来的是诗人奋进的意志。

三、新生代诗

1985年前后,随着朦胧诗新锐势头的减退,一股新的诗歌潮流开始兴起,有更多的年轻诗人开始投入新的诗歌创作中。关于这些新崛起的诗人以及诗歌,有多种不同的称谓,比如"新生代""第三代诗""后朦胧诗""后现代主义诗歌""试验诗""先锋诗歌"等。"新生代"是一种争论较少的提法,一般认为是牛汉在文学刊物《中国》1986年第6期《编者的话》中首先提出来的。新生代诗人大多采取组织诗歌社团、发表宣言的"运动"方式开展,他们有着众多文学社团和流派,风格各异,主张众多。其中,诗歌创作成就最大的是韩东和海子。

（一）韩东的诗歌创作

韩东(1961—),湖南人,出生于南京。大学时期开始发表诗歌作品,主要诗作有《山民》《有关大雁塔》《你见过大海》《温柔的部分》等。韩东于1982年毕业于山东大学哲学系。毕业后曾经任教于西安、济南等地的高校。1984年,韩东被调回南京大学任教。1985年,韩东与于坚、丁当等创办了民间刊物《他们》。1990年,韩东顺利加入中国作家协会。直到1993年,韩东正式从高校辞职,成为一位自由写作者。1998年,韩东与朱文等人发起了题为"断裂"的文学行为。2000—2004年,韩东担任文学期刊《芙蓉》的编辑。韩东的诗集有《爸爸在天上看我》;中短篇小说集有《我们的身体》《我的柏拉图》《明亮的疤痕》;长篇小说有《扎根》《我和你》等。

受朦胧诗的影响,韩东早期创作的诗歌带有些许沉重的历史感。随着认识深入和创作水平的提高,韩东逐渐形成了自己的创作风格。韩东的诗歌用平淡而近乎冷漠的陈述语调,既能在厚重的文化底蕴中看到空洞与平淡,又能直接面对日常生活的琐屑与平庸,用一种漫不经心、冷静、客观的态度解构历史和生活,表达方式也十分简单,极少使用修饰性强烈的形容词。这从《有关大雁塔》一诗可以明显看出。这是一首反抗朦胧诗的标志性作品,在这首诗中,大雁塔作为历史以及种种文化内涵的象征被完全消解了,作者用完全漠视的语言表示对大雁塔所代表的文化冷淡。人们爬上大雁塔并不是凭吊古迹,而仅仅是作为一个显示自己的衬托,"做一次英雄",这与历史文化无关。

当然,韩东也有不少诗歌是抒写平常人的生活的,传达一些温柔和感情,如《我们的朋友》,其描写的是朋友,整篇诗都没有用特别华丽的语言,更没有优美的意象,但是传达出了自己最真诚、细微的感受,也体现了其"诗到语言为止""也许还另有深意"的创作理念。

(二)海子的诗歌创作

海子,原名叫查海生,出生于安徽。孩童时生长在农村,15岁考入北京大学法律系,毕业后在中国政法大学任教。也就是在工作的这段时间,他开始了自己的诗歌创作生涯。令人遗憾的是,1989年海子自杀。其朋友为其整理出了大量的作品,长诗《土地》、抒情短诗集《海子的诗》《海子诗全编》,另有《海子、骆一禾作品集》等。

虽然海子属于新生代的诗人,但是他并不属于任何社团流派,也表现出与众不同的创作倾向。海子具有旺盛的创作精力,在1984年至1989年短短几年中就创作了数量惊人的长诗、短诗、诗剧等。其中,最引人注目的是他的长诗创作,包括《河流》《传说》《但是水,水》《太阳七部书》等。这些长诗有着深厚的文化背景、宏大的艺术结构、鲜活奇崛的语言,显示了诗人的浪漫主义情怀。

海子的诗歌几乎都是有着浪漫的精神和瑰丽的想象的抒情短诗,涉及的内容十分广泛,涉及自然、幸福生活、爱情、故乡生活、农家收获、健康生命等方面。海子最著名的抒情短诗是《面朝大海,春暖花开》,其风格是单纯而明净,海子用超越自我的生命关怀,创造了富有生命力的情境,真正地向世人祝福,同时又坚守着自己的心田,在宁静中守望着幸福。

海子的抒情短诗还有很多突出的意象,其中频繁使用的是"麦地"这一意象,如"麦地/别人看见你/觉得你温暖,美丽"(《答复》);"这是绝望的麦子/请告诉四姐妹:这是绝望的麦子"(《四姐妹》);"看麦子时我睡在地里/月亮照我如照一口井"。麦地原本与母性有一定联系,代表着富饶、祥和与博爱。由此诗可见,海子对麦地的钟情,表达了他对生命和本原的热爱。《麦地》是海子的代表作,其通过描写表达了诗人对农事劳动的欢欣和激动,而生命和理想的崇高也显露无遗。当海子看到一片麦地时,他的内心得到了前所未有的满足,觉得家乡的"风""云"都收翅"睡在我的双肩",这是诗人获得的一种特别的感受,表现了诗人当时的宁静、从容、安详和不带丝毫杂念。全诗风格清新,用词新鲜,语言朴素,在农家日常生活细节的抒写中融注了一种赤子的率真情怀。

第五节 多元美学形态并存的小说

20世纪80年代,关于文学中人性、人情、人道主义问题的讨论也促进了小说创作对于人性、人情、人的价值和尊严的深入关注。在这样一个特殊时期,小说家也在尽可能用现实主义的艺术手法真实地再现人们的生活,深刻地思考民族、历史等重大问题,将小说创作带回到现实。这一时期的小说家在创作小说时主要从宏大的叙事视角和方法,试图将所描写的生活置于宏观的历史、时代背景中,充分展示自身对现实或历史的明确认识与判断,小说创作呈现出多元美学形态并存的局面。

一、改革小说

改革小说的代表性作品是蒋子龙的短篇小说《乔厂长上任记》。改革小说的第二个发展阶段的标志性作品是张洁的长篇小说《沉重的翅膀》。这篇小说剖示了改革进程的繁难与艰辛,透射出政治经济体制改革所带来的社会结构的整体变化。在这些作品中,作家们不但正面描写了改革的艰辛与困境,而且力图表现改革给文化生活各个方面带来的变化,如思想观念、伦理道德、民族心理等方面。改革小说的代表人物有高晓声、路遥等,这里即对他们的改革小说创作进行分析。

(一)高晓声的小说创作

高晓声,著名作家。他的改革小说主要取材于苏南农村生活,他常常用现实主义笔触,揭示政治、经济变革对普通农民命运的深刻影响,其"陈奂生系列"小说就是其改革小说的代表,其中最著名的是《陈奂生上城》。这篇小说写出了摆脱饥饿的困扰之后的陈奂生的精神状态。陈奂生是一个勤劳、憨实、质朴的农民,小说主要讲述了其卖油绳、买帽子、住招待所的经历以及他在这一系列经历中的心理变化。

(二)路遥的小说创作

路遥(1949—1992),陕西清涧人,小时候就特别喜爱文学。他的代表作有《人生》《平凡的世界》,中短篇小说集《当代纪事》《姐姐的爱情》《路遥小说选》等。

1982年发表的《人生》在一个爱情故事的框架中,凝集了丰富的人生内容和社会生活变动的信息。该小说主要讲的是农村青年高加林的人生经历。小说成功地塑造了高加林这个颇具新意和深度的人物形象。高加林有文化,富于理想,勇于进取,同时又爱虚荣,有较强的个人主义,是一个正在成长而又缺乏正确指导思想的青年。他执着追求能够实现自我价值和获得人们认同价值的生活和工作环境,他与刘巧珍的分手象征着他与土地和传统乡村生活的决裂,他在充满坎坷的人生道路上终于迈出了人生中最为重要的一步,虽然这一步很合理但似乎不尽合情,特别是其对巧珍所带来的伤害更令人遗憾。他自己也会感到内疚和不安,但自我谴责背后是一种痛苦的灵魂搏斗后的自我肯定。最终他将来自内心的自我谴责与来自外部的道德责难全部否定。高加林是一个颇具新意和深度的人物形象,他那由社会和性格的综合作用而形成的命运际遇,折射了丰富斑驳的社会生活内容。通过这一人物形象,呈现了城乡交叉地带的社会的、道德的、心理的各种矛盾,达到了作者"力求真实和本质地反映出作品所涉及的那部分生活内容的"目的。

1986年发表的长篇小说《平凡的世界》获第三届茅盾文学奖。小说从以孙少安为代表的兴办乡镇企业和以孙少平为代表的民工进城这两条

第五章　传统与革新的冲突：20世纪80年代文学发展研究

线索中展开叙述的画轴，全面地反映了中国当代城乡生活，系统且详细地记述了中国在1975—1985年中城乡社会生活变迁的历史，并且通过复杂的矛盾冲突，描述了社会各阶层普通人的形象。小说还挖掘了"城乡交叉地带"的年轻人身上的复杂性格。孙少平和高加林一样，也在城市化进程中，通过自己的热情和才能去追求自己想要的生活，但是因为自身的麻木和社会发展的局限最终没能进入城市，没能实现自己的人生理想。小说还通过描述田晓霞、吴月琴、吴亚玲这些具有现代女性意识的女学生、女知青，反映这些人群所具备的传统美德和追求。孙少平与田晓霞的爱情的理想结构也是城乡交叉的"结合型"，其实质是在揭示城乡的差别。

二、反思小说

1979年之后，不少作家试图通过艺术概括的方式深刻地揭示"左倾"错误和现代迷信给党和群众带来的严重后果，总结党遭受破坏的历史教训。这些就属于反思小说。

（一）茹志鹃的小说创作

茹志鹃，当代著名女作家，很小就成为孤儿。茹志鹃在中华人民共和国成立之后开始从事编辑工作。

茹志鹃是写反思小说的典型代表，她的反思小说的代表作是《剪辑错了的故事》。该小说讲述的是老甘和老寿的故事，主要揭示的是"大跃进"时期"左倾"冒进错误给党和人民带来的不利影响。小说的主人公老甘是党的干部，而老寿则是要依靠党的群众。在戎马岁月里，老甘与群众的关系非常融洽，也将老寿的家当做自己的家，当他从老寿家接到节省下来的四袋干粮时，很自然地留下了两袋，并且悄悄地挂在门闩上，当作打仗人"安家的粮"。为了支援当时的淮海战役，老寿决定要砍掉院子里的枣树，而遭到老甘的阻止和劝说。随着"大跃进"的推进，老甘慢慢变成了不顾群众死活、"变着法儿让领导听着开心、看着高兴"的"甘书记"，也忘了当年被人们称为"革命的衣食父母"的事情。如今的他，恨不得立即骑到人民头上，发号施令，要求按亩产一万六千斤的虚假产量提高征购，为自己邀功，即便老寿也没能说服他。如今的老甘还下令砍掉梨子即将成熟的梨园，改种小麦，即便老寿恳请他等20天后果子成熟再砍掉，他也不听，还认为老寿就是"石头"，撤掉了老寿的生产队队委的职务，并给他戴上"典型的、自己跳出来的'右倾'机会主义分子"的帽子。

该小说对历史与现实进行了对比,对"大跃进"过程中领导干部脱离群众的事实进行了再现。

(二)王蒙的小说创作

王蒙(1934—),河北南皮人,1957年被错划为"右派",1979年回到北京,任中国作协北京分会副主席、副秘书长和分党组成员。王蒙有关历史记忆和反思的作品有《最宝贵的》《悠悠寸草心》《布礼》《春之声》《海的梦》《蝴蝶》《杂色》《相见时难》等,关于现实印象的有《夜的眼》《深的湖》《说客盈门》《风筝飘带》《莫须有事件》《风息浪止》等。

发表于《十月》1982年第2期的《相见时难》讲述的是一次具有特殊历史意义的会面。这次会面发生在30多年前离开祖国而在80年代中国改革开放环境下回归的蓝佩玉与始终坚守革命信念在共和国曲折历史中遭受磨难的翁式含之间。在特殊的"历史空间中",当初的"逃兵"成为贵宾,坚守者则饱受磨难。在实用主义、历史虚无主义和市侩习气的对比下,翁式含信念的坚贞与情感的真挚凸显出来,然而曾经交汇的人生轨迹经过几十年背道而驰,其间的微妙与复杂令他深思,他感到了在新时代新背景下反思历史、总结历史的紧迫与艰难,相见之难就在此处。小说时空构架阔大,现实感强,有着更丰富的内涵和耐人咀嚼的人生哲理。

王蒙的作品从历史反思层面转向文化反思层面的重要标志是其长篇小说《活动变人形》的出版。《活动变人形》的主人公是倪吾诚。倪吾诚来自一个封建地主家庭,在欧洲留学多年回国,但仍然对西方的物质文明和精神文明特别向往,但这显然与当时中国的现状是不符的。实际上,对于西方文明,他始终都是没能领会其精髓。同样,对于中国的现状、民族的命运,他也没有进行更多的思考。倪吾诚几乎将一生的精力耗费在了家庭内部斗争中。显然,从倪吾诚一系列的做法可以看出,他的心灵与欲望、知识与本领、环境与地位出现了不协调。小说对倪吾诚的做法进行了强烈的批判和讽刺。

三、先锋小说

20世纪80年代中后期,文坛上出现了一批具有探索和创新精神的青年作家,创作出了一批新潮小说,被称为先锋小说。先锋小说与现代派小说、寻根文学等一同组成了20世纪80年代文学创新潮流。先锋小说的代表作家有马原、莫言等。

第五章 传统与革新的冲突：20世纪80年代文学发展研究

（一）马原的小说创作

马原，先锋作家，是中国当代先锋派的代表人物之一。最初，他在农村插队，改革开放之后，他顺利进入辽宁大学中文系学习，毕业后做过编辑、记者等职业。之后，他回到辽宁专心创作。他的代表作有《夏娃——可是……可是》《冈底斯的诱惑》等。

《夏娃——可是……可是》这部小说讲的是女主人公史小君听她的男朋友讲述他自己在大地震中如何救助一位美丽姑娘，之后这名姑娘不知道何种原因被打死的故事。在小说中，马原运用双重叙述的手法，也正是这一手法的运用，使得这一编造的故事更为真实。作者用"我（史小君）"来叙述另外一个"我（史小君的男友）"的故事，这种"元小说"的叙述手法使得叙述话语出现了更高的另一套话语。而叙述者在这部小说之中扮演了不同的角色，不仅充当了叙述者的身份，更是充当了作品人物的角色。这种多重角色的身份彰显了一定的自我相关性，也使得编造的故事具有了广阔的事实依据，在一定程度上增强了故事的可信度。在小说中，作者逐渐消解了故事真实性的客观标准，使那些所谓的客观上的是否真实问题消失，而是更让人们相信主观上的问题。

《冈底斯的诱惑》这部小说讲述了几个不相关的故事：一名十分彪悍的神猎手穷布和陆高、姚亮找寻野人踪迹的故事；陆高和姚亮想观看"天葬"没有结果的故事；顿珠、顿月兄弟俩和尼姆的婚姻故事。这几个故事之间并没有明显的关联性，但是又能够串联在一起，这就说明作者的写作方法是非常巧妙的。故事中的线索也是不明确的，往往是那种突如其来的线索，甚至去得也很快。小说的叙述者与其中的人物都是独立的，叙述者往往从故事中跳出来提醒人们，他是在讲一个虚构的故事。小说从头到尾都没有一个明确、统一的人称，一直在变换。这种扑朔迷离的写作手法打破了传统人们的阅读习惯，形成一种间离的效果，使读者与故事世界的距离逐渐拉大，将故事的真实性进行淡化，也使得作者的经验世界同故事的观念世界保持了一定的平行性，从而便于对作品进行理性、清醒的判断。

（二）莫言的小说创作

莫言，原名管谟业，中国当代著名作家。幼年在家乡小学读书，之后辍学劳动多年，18岁时到县棉油厂当临时工。21岁参加解放军。24岁调到解放军总参谋部，历任保密员、政治教员、宣传干事。1981年开始小说创作,1984年秋入解放军艺术学院文学系学习。莫言的代表作有《透明的红萝卜》《红高粱》《生死疲劳》《蛙》等。2012年,莫言获得诺贝尔文学奖。

《透明的红萝卜》讲述的是小黑孩偷红萝卜充饥被批斗的故事。小黑孩是个孤儿,从小受到后母的虐待,总是吃不饱。12岁的他去运河工地干活,饥饿难耐,去菜地里拔了一根红萝卜充饥,却被看田人当场抓住,送到工地,工地为此开了一场可怕的批斗大会,上百人围着这个12岁的孩子高呼口号,欲除之而后快。小黑孩无奈钻进麻地里像鱼一样游走了。小说以饥饿为主题,笔墨集中于小黑孩的不幸身世和悲惨命运以及孩子本身的聪慧、机敏和自尊要强。

总之,莫言的小说形成了个人化的神话世界与语象世界,他使先锋小说带有了奇异的感觉,他擅长将儿童感觉镶嵌在小说中,特别是在叙述进入惊心动魄的时刻,他的感觉方式的独特性,形成了一种独特的个人文体。

综上所述,本章针对20世纪80年代文学发展进行了分析。伤痕小说、反思小说、改革小说、寻根小说、先锋小说、新写实小说直接塑造了人们对20世纪80年代小说发展的大致印象,相对于一个变革时代的文学,它们表达了对文学新的理解和阐释,展示了丰富而多样的文学内容和形式,它们因此而成为20世纪80年代文学的"主流"。20世纪80年代的主流文学观和小说有着先天的不完善性。它们从来不关心现实生活中具有终极意义的问题,却在如何超越此前旧的文学观念和小说上下足了功夫,这就使它们拥有了某些保守的性格,"主流"的性质强化了这种保守性。批评界和理论界的如此归纳意在凸显它们的历史合理性,结果却事与愿违,为此后的写作再度制定了新律令,因此,小说概念化、公式化的毛病也就应运而生。另外,对其他文学观和小说的质疑和批判,也为主流文学观和小说成为新的文学主导提供了可能。

第六章 众声喧哗的多元状态：20世纪90年代以来文学发展研究

20世纪90年代以来，多元共存、多极发展的文化格局影响了文学传播媒介的变化，媒体的炒作渗入文学领域，媒体在推广介绍文学作品的同时，又充斥着更多的商业运作意味。在市场化的时代，文学界中"多元化""个人化""边缘化"话语取代了以往的启蒙指向，日益膨胀的文化市场以及商品意识，使知识分子整体的同一性不复存在。文学在以往思想和艺术的积淀下取得了更为丰富的成果，开拓了更加广阔的文学发展空间，并且伴随时代的变革表现出许多新的特点。本章主要对20世纪90年代以来的文学发展进行研究。

第一节 市场经济时代的文学

20世纪90年代以来，中国社会进入一个新的历史时期，与之相对应，中国文学也进入一个新的历史时期。从20世纪80年代末到90年代初，世界局势发生了急剧的变动，进入一个以和平、发展为主题的新时代。面对世界格局的风云变幻，中国共产党不失时机地把建设社会主义市场经济的目标，提到了进一步深化和扩大改革开放的议事日程上来。"社会主义市场经济"使中国全面进入现代化的物质实践层面，一个世纪以来中国曲折的现代化进程，终于从对思想解放的呼唤、对人的主体性的探索转向法律、政治等具体的操作化层面，中国文化、价值理念也随之进入到一个复杂的转型期。

一、三种文学形态并存

主流文化是将国家意志、正统意志形态表达出来的文化。从文学领域上来说,"主旋律"就是传达正统的意识形态。在这一前提下,倡导现实主义手法,对现实生活予以关注。近些年,"五个一"工程的文学艺术作品是对"主旋律"文化取向的体现,其通过主旋律进行传播,影响力极大,这与"一体化文学"相比,具有前所未有的局面。与此同时,"主旋律文学"对历史文化的开发,对"红色经典"的强调,也表现出对市场化过程中可能出现的庸俗功利主义价值观念的修正。但问题依然存在,特别是国家投入巨资的"主旋律"文艺作品,还不同程度地存在着艺术形式陈旧、叙事模式僵硬、题材狭窄、风格刻板等缺憾。其症结在于没有贴近市场条件下的文艺生产规律,这一点不能不影响到其传播效果。

随着市场经济发展的进一步深入,文学从传统政治文化中突围出来,随即又遭遇到商品经济和大众文化、娱乐文化的冲击。知识分子精英文学与主旋律文学尽管存有矛盾,但在教育和启蒙大众这一点上是一致的,只不过教育和启蒙的目的不尽相同。主旋律文学的目的在于激发大众为现实的政治目标奋斗,而知识分子精英文学的目的在于"人的觉醒"和"人的现代化"。

二、多元化文学思潮兴起

计划经济时代,即"一体化"时代,不可能形成多元文化。20世纪80年代社会转型时期的"新启蒙文学思潮",是对那种与计划经济配套的计划思想和计划文化的反思和批判。社会主义市场经济的进一步发展、"世俗化"潮流的涌动、社会欲望的勃发,改变了人们单一的价值观念。市场经济或者说经济"全球化",当然也隐含着许多正在、或者将要出现的新问题,但它的积极意义正是瞄准了传统的痼疾,与"经济一体化""思想文化一体化""文学一体化"的单一和专制相反,它与"文化的多元化"、思想观念的多元化息息相通。"市场经济"在商品生产和流通中鼓励竞争,在思想文化中鼓励"百家争鸣"。真正让人们从"一体化"之中走出来的,正是社会主义市场经济迅猛发展的结果。"经济全球化"或"文化多元化"的进程,就是"现代化"的一种比较健全的表达。

在"政治化文学思潮"时期,文学"一体化"的形态是其主要表征,单一的政治化声音成为主导,其中尽管也有某些带有"异端"色彩的声音,但都是主流文学观所批判的对象。到了"新启蒙文学思潮"时期,文学力求突破"一体化"局面,恢复文学的自主性,并与"政治化文学思潮"构成一种"二元对峙"的争鸣局势。"多元化文学思潮"尚未出现,知识分子所强调的精英化的新启蒙文学占据了主导地位,它既批判"一体化"时期的

第六章 众声喧哗的多元状态：20 世纪 90 年代以来文学发展研究

"政治化文学思潮"，也排斥市场中的大众文化和通俗文学。"多元化文学思潮"的出现大约是从 1992 年前后开始的，它与全社会"市场化"转型和文化多元化、价值观念的多元化构成呼应关系。"多元化文学思潮"正是在计划经济向"市场经济"转型的过程中逐步形成的。与此同时，多元化文学思潮的形成，仅仅有形式上的多样化是不够的，更重要的是与社会结构转型相配套的各种文学生产和传播空间的出现。在这一时期，依托国家媒体、文学奖等官方媒介的主流意识形态的主旋律文学，依托专业期刊、高等教育等专业媒介的知识分子精英文学，依托图书市场、新型网络等各类大众媒介的消费市场中的大众通俗文学，这三种文学形态各显神通。它们各自按照自身的逻辑发展，并构成了复杂的对话关系。

有人用"后现代主义"来解释这种"多元文化"并存的局面。特别是 1998 年在北京大学召开的"后现代主义与中国当代文学"研讨会之后，"后现代"一词在文学批评中频繁出现。对于新中国文学发展中出现的"后现代主义"问题，理论界与批评界的看法颇多分歧，其所争论的焦点大体集中在以下几个方面：

关于当代中国是否存在所谓"后现代主义"问题，一些评论家认为，当前后现代主义文化已经形成了一股强大的势头，这不仅表现在文学艺术领域，而且已渗透到广泛的日常生活之中。另一些评论家们以为，中国当代社会迄今还没有出现纯粹意义上的后现代主义文学，如果说有的话，也只是局限在一些作家在形式上的模仿。还有一些学者完全否认中国存在后现代主义文化，认为中国缺乏后现代主义赖以产生的文化基础。观点尽管不一致，但有一点是共同的，即大家都承认当代中国文学的确受到了西方后现代主义文化的影响。

如果承认当代中国文学不同程度受到西方后现代文化的影响，那么对此接受的社会根源是什么？多数人都认为，自 20 世纪 80 年代以来，后现代主义理论与作品的译介，必然影响到中国人的生活方式和价值观念，而这正是引发后现代主义在中国产生的思想、文化基础。另外，后现代主义文化本身带有浓厚的商业化色彩，它正适应了中国当代社会文化传播日益商品化的浪潮。文艺界的"下海""走穴"、电视剧的广告功能、文学刊物的改版、作家与企业家和出版商的联姻以及文稿的竞卖等，这一切都说明，在市场经济的大潮下，文艺已不可避免地成了商品。正是这一历史进程，才造成了当代中国文化与后现代主义的内在契合。也有一些学者不赞成一味地从当前中国的社会现实中去寻找后现代主义出现的根源，而是更强调中国传统文化中固有的消极、虚无的观念，如庄子的相对主义、不可知论等对文学创作产生的影响。

对此,多数人持慎重的态度。一方面肯定其作品在文学品格上,消除了以往文学的某些粉饰色彩和抽象的抒情,打破了文学受主流意识形态束缚的本质化倾向,赋予文学更加自由与个人化的维度,所以作为多元文化中的一种形态,自有其存在的理由;另一方面,又多批评其对待文化、传统所采取的虚无态度,以及对理想与信念的销蚀作用。如同20世纪80年代初对待现代主义思潮的冲击一样,面对90年代以来的后现代主义文化及文学现象,无疑应该去正视它、研究它,考察其背后所蕴含的深刻的社会文化思想基础,而任何形式的回避、武断的否定都不利于良好文化氛围的形成。

三、新启蒙文学思潮延续

20世纪90年代以来,"新启蒙文学思潮"及其相关的价值观念和文学观念,一直在精英文学创作和批评中得以坚持。尽管日趋"边缘化",以至于退却到大学讲堂,退却到一些发行量甚少的精英文学期刊,但它还是顽强地生存着,并为一批有文学理想的青年所重视。面对商品经济的大潮,他们一直坚持发出独立的声音,对相关的当代精神现象进行着冷静的评价。

1993年6月,《上海文学》杂志发表了王晓明等人的对话《旷野上的废墟——文学与人文精神的危机》,由此引发了历时3年的全国性"人文精神大讨论"。这次讨论的起因是学院派知识分子对市场化进程中人文精神失落状况的不满和批判。衡量"失落"与否的明显标准之一是文艺创作中的"低俗化""娱乐化"。其中也隐含着一种知识分子和精英文学被边缘化而导致的焦虑感。因此,他们从传统的"启蒙"与"政治"二元对立的对抗中抽身而出,转而将批判的矛头指向了市场和"大众",指向了"平庸"。争论中也出现了另一种观点,如王朔、白烨等人在《上海文学》1993年第4期的对话中认为,人文精神要落实到对具体的人的关怀和宽容上,不要充当道德卫士的角色,不要倡导一种规范化的单一道德模式,而应该提倡多元化的价值标准,并认为市场化进程中多样化的文学表达方式,体现了人文精神更为宽泛的内涵。

与人文精神失落论者相呼应的是文学创作界的"抵抗"声音。张承志发表《以笔为旗》《清洁的精神》等文章,对作家面对市场的退却表示失望和批评,并重申鲁迅精神中的战斗性;韩少功发表《我为什么还要写作》,强调写作的圣洁性,反对为金钱而写作;张炜发表了《抵抗的习惯》,反对向市场"投降";李锐发表了《无言者的悲哀》等。这些作家的作品

第六章 众声喧哗的多元状态：20世纪90年代以来文学发展研究

在一个称之为"抵抗投降书系"的名义下结集出版，集体亮相，表达了他们面对世俗化运动和文学商品化状况的决绝姿态。这一姿态在青年一代中引起了热烈的响应，特别是张承志对鲁迅精神的强调，更是引起了共鸣。

20世纪90年代中后期以来，韩东、朱文等生于"60后""70后"的作家开始显露头角。"60后"的作家充分吸收1980年前后中国文学的成果，是新启蒙文学思潮的继承者。比如，朱文的《我爱美元》、李洱的《导师死了》、韩东的《花花传奇》等。这些作家通过借鉴"先锋小说"的笔调，对当代经验表达的有效性进行关注，但是他们的作品也与先锋小说存在着某些不同，即对当代精神状况的变化是十分关注的。他们努力摆脱抽象化的表态与争论，对客观的观察非常注重，用一种全新的小说形式对当代社会变化的经验进行有效的表达，尤其是处于文化和经济中心的都市文化。到了"70后"出生的作家（如李师江、李红旗等）的小说中，由于社会急剧变化，特别是网络的出现，信息铺天盖地，一方面导致了他们的激愤情绪和批判精神，另一方面也导致了形式上的粗糙。但是，他们无论是在叙述风格和主题上，都有意识地与他们同时代的读者靠近。

"新生代"小说家具有独特的个人倾向与叙事方式，其中具有代表性的女作家有林白、陈染等。这一类作家的写作摒弃启蒙主义、国家主义的大话题，而是选择一些私人经验进行表达，对个人情感的遭遇与女性的命运予以关注。这种写作手法一方面将女性文学推上文学舞台，另一方面也是从精英文学视角对个人经验领域进行分析。就总体上而言，这类作家是功能主义文学观念的代表。她们的小说在情感上表现得尤为细腻，这为当代中国小说的叙事提供了巨大的经验。

新启蒙文学思潮的重心是对"一体化"时代的反思和批判，对"现代化"经验的探索，特别是对西方现代主义文学技巧的借鉴。在这一过程中，城市经验往往成了作家表达的主要领域，且常常成了形式探索的材料。随着改革开放和市场化进程的深入，一系列社会问题也逐步暴露出来了，引发了一批作家对"底层经验"的关注，这就是20世纪90年代中后期出现的"现实主义冲击波"。其代表性作家有谈歌、何申、关仁山、刘醒龙。他们小说的主题涉及了农村、国有企业改革、下岗工人等。从主题意义上，这是一种现实主义色彩的创作。从形式的角度看，一些批评家认为他们没有继承批判现实主义的传统，甚至带有妥协的成分。但不管怎么说，他们将人们的视野，从都市文学消费之中带到了底层。这一创作趋势，一直延续到2004年前后，出现了曹征路的小说《那儿》等为代表的新现实主义小说。这一类小说创作提醒我们，当代中国社会的现状，似乎并不完全在为"启蒙文学"提供资源,也在为"左翼文学"提供资源,这将迫使我们需要重新审视它、评价它。

四、大众文化对文学的冲击

大众文化的蓬勃发展是21世纪初期的重要文化现象。这一现象毫无疑问对当代文学有着深刻的影响。对于我们来说,"大众文化"并不是一个陌生的词汇。从五四时期到"左联"时期、延安时期,再到新中国文学,"大众"这个词汇一直贯串着文学史的发展历程。但那时候的"大众"一直是一个被想象的概念,一个被他者所叙述的概念。20世纪90年代后期以来,"大众"突然变成了一个带有一定自主性的概念,这本来是一件具有进步意义的事情,但问题也随之出现。当"大众"试图将所有的"意义体系"都消解掉的时候,当他们自以为具有"主体意识"的时候,那些操纵大众的各种隐形势力往往被忽略。对此,严肃文学尽管还在高声呼喊,但听众甚少。大众已经进入了欲望解放的狂欢之中。

电视剧等影像产品对文学也有着巨大的影响和冲击。文学叙事手法与影响的"蒙太奇"手法除了在结构意义上存在相似之外,在逻辑上确是大相径庭的。文学叙事追求对人物性格、故事情节的描写,而影响作品是跳跃式的"蒙太奇"思维,是一种叙事层面的断裂。影响作品试图采用结构对意义加以传达,但是对于普通的受众而言,这样的做法往往是大打折扣的,因为图像的本质其实是带有欲望化色彩的,观看本身也会带有欲望的动机。毫无疑问,当代青年对文学经典的了解大多都是从影视作品来的,他们并未多研读原著,而是着眼于编剧的作品。为了迁就这一代人的趣味,很多经典作品被改编之后,对文学叙事形式进行了改变。实际上,这样的改变会丧失文学叙事承载的意义复杂性,图像呈现出来的欲望化形式得到了强调。这种总体上的"叙事断裂",对文学叙事的影响巨大。

文学市场将一批20世纪80年代后出生的写作者的产品称为"青春小说",或称"80后写作",他们以作品的起印数、销售量作为支持风靡一时,成了近几年来文学市场的重要事件。他们按照港台歌星的分类方法将自己分为"偶像派"和"实力派"。"偶像派"更注重个人外在形象在消费者心中的地位,"实力派"更注重表演技巧。无论是"偶像派"还是"实力派",都是商品社会消费逻辑内部的问题。"80后"作者在社会制定的劳动力价格中,一方面被消费者的"需求神话"所捕获,另一方面也参与了"阅读需求"神话的制造,"80后"写作者就这样将自己抵押给了图书市场。从成功的角度看他们是幸运的,但他们将自己的青春抵押给了媒

第六章　众声喧哗的多元状态：20世纪90年代以来文学发展研究

体和市场。媒体追求的是新奇，它通过信息传播的速度竞赛，增强资本新陈代谢功能。它迷恋数据：起印数越来越高、写作速度越来越快、作者年龄越来越小、版税创了新高。文学的创造性就这样被抵押出去了。文学变成市场上的商品一样，正在根据"需要"和"欲望"在不停地进行产品的更新换代。产品换代的商品逻辑正在青年一代中弥漫。

互联网对当代中国文学表达方式的影响，也是一个不可忽略的因素。随着互联网的普及，随着一些大型门户网站文学频道的成熟和影响的扩大，随着年轻一代对网络的迷恋，直接向网站文学频道投稿，文学的"网络化"会成为越来越重要的话题。文学的网络化究竟是一种什么性质的现象呢？首先，网络文学的世界是一个自由表达的世界。发表作品和批评活动在这里得到了在传统文学媒介里无法想象的发挥。为网络文学带来表达自由的，除了媒体的技术因素之外，一个主要的原因就是它的"匿名性"，这一点对传统的言说方式及其价值观念带来了巨大的冲击。网络文学的匿名表达领域，完全是一个无名的虚拟世界。在网络文学匿名的虚拟世界里，面对一篇作品，读者根本用不着知道作者是谁。作者是不是名家，有没有权威和背景都不是问题。读者与文字保持了一种更为纯粹的阅读关系。匿名书写者的确很自由，但自由并不是没有限制的。实际上网络文学对作者提出了更高的要求。这个"高"，不是指文学技巧的高超与否，不是指文字的水平、想象的能力，而是对作者的观念的要求。它要求它的作者长期保持匿名的状态，放弃借此牟取名利的非分之想，它要求文学回到自己的真正的精神层面上来，它要求文学成为一种真正的自由嬉戏，而不是别的什么工具。

但网络化的问题也越来越凸现出来了。撇开网络信息传播的自由这一点不谈，仅就文学创作而言，首先，它屈从于商业网站的点击率，这与平面媒体商业化过程中的起印数和销售量是一个概念；其次，它表达的"自由"缺乏真正的叙事学意义上的束缚力，叙事学的束缚力也就是文学形式对表达欲望的限制，它将人们的表达逼向"意义"的领域。

20世纪90年代初期以来形成的"多元化文学思潮"是计划经济向市场经济转型过程的产物，也是社会多样性空间形成的结果。在这个多样性的空间结构中，作为国家意识形态的表达，依附于主流社会和主流观念的主旋律文学借助于官方媒介得以传播。作为知识分子精英文化的严肃文学，在文学专业媒体和大学教育中得到强调和传播。而大众通俗文学借助于市场和各种大众媒介得到发育和传播，特别是影视媒体和网络媒体。在三种文学形态并存、对峙、对话的复杂局面中，出现了许多新的问题，如精英文学与大众通俗文学的关系，文学创作与文学生产的关系，美学标准与市场标准的矛盾,意义或价值与欲望和快感的矛盾,新兴媒介对文学传播的影响等。

但我们必须看到,与"一体化文学"的强制性和单一性相比,"多元化文学思潮"的兴起从总体上看,具有进步的时代意义。但是,"多元文化"导致的价值观念的多元化、评价标准的多样化,给人一种混乱不堪的感觉。作为对"意义"问题负责的知识界,经常有一种力不从心的感觉。但是,考虑到这种众声喧哗的文化局面给更多人带来的"自由度",文学和文化评价,必须自觉地增加自身的难度,而不是为了自身的方便而简化它。这是当下文学发展过程中的新问题。

五、市场化进程中的文学生产

传统文学生产属于计划经济体制下的计划文学。它采取的是由国家统一管理、统一出版、统一销售的"统购统销"模式,具体实施这一计划的是中央到地方的各级作家协会。改革开放之后,作家也开始从靠国家投入的"单轨制"向计划加市场的"双轨制"过渡。因此,在国家"统购统销"的计划文学生产体制之外,出现了文学市场。与此相应的是改刊行动、作家"下海"、创作上的迎合市场等。"双轨制作家"以文学专业技巧为资本,向文学市场进军,从而开始打破文学市场上的低劣产品,以及从港台进来的言情小说、武侠小说一统天下的局面。他们善于将"审美"因素与"欲望"相结合,在文学的消费性与艺术性之间寻找平衡点。

与"双轨制作家"相应,还有两类"单轨制作家",一类是继续依赖计划经济体制而拒绝进入市场的作家,还有一类是作家协会限制发展专业作家之后出现的青年作家,其生存纯粹依靠文学市场。最后一类作家将传统作家的政治理念、"双轨制作家"对政治化的若即若离态度,还有港台商业作家在文学中对市场化和欲望化的处理技巧结合在一起,由此开始了当代文学产业化乃至文学跨国"贸易"的旅程。

与此同时,作家协会的体制改革正在紧锣密鼓地进行,其基本策略就是在大量注入资金的前提下"重组"和"收编"。他们用市场的标准来"重组"传统作家,要他们把握好文学的"政治—教育功能"和"娱乐—审美功能"的关系。他们用文学专业尺度收编市场中的作家,让他们注意市场中的欲望叙事的升华问题。其根本目的在于将两种"单轨制作家"都变成"双轨制作家"。

作家与市场的结缘并不是1993年才开始的,但1993年的"陕军东征"更为典型。从80年代中期开始,作家就与市场亲密异常。但他们不是通

第六章 众声喧哗的多元状态：20世纪90年代以来文学发展研究

过文学，而主要是通过影视作品和文学杂志、文学小报。无论是影视作品还是报纸杂志，都是现代工业文明的产物，是集体协作的流水线产品，需要策划、管理、协作的商业精神。只有文学这种样式才可以靠单干完成。与影视和报刊相比，20世纪90年代初期的文学非常寂寞。从1993年5月起，人民文学出版社、北京出版社、作家出版社、中国文联出版公司、工人出版社先后推出了一批陕西作家的长篇小说。其中最有代表性的是《废都》和《白鹿原》。《白鹿原》重印了7次，发行50多万册。《废都》起印数为37万册，估计印数达100万册以上，两本书的单价都是25元左右。文学来到了都市的市场上。它与光怪陆离的都市符号混杂在一起，并且丝毫也不逊色，还经常跟电影和电视争夺媒体的注意力，争夺符号体系的中心位置，抢夺市民的剩余时间。在"陕军东征"的号角声中，一个时代结束了，新的时代开始了。从20世纪90年代初开始，中国文学发生了根本的变化。变化的标志就是："数量"代替了"质量"，发行量成了一个重要标志。只有官方文学奖，还在强调文学的"精品意识"，也就是质量。但是，只要一旦通过了官方的质量检查，紧接着就会出现数量问题，并迅速占领市场。因此，官方文学奖，经常成了作家通向"数字化"的一条捷径。

"70后"、"80后"青年作家群，在文学市场上更为成熟。他们善于将宏大的"革命主题"细小化为身份意义上的"反叛主题"，将"欲望叙事"变成"欲望消费"，将"反讽"和"戏仿"变成了网络上的"无厘头"。他们已经开始全面进军文学市场，有的还进入了文学跨国"贸易"的行列。"文学""审美""创作"这些概念，基本上让位于"产品""消费""生产"。多元化文学思潮的兴起，作为一种社会进化的必然产物，也带来了文学评价标准上的新问题。文学的商品化的结果，使文学首先服从于一般的商品特性，使之进入商品的"生产—流通—消费—分配"的文化工业运作过程。文学偏离对商品社会和消费社会价值观的审视和反思，淡化对意义的追求和对社会的批评，追求其娱乐性或消费性，创作仅仅成为现代消费社会内部的一种分工。

第二节 派别林立的小说创作

20世纪90年代以来，随着改革开放的推进和深入，加上市场经济的发展，我国小说呈现出派别林立的多元局面。在这一时期，新写实小说、新历史小说、新生代小说、女性小说、文化道德小说等占据了文坛，并出现了众声喧哗的局面。本节就来分析和探讨这些小说创作及代表人物与作品。

一、新写实小说的创作

新写实小说主要是为了还原生活的原生态,通过对人物的性格进行挖掘,分析其形成的环境,并用质朴与简洁的语言来展开客观的呈现,将当代人的无奈、灵魂的丑陋等揭示出来。其中这一时期的代表人物主要有如下几位作家,并基于此来分析各自的作品。

(一)刘震云的小说创作

刘震云(1958—),河南延津人,1973年应征入伍,1978年复员,在自己的家乡担任一名中学教师。同年,考上北京大学中文系,毕业后担任《农民日报》的记者,并开始了他的文学创作生涯。刘震云的主要作品几乎都是长篇小说,包括《故乡相处流传》《故乡天下黄花》《手机》等。

刘震云的小说对于现实非常关注,通过从普通人的日常琐事中,呈现人们的痛苦与心灵的挣扎。同时,刘震云的写实小说擅长对意象加以创造,如"烂梨""鸡毛"等,并通过这些创造的意象传达到他小说的中心,将小说的意蕴展现出来,并且这些意象具有明显的象征意义,很轻易地让读者感受到小说的主题。

另外,刘震云的新写实小说敢于将丑陋的现象揭示出来,便于被他人审视与发现,如那些冠冕堂皇的官人、新入军营的战士等。刘震云通过剖析与探究这些人的灵魂世界,让读者看到那些隐藏的、深处的、无边的丑恶,因此他的小说具有明显的讽喻色彩。

刘震云新写实小说中最具有代表性的作品是《一地鸡毛》。在这部长篇小说中,刘震云通过嘲讽与冷酷的笔调,对零碎的日常生活境况进行描写,揭示出机关内部存在的一些丑恶与复杂现象,以及机关内部人对权利的欲望和日常生活对精神乌托邦的摧毁,同时反映了生活于20世纪80-90年代的普通中国人的生存状态。《一地鸡毛》通过记流水账的形式,描写主人公小林在生活中的各种无奈与烦恼,从而揭示出他生活的窘境以及机关内部的丑恶。这部小说的标题就揭示出作家所理解的生存本相:生活是各种小事的集合,生活不可能都是顺风顺水的,总会遇到一些鸡毛蒜皮的事儿,这些事儿有时会使现实中的人挣脱不开,并且以巨大的力量销蚀着他们的个性与意志,使他们逐渐丧失精神自觉。因此,小说的开篇第一句是"小林家一斤豆腐变馊了"。在日常生活中,豆腐很平常,

第六章 众声喧哗的多元状态：20世纪90年代以来文学发展研究

而作家正是以这一简单平常的事物切入展开故事。因为豆腐馊了，小林的媳妇和他争吵，这也奠定了他在生活中的卑微和凡俗。自从有了孩子之后，小林更是遇到了各种问题，为了孩子入托儿所，他不得不四处奔走求关系；为了能让自己有一套像样的房子，他不得不努力工作，但是由于他工资实在太低了，很难买得起；小林的老家来城里看病，他没有能力去帮助……这些问题都在烦扰着他，让他喘不过气。同时，在单位工作，小林也觉得倍感压力，为了避免出现人事矛盾，他做事处处小心；单位要更换新的领导，他极力争取；为了能够尽快入党，小林不得不扮演另一幅样子；为了申请住房，他不得不四处托关系，各种恭维……就在这些事的烦扰之中，小林开始变得更加颓废、圆滑，以前的豪气俨然不存在了，在他的身上已经没有了青年人的朝气，剩下只是"混"。

> 你也无非是买豆腐，上班下班，吃饭睡觉洗衣服，对付保姆，弄孩子，到了晚上你一页书也不想翻，什么宏图大志，什么事业理想，狗屁，那是年轻时候的事，大家都这么混，不也活了一辈子？有宏图大志怎么了？有事业理想怎么了？"古今将相在何方，荒冢一堆草没了！"一辈子下来谁不知道谁！

显然，在这个日益商品化、世俗化的社会，小林的价值、存在及理想被嘲弄，因此小林不得不向当时的环境投降，彻底放弃生存的浪漫与诗意。小说在展开这一切的时候，描写得非常细腻，隐藏了情感，但是我们可以从小说的独特意象之中看到作家的讽刺，以及作家对现实进行的思考。

总体上说，刘震云的新写实小说如同一把尖锐的刀子，剖开了日常生活的表面，逐渐深入内心，将真实的景象展示在世人面前，并饱含同情地看着部分人生存的痛苦与困顿。

（二）池莉的小说创作

池莉（1957— ），湖北仙桃人，1975年高中毕业之后成为知青，1976年考入冶金医学院，即现在的武汉科技大学医学院。1979年，池莉发表了自己的文学作品，并逐渐崭露头角。她的《烦恼人生》《你是一条河》等被人们所熟知。即便在20世纪90年代中后期，新写实小说走向没落之后，她仍旧保持着高昂的创作势头，并创作了《小姐你早》《来来往往》《生活秀》等多部小说。

池莉的新写实小说十分注重对于普通人的描写，尤其是生活在底层的人，注重将他们生存的世俗性、琐碎性彰显出来，尤其是凸显他们生活中的无奈，其中《烦恼人生》《不谈爱情》就是这样的作品。

《烦恼人生》是池莉的代表作品,这篇小说从主人公印家厚被惊醒开始,运用细腻的方法描绘他平凡琐碎且烦恼的一天。他从早上起床、送孩子去托儿所、进入车间工作、女徒弟对他的微妙情感、奖金的发放、对初恋情人的思念、接孩子回家、为老丈人庆祝生日、房屋搬迁等,这些琐事缠绕在一起,让印家厚非常烦恼,这些烦恼也逐渐消耗着印家厚的希望和活力。这部小说显然也采用了记账式的写法,并未有任何的突兀与波澜,但是除了小说冷静的客观外,其中可以体会到小说中散发的悲悯与感伤。例如:

> 印家厚头也不回,大步流星汇入了滚滚的人流之中。他背后不长眼睛,但却知道,那排破旧老朽的平房窗户前,有个烫了鸡窝般发式的女人。她披了件衣服,没穿袜子,趿着鞋,憔悴的脸上雾一样灰暗,她在目送他们父子,这就是他的老婆。你遗憾老婆为什么不鲜亮一点吗?然而这世界上就只有她一个人在送你和等你回来。

这段话道出了普通人婚姻的真谛,而且在粗糙中有温情的存在。这部小说虽然是对印家厚一天的烦恼的描写,尽可能将他生活的原生态展现出来,但是作家关注的是他如何无可奈何地认可这样的生活。另外,作者选取的这个题材能够让很多人引起共鸣。

总体上而言,池莉的作品保持了作品的原汁原味,将生活活泼的气息展现给了读者。在她的笔下的多彩人生、丰厚人生,真正阐释了每一个中国人个体的真实状态。

(三)方方的小说创作

方方(1955—),江西彭泽人,生于南京,1957年迁至武汉。1974年高中毕业,曾做过4年装卸工。1978年考入武汉大学中文系,毕业后到湖北电视台任编辑,1989年调作协湖北分会从事专业创作,现任湖北省作家协会主席、中国作协全委会委员。方方1975年开始写诗,1982年发表小说处女作《大篷车上》,之后发表了《风景》《落日》《何处家园》等大量作品。

在这些写实作家之中,方方因为其独特的写作风格受到了人们的关注。在她的小说中,她以悲悯之情将人们生存的艰难揭示了出来,展现出人们在物质与精神双重贫困局面下的搏斗,也揭示出知识分子的坎坷命运。方方的作品往往多深刻,语言也表现出了生动与精致,手法灵活多变,因此受到读者的喜爱。其中,《风景》是方方优秀的一部作品。

第六章 众声喧哗的多元状态：20世纪90年代以来文学发展研究

《风景》讲的是从一个夭折孩子的视角出发来论述的，讲述了一个十一口之家在一个13平米的房子中的生活状态。

父亲带着他的妻子和七男二女住在汉口河南棚子一个十三平米的板壁屋子里。父亲从结婚那天就是住在这屋。他和母亲在这里用十七年时间生下了他们的九个儿女。第八个儿子生下来半个月就死掉了。父亲对这条小生命的早夭痛心疾首。父亲那年四十八岁。新生儿不仅同他一样属虎而且竟与他的生日同月同日同一时辰。十五天里，父亲欣喜若狂地每天必抱他的小儿子。他对所有的儿女都没给予过这样深厚的父爱。然而第十六天小婴儿突然全身抽筋随后在晚上咽了气。父亲悲哀的神情几乎把母亲吓晕过去。父亲买了木料做了一口小小的棺材把小婴儿埋在了窗下。那就是我。我极其感激父亲给我的这块血肉并让我永远和家人呆在一起。我宁静地看着我的哥哥姐姐们生活和成长，在困厄中挣扎和在彼此间殴斗。我听见他们每个人都对着窗下说过还是小八子舒服的话。我为我比他们每个人都拥有更多的幸福和安宁而忐忑不安。命运如此厚待了我而薄了他们这完全不是我的过错。我常常是怀着内疚之情凝视我的父母和兄长。在他们最痛苦的时刻我甚至想挺身而出，让出我的一切幸福去与他们分享痛苦。但我始终没有勇气做到这一步。我对他们那个世界由衷感到不寒而栗。我是一个懦弱的人为此我常在心里请求我所有的亲人原谅我的这种懦弱，原谅我独自享受着本该属于全家人的安宁和温馨，原谅我以十分冷静的目光一滴不漏地看着他们劳碌奔波，看着他们的艰辛和凄惶。

在这部小说中，昏暗、肮脏、性欲、物欲等集合在一幅画面之中。在这个13平米的房子里，生活非常压抑，屋顶上会有风呼啸而过，人格也随着环境变得格外扭曲。因为没有地方睡觉，因此大哥不得不选择机械上班；二哥因为爱上了一个女孩，因此拼命读书；三哥具有一身的力气，被家里人称为霸王；四哥因为发烧变成了聋哑人；大香、小香姐姐整天勾心斗角，欺负双胞胎五哥、六哥；还有一个被父亲怀疑不是自己亲生的、被塞在床底下生活的七哥。在这部小说中，到处都弥漫着粗鄙、阴冷的气息，作者客观地将其描述出来，小说并未采用华丽的言论，也没有在小说中融入太多的主观感受，而是从"死魂灵"这一视角出发，将底层人们真实的生活姿态展现出来，显得更为生动。但是，小说中也不乏对生命、对生存的反思与观照。

二、新生代小说的创作

新生代小说又称"晚生代小说"或"60年代出生的作家群小说",是20世纪90年代边缘化文学语境的产物。新生代小说既不必以批判、否定的态度,也不必以认同的态度来对待现实,而是能随心所欲地营构真正属于自己的话语空间,以一种同情、平和、宽容、淡泊、超越的心态观照、理解和表现生活。

(一)何顿的小说创作

何顿(1958—),原名何斌,湖南郴州人。他在1977年赴湖南省开慧公社插队务农,1979年考入湖南师范大学美术系,毕业后历任长沙市光电二厂子弟学校教师,长沙市第九中学美术教师、文联创作室专业作家。从1985年起,何顿开始发表文学作品,主要有中短篇小说集《生活无罪》《太阳很好》《只要你过得比我好》以及长篇小说《我们像葵花》《就这么回事》《荒原上的阳光》《喜马拉雅山》《眺望人生》《荒芜之旅》《清清的河水蓝蓝的天》《湖南骡子》等。

何顿是评论界公认的新生代小说的代表作家之一,他的新生代小说指向现实世界的物质欲望,生动而详尽地描写了当下个体户这一特定的阶层生存的真实状态和人格理想,并对这种生存状态及其价值体系进行热情鼓吹。

(二)毕飞宇的小说创作

毕飞宇(1964—),江苏兴化人,作品有《青衣》《平原》《慌乱的指头》《推拿》《雨天的棉花糖》《枸杞子》《生活边缘》《玉米》等。

毕飞宇的小说"有着对历史、人生感性经验的关注,还有着更高更远地对形而上问题的关怀、对生存本质的探究""所呈现的总体风格是感性与理性、抽象与具体、形而上与形而下、真实与梦幻的高度和谐与交融"。下面主要对他的《青衣》进行简要分析。

《青衣》主要讲述了主人公筱燕秋一生的悲剧。在20年前,筱燕秋是一名心气高的著名青衣,因为《嫦娥》这部戏获得了大赞,后来因为她向师父李雪芬脸上泼了妒忌的开水,而离开了舞台。但是,20年后,她被烟花厂老板"垂青",再次有机会登上舞台,这次的机会对于她来说是一种救赎,也是她20年心情的释放。为了能够顺利登上舞台,她拼命减肥,

第六章 众声喧哗的多元状态:20世纪90年代以来文学发展研究

与老板睡觉,还做过人流手术,但是毕竟她已经到了这个年纪,就如同她对她师父做的那样,她自己的徒弟也对她做了这样的事情。在筱燕秋的身上,作家将时代的、性格的、人性的、命运的因素融合在一起,对人生的悲剧感和悲剧性进行了多层面、立体的揭示。

三、女性小说的创作

20世纪90年代以来,中国知识女性的社会地位、福利待遇得到了前所未有的提高,而就业机会之类的问题也得到解决,更重要的是其话语力量得到了无尽释放,越来越多的女性作家加入小说创作的大军中,构成了20世纪90年代文学的裂变,使女性话语成为文坛最鲜亮的声音之一。王安忆、铁凝、陈染、林白和迟子建等都是这一时期的代表作家。

(一)王安忆的小说创作

王安忆(1954—),祖籍福建同安,出生于南京,1955年随母亲茹志鹃移居上海,1961年进入上海淮海中路小学学习,后进入上海向明中学学习。1970年到安徽淮北农村插队,1972年考入江苏省徐州地区文工团,在乐队担任大提琴手并开始参加一些创作活动。1976年开始发表短篇小说《雨,沙沙沙》等系列小说而开始引人注目。1978年到上海中国福利会《儿童时代》任编辑。现为上海作家协会专业作家,复旦大学教授。主要作品有短篇小说集《流逝》《小鲍庄》《尾声》《荒山之恋》《海上繁华梦》《神圣祭坛》《乌托邦诗篇》《剃度》等,长篇小说《六九届初中生》《黄河故道人》《流水三十章》《米尼》《纪实与虚构》《伤心太平洋》《长恨歌》《富萍》《遍地枭雄》等,散文集《蒲公英》《母女漫游美利坚》(与茹志鹃合著)等,儿童文学作品集《黑黑白白》等,论著《心灵世界——王安忆小说讲稿》等。

王安忆是当代文坛最为优秀的女作家之一,她20世纪90年代以来的作品中有许多都对女性意识进行了探索,例如《长恨歌》。

《长恨歌》这部小说是王安忆20世纪90年代的代表作,通过弄堂里的传奇人物的传奇事件,对上海半个多世纪的变迁与女性命运进行了描绘,蕴含着丰富的文化思想。小说的主人公王琦瑶是典型的上海弄堂里的女儿,她虽然出身于平民之家,但是她不甘于自己的平凡,从而开启了她命途多舛的一生。她是1940年前后著名的"上海小姐",之后做了李主任的"金丝雀",变成了一个女人。在她成为李主任的外室之后,身份、名誉成为她生活的重心。她总是以一个逢迎的姿态进入李主任的世界,丝毫没有受道德负担的影响。正当王琦瑶光彩夺目的时候,社会却以另一种姿态整体转型,"三小姐"的历史成为可供追忆的一个符号,这种变化莫测的错位讥讽了这座城市的虚假。上海解放以后,李主任遇难,之前的繁华已经消失不在,她又成为了一名普通的民众,过着平淡的生活。后来,她先后与几个男人发生关系,到了1980年,她又与一个和女儿年纪差不多的男人有了恋情,并最终因金钱被女儿同学的男友杀死。

显然,虽然王琦瑶是小说的中心,但是她的命运代表了一类人的一生。他们挣来的小风头很难掩盖现实与世界的大手。对于王琦瑶来说,名利情爱都是虚的,只有稳定的生活才是真实的存在。

总之,王安忆的女性作家小说具有强烈的"女性意识",主要表现在对两性微妙的支配关系、男女在欲望本能和社会权利之间的挣扎,以及人的自然属性、欲望对人的命运有何种制约力量的探寻和揭示。同时,她的小说不仅依凭于当下女性的生存现实,还着力探索人性和人的生命本相,靠近人们的心灵和精神世界。

(二)铁凝的小说创作

铁凝(1957—),祖籍河北赵县,出生于北京。父亲是一位美术工作者,母亲是一位声乐教师。铁凝1970年进入中学,并开始发表作品。主要作品有长篇小说《玫瑰门》《无雨之城》《河之女》和《大浴女》等,中短篇小说集《夜路》《没有纽扣的红衬衫》《哦,香雪》等。其中,创作于20世纪90年代之后的最有代表性的作品是《玫瑰门》。

《玫瑰门》叙写的是北京一个胡同的一群普通人的人生悲喜剧。女主人公司猗纹出身官宦之家,受过正统的教育与现代文明的熏染。18岁,她爱上了一个叫华致远的革命者,但是被父母反对,可是她还是将自己的贞洁给了华致远,但是男生最后还是离开了她。20岁,在母亲临终时的请求下,她嫁给了大学毕业生庄绍俭。高大挺拔的庄绍俭和那场中西合璧的婚礼与司猗纹的虚荣心相契合,也唤醒了她内心深处的传统道德感。她开始因为自己曾经的不洁而懊悔,开始认同和服从主流文化,但也正是这一点使得她必须忍受婚后的屈辱。她忍受着庄绍俭在新婚之夜对她肆无忌惮的强暴和侮辱,忍受着他在外面的寻花问柳,可这换来的却是更大的人身侮辱。后来,庄家逐渐衰落,司猗纹全心全意为庄家操心,表现出了出色的经营才能。她渐渐地取得了心理优势,开始像丈夫过去纠缠她一样地回报他。40岁时,司猗纹染上了性病,但她用一种毒药治愈了这一疾病。从此,她不再矫揉造作、循规蹈矩地对待自己,甚至用肉体引诱了满口虚仁假义的公公。新中国解放初期,司猗纹加入到了新社会,她渴

第六章　众声喧哗的多元状态：20世纪90年代以来文学发展研究

望通过"劳动"这一途径站出来，但终未实现。进入新时期以后，已是70多岁的司猗纹变得更加敏感而无聊，她甚至会跟踪出去约会的苏眉和宋竹西，借以满足自己变态的心理。

这部小说的特异之处在于，它对女性生命的深刻洞察、理性反省，以及在此基础之上对女性生命的真实开掘、剖析和展示。"玫瑰门"实际上是"生命之门"和"女性之门"，作家正是借助几代女人的命运以及她们反抗、逃离及其失败之后的挣扎，揭示了女性之于自身性别观念的一次升华：丑的也许恰是最美的部分，因为它真实。就像铁凝所说，"我是把女性丑陋的一面展示给人看，唯其丑，才更美"。

总体来说，铁凝的女性主义小说通过描写生活中的普通人和普通事，对女性意识、女性生存、女性性角色等问题进行探讨和揭示，堪称中国当代最著名的女性作家之一。

（三）迟子建的小说创作

迟子建（1964—　），祖籍山东海阳，出生于黑龙江漠河北极村。从1983年起，她开始进行文学创作，主要作品有散文随笔集《伤怀之美》《听时光飞舞》《我的世界下雪了》，中短篇小说集《白雪的墓园》《向着白夜旅行》《逝川》《白银那》《朋友们来看雪吧》《清水洗尘》《雾月牛栏》，长篇小说《树下》《晨钟响彻黄昏》《伪满洲国》《越过云层的晴朗》《额尔古纳河右岸》《白雪乌鸦》等。

20世纪80年代末，迟子建的创作多为表现城市生活，如《晨钟响彻黄昏》，但到了20世纪90年代则超越了一般女作家的性别意识和性别视角，北国乡镇的风景成为她的关注焦点，体现了一种尘俗世界的诗性构想，如《原始风景》《朋友们来看雪吧》等，主要以小镇、乡村生活为题材，并以更为成熟而深刻的忧伤记录着那个地域人们的生存。对这种题材的青睐无疑源于作者对那块故土的眷恋，迟子建的出生地漠河是我国的最北端，这个事实使得她的每一次"迁居"都是一次"南下"，一次对故乡的"远离"。这一切牵扯着她的神经，使她对"遥远的故土"和"那些朴素而结实的故事"钟情不已。

在对故土的回顾与怀想中，迟子建的小说本能地倾向于一种纯净境界的描绘和捍卫。她以她的方式向我们奉献出了一个近乎脱俗的世界，试图在回望故乡的时候展现出它特有的美好姿态，如《原始风景》中的这段话描写：

> 月光是无法消失的，既然月光使人间的许多丑陋原形毕露，那么谁不愿意在朦胧时分的月下让自己的心有稍许的宁静呢？

迟子建早期的《北极村童话》单纯明朗,"童话"里所昭示的至真至纯境界是迟子建迷恋不已的东西。只是到了20世纪90年代,这种境界的构建不再采取"北极村童话"的方式,而是呈现出新的特点,即在少女的生命体验之中靠梦幻般的叙述与意境建构重现"北极村童话"时代的美好与纯洁的理想氛围。萦绕在少女们的冥想世界中的意象是"月光"与"天堂",这样的意象再一次遮蔽或逃离了这个尘世的丑与恶。正如迟子建在《原始风景》中所描述的那样:"月光是无法消失的,既然月光使人间的许多丑陋原形毕露,那么谁不愿意在朦胧时分的月下让自己的心有稍许的宁静呢?"由此看来,"月光"在这些抗拒尘俗的少女们的心中有双重的作用:一方面意象本身即可构成一种朦胧的诗意氛围,使思绪很快地进入梦幻般的境地;另一方面月光可以将世间的一切(尤其是丑陋与罪恶)变得温情脉脉,使试图逃离现世而又无能为力的少女们可以暂时无视丑恶的存在。

北极村冰雪的灵性启示了迟子建也渗透进她的文本,使她的乡镇小说描写了一个散发着朴素而安详的气息的生存世界,而为迟子建所怀恋不已的那些故乡的人们又为这个世界增添了一种温暖的情怀。怀想与追忆的视角决定了迟子建小说的"回望"色彩,同时也带来了她小说所具有的一种忧伤的美学风貌。

第三节 杂文的兴盛和市场化散文的崛起

在20世纪90年代,沉寂已久的杂文重新出现在人们的视野中。当时一批中青年杂文作家的创作非常受人瞩目,也引起了很大的反响。他们针砭时弊、批判社会,体现出了独有的风格。同时,受到市场经济的影响,这一时期各类新形式、新媒体、新风格的散文创作发展势头迅猛。这些散文在内容上紧紧抓住当今读者的阅读需求,从心理到人际再到消费,全都给予关注,在艺术形式上出现了新的富有创造力和时代感的语言。

一、杂文的兴盛

杂文到了90年代出现了复兴,出现了一批新生代杂文家,他们的杂文在针砭社会痼疾、批判封建意识、提倡民主和法制等方面起到了一定的作用,但也存在着一定的不足,如没有形成个人的、相对独立的思想体系,

第六章 众声喧哗的多元状态：20世纪90年代以来文学发展研究

所传达的意图虽正确但缺乏真知灼见；艺术性十分薄弱，往往流于说教，未能真正将形象与概念、生活与理论糅合起来，导致真正有杂文风格或杂文味作品不多等。这一时期创作成绩突出的新生代杂文家有朱铁志、鄢烈山等。

（一）朱铁志的杂文创作

朱铁志（1960—2016），吉林通化人，笔名夏平、艾山、艾水。1969年跟随父母下乡，1978年考入北京大学哲学系，毕业后先后在《体育报》《求是》杂志任职。1998年加入中国作家协会。现为《求是》杂志副总编、中国作家协会全国委员会委员、北京市杂文学会常务理事。朱铁志从1983年开始发表作品，著有《固守家园》《自己的嫁衣》《思想的芦苇》《被亵渎的善良》《精神的归宿》等多部杂文集。

朱铁志的杂文有着实话实说的真诚品格，敢于书写个人的真情实感，也敢于揭露和批判丑恶的事物。他认为，写杂文"不敢指望揭示真理，但愿能够多说真话，少说废话，不说违背人民意志和自己良心的假话、官话、混账话"[①]。如《闲话"纳税人"》一文中，他站在纳税人的立场上提出必须要尊重纳税人的权利，尊重他们过问国家一切的权力，并义正词严地责问："凭什么，一些人默默奉献，支撑着共和国雄伟的大厦，另一些人肆意挥霍，一年吃掉一千个亿。"

朱铁志的杂文有着强烈的理性思辨色彩和理趣之美，这与他是学哲学出身的有很大关系。他通常先对当今社会的丑恶事物进行抨击之后，然后将个人的思考引向哲理的高度。例如，在《智慧的喜悦》一文中，他写道："唯有哲学，才是思想的主人，灵魂的归宿……哲学，使人成为心灵宁静、淡泊名利、内在富有的人。"从这些睿智的哲思中，我们既能够感受到作家内在的诗情，也能够领略到作品理胜于辞的行文风格。

（二）鄢烈山的杂文创作

鄢烈山（1952— ），湖北仙桃人，1982年于北京师范大学中文系毕业，被分配在武汉市青山区政府办公室工作。1986年离开政府机关进入《武汉晚报》作评论编辑，后进入《长江日报》评论理论部，曾任副主任。1995年加盟南方报业传媒集团，现为高级编辑。鄢烈山从1984年起开始进行杂文创作，著有《假辫子·真辫子》《冷门话题》等杂文集。他的一些杂文作品还被收入了《中国杂文鉴赏辞典》《当代杂文五十家》《全

---
① 金汉.中国当代文学发展史（第二版）[M].上海：上海文艺出版社，2004：348.

国中青年杂文选》等,产生了非常广泛的影响。

鄢烈山的杂文有着强烈的人格意识和社会责任感,他在《冷门话题》自序中说:"只有胸怀理想恪守信念的人,才会不苟且不妥协,遇事较真必欲辨明是非而心始安。只有宁折不弯骨头硬朗的人,才会眼见不平,拍案而起。"

鄢烈山的杂文还善于思考,往往能在人们司空见惯的事物、现象或世态中发掘出新的问题,进而发表个人的独特见解,并给人以深刻的启迪和警示。例如在《哪朝哪代〈纤夫的爱〉》一文中,他对当时深受人们的喜欢的歌曲《纤夫的爱》进行了批判,指出这首歌既脱离了劳动人民的日常生活,又宣扬了陈腐的女子是男子的附属品的婚恋观念,是对"独立人格的新女性"的一种"诗意"的"贬损"。

二、市场化散文的崛起

20世纪90年代以来,市场经济的发展带动了消费性文化的发展,使散文的创作和出版带有市场化的倾向,呈现出异彩纷呈的多元化格局。这一时期的散文创作有两种较大的倾向:一种倾向是日常生活更从容不迫地走进了散文的天地,众多的散文作家从自我出发,选取日常生活和身边的琐事对普通人的生存景观、生活情趣进行真切的抒写,在凡人小事中寻求一份温馨与慰藉;另一种倾向是探究心灵、表现人文思想与人文理想的散文创作日趋活跃,它们或思辨,或感悟,或议论,多以渊博的知识、理性的批判精神为依托,而且对思想性的追求使散文突破了借景抒情、托物言志等写作方式,在表现手法上更为自由,呈现出大气魄、大制作和大景观。市场化下的散文创作,正是在这两种倾向下曲折前进。这里主要对史铁生和雷达的散文创作进行分析。

(一)史铁生的散文创作

史铁生(1951—2010),河北涿县人,1967年毕业于清华大学附属中学,1969年到陕西延安一带插队,后因双腿瘫痪于1972年回到北京进行治疗。1974年到北京北新桥地区街道工厂工作,后因病情加重而回家休养。曾任中国作家协会全国委员会委员、北京作家协会副主席、中国残疾人协会评议委员会委员。2010年12月31日,史铁生因突发脑溢血在北京逝世。

《我与地坛》是史铁生散文的代表作。在这篇散文中,他的沉思经历了前后两个阶段。最初,他对自己的遭遇进行了观察和反省,并渐渐看清

第六章 众声喧哗的多元状态：20 世纪 90 年代以来文学发展研究

了个体生命的真相，而这些认知是他在地坛里呆坐默想出来的，"这样想了好几年，终于弄明白了：一个人，出生了，这就不再是一个可以辩论的问题，而只是上帝交给他的一个事实。"由此，他认识到人的命运是不可捉摸的，无法反抗的。接下来，他将目光稍稍越出自身的范围，投向到来地坛的其他人的活法和命运。他的不幸在母亲那里是加倍的，她痛苦而又惊恐地祈求儿子好好活下去并找到一条出路属于自己的幸福。后来，母亲去世了，他对母亲有着说不出的感激和悔恨。可见，命运的造就决定着角色的分配与承担的方式，有些人好像生来是为了承受苦难，只能默默地在苦难中忍受命运的重压。再后来，他在园子中碰到了一个非常漂亮但是弱智的少女，再一次感受到了命运的不公。这就是一个因苦难而有差别的世界，如果你被选择去充那苦难的角色，就只能接受。此时，史铁生的个人问题已经演变成了所有人都需要面对的问题。之后，他从个体及他人的磨难里渐渐领悟到，个体的人生是有限，但是生命和宇宙的境界却是无限的。由此他逐渐产生了超越痛苦的生命充实与快乐，升华为一种从容面对苦难和挑战的温煦平静的平常心，从而引导人们泰然面对人生的苦难和不公的命运。整篇文章洋溢着生命本色之美的境界，内蕴着一种实在的激情。情感真挚，语调平缓，意境深邃高远，语言优美，很能引起读者的共鸣。

总之，史铁生的散文体现着一种对人类的终极关怀精神，大都从自己的生命困境出发，通过超越自我生命将苦难的人生当成是一种审美来进行观照，使个人的苦难融入人类的苦难之中，还触及到了人类生命中最悲壮的底蕴。而且，他的散文中还透着哲理玄思，通过揭示人与生俱来的局限，让人们直接面对命运的无常和生命的短暂，进而引导并鼓励人们要不断地跨越困境，泰然地承担人生的命运。

（二）雷达的散文创作

雷达（1943— ），甘肃天水人，1965 年兰州大学中文系毕业后，先后在全国文联、新华社工作，后任《文艺报》编辑组长、《中国作家》副主编、中国作家协会创研部主任和研究员。现为中国作家协会全委会委员、中国当代文学研究会副会长、中国小说学会常务副会长、中华伏羲文化研究会副会长、中国文字著作权协会会员。雷达从 1962 年起开始发表作品，1980 年加入中国作家协会。多年来，在很多专业性报刊上发表了大量的论文和评论，并出版有散文集《缩略时代》《雷达散文》《雷达自选集》等。

雷达散文是主体"心性"的真实存在和率真表现。他认为"散文不是写出来的，是流出来的，一个人的散文是他的人格的投影""散文是与人的心性距离最近的一种文体""我的散文只不过把我心灵的历史朴素地展示出来就是了"。他将散文写作和批评文章融合在一起,自觉追求满溢着生活力和透示着鲜亮血色的美的美学风格,强烈而饱满的主体精神的介入,使他的散文充溢着气势和激情,同时,又使得他的散文充满着理性思辨色彩,显得自由、舒展。

雷达有着一种深厚的、挥之不去的"大西北情结",因而他的散文热忱地拥抱并冷峻地审视这片生他养他的故土。《皋兰夜语》是在一种浓郁的恋乡情结中对历史进行叩问,在说古论今中对地域文化中的民族精神进行探寻,因而是置身其中但又有所超越的个体生命对母体的询问;《还乡》中将人情、乡情和世情熔铸成了人生不同的模式,进而道出了深沉酸涩的人生感喟;《听秦腔》中通过对秦腔矢志不移的迷恋与赞美,揭示出了"浑茫的历史感才是秦腔的魂灵",秦腔是一种生命活力的艺术表现,深深扎根于作家的灵魂深处,而作家自身的生命将秦腔的内在精神激活。

雷达的散文思辨哲理色彩浓厚,他将对现代人的生存状态的关注和健全人性的呼唤、对时代和自己的不断发现、对物化的反抗和主体的更新作为自己散文深层次的价值取向。

总之,雷达的散文写作总是和批评文章融合在一起,追求一种既透示着鲜亮血色的美又满溢着生活力的美学风格。

第四节 "知识分子写作"和"民间写作"的诗歌创作

20世纪90年代,诗歌的功能由原来作为推动社会、影响文化的策略性工具回到了作为个体精神劳动方式的角色,"创作"变成了"写作",诗歌由此显得更为真实,其既对个人的心理空间予以拓宽,又使得整个诗坛与生活本身的个人抒情方式相贴近,从而形成一个诗歌美学形态多元共存的创作格局。在这一时期,部分诗人还爆发了一场"知识分子写作"和"民间写作"之间的争论。不同的艺术观念和主张其实并不是绝对对立的,它们会互相作用、互相渗透补充,形成这一时期独特的诗歌风貌。

一、"知识分子写作"

"知识分子写作"即主要居住于北京,少数居住在外省的,有着丰富

第六章　众声喧哗的多元状态：20世纪90年代以来文学发展研究

的学院背景，在写作上受西方现代诗歌影响颇深的一些诗人，欧阳江河、王家新、西川、孙文波、西渡、臧棣、肖开愚、张枣、陈东东等都是这一派的代表，他们坚持专业写作的态度，推崇人文主义立场，强调诗歌应该以适度疏离、智性的方式对时代生活经验加以处理。这一群体深受海子诗歌的影响。

（一）欧阳江河的诗歌创作

欧阳江河（1956—　），青年时代曾下乡、参军，后转向自由写作，曾旅居国外数年。20世纪80年代前期曾是最早尝试文化诗歌的诗人之一，代表作是长诗《悬棺》等。之后有重要影响的作品《汉英之间》《玻璃工厂》《快餐馆》《傍晚穿过广场》《哈姆雷特》等，诗集有《透过语词的玻璃》《谁去谁留》等。

欧阳江河的诗最显著的特点是具有强烈的文化气质与时代意识，善于对时代的重大思想或精神命题作深入的文化与哲学的思考，但这种思考同时又是诗的，充满了艺术灵感和精神震撼力。例如，他的《汉英之间》（1987），从语言的差异思索着传统与现代、历史与民族、人性与文化等复杂的关系，让人遐想不已：

　　我居住在汉字的块垒里，
　　在这些和那些形象的顾盼之间。
　　……
　　我看见一堆堆汉字在日语中变成尸首——
　　但在语言之外，中国和英美结盟。
　　我读过这段历史，感到极为可疑。
　　我不知道历史和我谁更荒谬
　　一百多年了。汉英之间，究竟发生了什么？
　　为什么如此多的中国人移居英语，
　　努力成为黄种白人，而把汉语
　　看作离婚的前妻，看作破镜里的家园？究竟
　　发生了什么？我独自一人在汉语中幽居，
　　与众多纸人对话，空想着英语
　　并看着更多的中国人跻身其间，
　　从一个象形的人变成一个拼音的人

在另一首《玻璃工厂》（1987）中，欧阳江河甚至游刃有余地讨论了一个结构主义语言学的问题，"玻璃"这种透明而坚硬的，接近于水、火焰、石头的，接近于纯粹和空无的物质，给了作者异常丰富的哲学启示：存在

(玻璃的实体)、名称(玻璃这个词语)、意义(玻璃作为精神、文化、隐喻和象征)三者之间充满了复杂微妙的转化、替代和包容的关系,玻璃的诞生犹似语言的出现和诗歌的诞生一样:

> 那么这就是我看到的玻璃——
> 依旧是石头,但已不再坚固。
> 依旧是火焰,但已不复温暖。
> 依旧是水,但既不柔软也不流逝。
> 它是一些伤口但从不流血,
> 它是一种声音但从不经过寂静。
> 从失去到失去,这就是玻璃。
> 语言和时间透明,
> 付出高代价。
> ……
> 最美丽的也最容易破碎。
> 世间一切崇高的事物,以及
> 事物的眼泪。

智性和玄学的趣味是欧阳江河追求的诗歌要素。但在20世纪90年代,他的作品似乎加强了现实的及物性,更加注重对于时代的思考,《快餐馆》《咖啡馆》、《时装店》《计划时代的爱情》《傍晚穿过广场》等作品都体现了这一向度。其中《傍晚穿过广场》(1990)是一首最见历史透视力与现实体察力的作品,它通过处理一个词语,成功地完成了一个诗人对一个业已消失时代的透视,和对另一个完全不同的时代的审视。

欧阳江河的作品语感优雅、舒展自如,语言稠密而又澄澈,近乎于一种思想的自然绵延,充满了思辨与玄想的色彩。他的诗学论文如《国内诗歌写作:本土气质、中年特征与知识分子立场》等,也有广泛的影响。

(二)王家新的诗歌创作

王家新(1957—),湖北丹江口人,20世纪80年代开始发表诗作。曾受"朦胧诗"诗风的影响,创作了一组包含有禅道意味的作品。但直到80年代末至90年代初,王家新诗歌创作的个人风格才得以建立,并产生较大的影响。著有诗集《纪念》《游动悬崖》《王家新的诗》《未完成的诗》等,诗论随笔集《人与世界的相遇》《夜莺在它自己的时代》《没有英雄的诗》《对隐秘的热情》等,并翻译了叶芝、策兰等人的诗作。

早些时期,王家新的诗歌创作对东方文化的"禅意"境界更加推崇。20世纪90年代以后,王家新的写作向西方现代诗歌转变,与西方现代派

第六章　众声喧哗的多元状态：20世纪90年代以来文学发展研究

诗人进行精神层面的对话,这成为他对自我灵魂进行拯救的方式。其中最具有影响力的作品有《瓦雷金诺叙事曲》《帕斯捷尔纳克》《卡夫卡》《挽歌》《伦敦随笔》《布罗茨基之死》等。在这些诗作中,王家新能够把握当代中国知识分析的现实与精神处境,并且将这一影响力逐渐扩大。例如,《帕斯捷尔纳克》(1990)中的诗句：

> 终于能按照自己的内心写作了
> 却不能按一个人的内心生活
> 这是我们共同的悲剧
> 你的嘴角更加缄默,那是
>
> 命运的秘密,你不能说出
> 只是承受、承受,让笔下的刻痕加深
> 为了获得,而放弃
> 为了生,你要求自己去死,彻底地死

这不仅是一种独白、一种倾诉,更是一种精神层面的对话。通过这样精神血缘的寻找,王家新努力将自己内心的恐惧、不安清除掉,并清楚地认识自己的角色。他在《挽歌》(1996)中写道：

> 我们以无尽的跋涉迎接这一时刻
> 我们在词中跋涉,为了让吹号天使苏醒
> 为给死亡加冕,为了它的骄傲
> 为了一种彻骨的战栗

20世纪90年代的王家新还是"知识分子写作"的理论阐释者,著有《阐释之外：当代诗学的话语分析》《夜莺在它自己的时代》《知识分子写作,或曰"献给无限的少数人"》等诗学论文。

(三)西川的诗歌创作

西川(1963—),原名刘军,曾在北京大学求学,1985年毕业,现在中央美术学院人文学院任教。他在北京大学求学期间,与海子、骆一禾因诗相识并成为挚友。主要长诗作品有《雨季》《挽歌》《远游》《致敬》《近景和远景》等。

短诗是西川最有影响的作品。他所创作的这些诗作追求的是一种飘逸、精简的美,其中《在哈尔盖仰望星空》《夕光中的蝙蝠》《十二只天鹅》等都是著名的作品。在这些诗作中,他对"意义"的限度进行了很好的控制,他对思想并不排斥,但是又尽量将思想的硬度与形状消弭掉,让它无迹可寻。例如,《十二只天鹅》可以说是对现代人性陨灭的悲叹,对天鹅

所代表的自然之美的赞叹与倾心,但是这些在诗作中已经完全被消融掉,
读者从中能够体会到的仅仅是天鹅的"纯洁的兽性":

  那闪耀于湖面的十二只天鹅
  没有阴影

  那互相依恋的十二只天鹅
  难于接近

  十二只天鹅——十二件乐器——
  当它们鸣叫

  当它们挥舞银子般的翅膀
  空气将它们庞大的身躯
  托举

  一个时代退避一旁,连同它的
  讥诮

  想一想,我与十二只天鹅
  生活在同一座城市!
  ……
  湖水茫茫,天空高远:诗歌
  是多余的

  我多想看到九十九只天鹅
  在月光里诞生!

  必须化作一只天鹅,才能尾随在
  它们身后——
  靠星座导航

  或者从荷花与水葫芦的叶子上
  将黑夜吸吮

  对自然的亲和力使西川将出现在城市水面上的天鹅写得如此之美,
以致达到了"忘我"和"忘情"的境界。他的另外一些作品也有激情的一

第六章 众声喧哗的多元状态：20世纪90年代以来文学发展研究

面,虽然也同样追求精确和克制,如《李白》(1989):

越过大海的马是抵达村庄的诗篇
攀登高山的太阳像谷地的庄稼一般宁静
让不可能的成为可能——
这就是你:一颗大星和一场风暴
一片月光和一场梦

在风中前进,爱着少女、溪流和隐士
应着王者的呼唤,带着睡眠的温度
让不可能的成为可能——
这就是你:误解着生活
而别人对它的误解比你更深

西川的诗有其复杂的一面,但给人最深印象的是精致、澄明与形式感。有人甚至认为,作为现代诗,"西川的诗已经初步具有规范的意义"。

进入20世纪90年代,西川的诗风发生了较为显著的转型,由20世纪80年代的空灵、明亮、唯美转向了深沉、复杂与玄思。与个人化的精神历程相契合,西川此期的创作常常将梦境、孤独、死亡、命运等作为表现的题材与主题,带有浓厚的存在主义哲学意味。以反讽的、叙事性的句子描述和审思现实和历史现象,传达个体微妙的感受,是此时期西川诗歌的显著特征。批判性的命题在沉重中又不乏谐趣。此外,西川的《另一个我的一生》《致敬》《造访》《厄运》等组诗和长诗在20世纪90年代的诗界也都颇有影响。

二、"民间写作"

"民间写作"这一群体是相当庞大的,他们倡导口语与日常经验以及本土性的审美特性,在写作立场上坚持"第三代诗",在诗艺上坚持不断革新,于坚就是这类作家的代表。

于坚(1954—　),出生于昆明市,1970年初中毕业后分配到工厂当铆工。1971年开始写古体诗,1973年开始新诗创作。1980年自学考入云南大学汉语言文学系。

1983年,于坚在云南大学内创办了银杏文学社,任社长,并编印有油印刊物《高原诗辑》,同时参加各大学学生兴起的"大学生诗派"活动,被当时影响颇大的《大学生诗报》称为"大学生诗派"的旗手。1984年,于坚与丁当、韩东、马原、朱文、吕德安等人组成"他们诗群",并创办民间文学刊物《他们》。这个刊物聚集下的诗群,对"新生代"诗潮的形成产生了重大影响。

1986年,于坚具有先锋性的作品开始被公开刊物接纳,其中发表在《诗刊》1986年11月号上的组诗《尚义街六号》对"新生代"诗潮的口语化写作产生了重要影响。该诗被收入权威选本的北京大学出版社出版的《中国二十世纪经典作品》。此外,他的诗作还获过各类大奖,被翻译介绍到十多个国家和地区。已经出版的诗集和长诗有:《诗六十首》《对一只乌鸦的命名》《作为实践的诗歌》《〇档案》《一枚穿过天空的钉子》等。此外,于坚还出版了随笔集《棕皮手稿》,散文集《人间笔记》。就诗歌的思想价值和审美效应而言,于坚的三首长诗《对一只乌鸦的命名》《〇档案》《飞行》更具艺术个性。

于坚的写作是带着对"朦胧诗"的否定走向诗坛的。这种个性化的诗歌创作,使他抛弃了传统意义上的意境、形象、比喻之类的技巧,以一种先锋者的姿态,领导一个诗潮的走向。

于坚的诗歌对形容词是一种叛逆。于坚的深刻是一种来自生命深处、来自社会意识的实实在在的深刻。于坚说:"我只相信我个人置身其中的世界。我说出我对生存状态的感受。我不想去比较这种状况对另外一个世界意味着什么。这不是诗歌的事。天人合一,乃是今日现实之人生,自然的合一,而不是与古代或西方或幻想的人生。""自然合一""天人合一"是于坚诗歌的重要内容。他力求说出自己"对生存状态"的感受,这种感受就是对生命意识和生存哲理的思考。比如《河流》《高山》《横渡怒江》等诗中所包容的哲理性、悲壮性和人与自然和谐的深沉性便是很好的例证。于坚在《河流》中写道:

　　在我故乡的高山中有许多河流
　　它们在很深的峡谷中流过
　　它们很少见过天空
　　在那些河上没有高扬巨帆
　　也没有船歌引来大群的江鸥
　　要翻过千山万岭
　　你才听得见河流的声音
　　要乘着大树扎成的木筏
　　你才敢在波涛上航行

《河流》选择了意象的凋敝与变化来表现生存的艰难性。"河流"内化成特定的情绪,是人生直觉感受的产物。"河流"是原生态的河流,它所代表的是古朴、艰难、悲壮的生存方式。

第六章　众声喧哗的多元状态：20世纪90年代以来文学发展研究

于坚的个性化写作体现在他从未丧失自己的诗歌语言。一开始于坚的诗就被别人模仿，而他绝没有模仿别人的痕迹。没有自己语言的诗人绝不是真正的诗人。于坚创造了一套自己的诗歌话语，顽强地、孤独地以特有的感知方式去构造诗歌，因此人们对于于坚的理解和误解都是从语言开始的。语言是文学作品的特殊符号，作为诗歌的现实，是诗歌审美价值的第一要素。于坚的诗歌语言所展现出的是深邃的包容，用貌似白话的深刻语感来表达人生哲理。从早期的《尚义街六号》到《〇档案》再到《对一只乌鸦的命名》，于坚建构了一系列属于个性写作的诗歌话语。于坚对以北岛、舒婷为代表的"朦胧诗"的否定，绝非诗歌历史的代替，而是语言的全面发展，于坚以深沉的白话来矫正"朦胧诗"晦涩的语感，把口语化为警句，将平凡衍为深刻。语言在于坚的诗中不再是自我装饰的华贵外衣，不再是一种梦幻的色彩媒介，而是诗歌的直接现实。在《尚义街六号》中，诗人写道：

　　尚义街六号
　　法国式的黄房子
　　老吴的裤子晾在二楼
　　喊一声
　　胯下就钻出戴眼镜的脑袋
　　隔壁的大厕所
　　每天清晨排着长队
　　我们往往在黄昏光临

总之，随心所欲，信手拈来，语言表现上的无所羁绊，正是于坚个性化写作的审美特征，这在长诗《对一只乌鸦的命名》中表现得更为顽强、更为彻底。在使用语言之前，于坚并没有想达到什么目的，也不想通过语言去表现什么，而仅仅是把语言的过程看作是生命体验的一种方式。《尚义街六号》如此，《〇档案》亦是如此，《对一只乌鸦的命名》《飞行》更是如此。

第五节　现实主义思潮的勃兴

文学潮流的淡化是20世纪90年代的文学现象之一。在"新写实"小说之后，文学界又出现过一些潮流性的命名。由于概念的理论阐释与具体创作之间存在的差异，也由于尽管存在一些类似的作品，但作家对潮流的形成和推动已失去热情，因而，它们只是在批评中作为提示文本特征和文体演化征象的概念被使用,而没有得到广泛认可。已不存在类似于20世纪80年代那样的以潮流方式推进的那种痕迹。在一个逐渐失去单一"主题"的社会,对世界和文学的理解更加"多元"。市场的选择和需求打破了文学的"有序"进程,对于历史的反省也使得历史发展和文学潮流对应的文学史观受到质疑。"潮流"趋势的削弱,是理所当然的。

20世纪90年代诗歌的边缘化最为突出,诗人的处境、诗集的出版都相当窘困。比较而言,不管出于自觉还是无奈,诗歌似乎也与政治文化和大众文化市场机制的关系较为疏离。20世纪90年代表现突出的是长篇小说和散文,因而批评界有"长篇小说热"和"散文热"的说法。代替中篇小说在20世纪80年代的文学成就的标志性地位,长篇小说成为陈述这个时期文学成就和特征的主要引例对象。数量大为增加自不必说,活跃的小说家几乎都有一部或多部长篇小说问世,并出现了若干值得重视的作品(当然也伴随大量的平庸之作)。长篇小说的繁荣,可以视为作家、文学"成熟"的某种标志:作家可以用较长时间专注于一部作品的创作,并能就更广泛、复杂的问题做出表达,融入更丰厚、深入的思考和体验。但长篇的兴盛也与作家普遍增长的"文学史"意识有关:标志文学成就的叙事文体,显然更多由长篇承载。自然,长篇又具有一种"文体的经济性";在作家方面,更易"流行"显然使"长篇"作品有利可图;阅读上,某些长篇的奇闻轶事和故事性,在满足不断增长的消遣性阅读的需求上更具魅力,也有改编为影视作品的更大可能性。

批评在文学界的角色,在20世纪90年代更具"自足性",但处境也颇显尴尬。批评的理论化是这个时期出现的重要征象。传统的作家、文本批评自然还大量存在,但一些重要的批评成果,其注意力已不完全,或主要不在作品的评价上,寻求理论自身的完整性和理论的"繁殖",即在文本阐释基础上的理论"创作",成为更具吸引力的目标。这与20世纪80年代以来对欧美现代文学批评理论的引进有很大关系。叙事学、后现代主义、后殖民主义、女性主义等诸种理论在20世纪90年代的文学批评中表现颇为活跃:这大抵由"学院派"批评家引领风骚。文化研究的兴起是20世纪90年代文学批评的另一重要现象。在"人文精神危机"的讨论中,文学界普遍表现了对文化变革的拒斥态度,使批评失去有效阐释大众社会、文化市场、大众文化的能力。文化研究逐渐在批评中占有重要地位,是由于意识到面对变化的社会文学事实,需要做出有效的调整。关注文学产品的"商品"性质,关注文学生产、传播、接受的体制、市场运作方式等的问题,是文化研究着力的一个方面。而批判地分析大众文化的意识形态性,揭示其在"民间""大众"等"正义性"面目之下实施的"暴力",

第六章 众声喧哗的多元状态：20世纪90年代以来文学发展研究

也是一些批评家的文化研究"主题"。文化研究在分析上虽然重视结构、修辞等文本结构问题，却不热心对作品的"审美"分析，搁置对作品"文学性"的评价。在坚持传统文学批评观的作家、研究者看来，批评离"文学"、离作家创作越来越远，文本成为阐释有关阶级、民族、性别问题的材料，因而也受到严重质疑，一度有了"批评的缺席"的责难。

进入20世纪90年代，"先锋"探索逐渐式微，并不是说所有的作家都放弃了这一艺术"前卫"的姿态，而是说作为潮流，形式探索相对地处于"边缘"位置。20世纪80年代中后期的"先锋小说"没有得到延续。不过，从另一角度上说，也可以看作"先锋小说"以及"先锋"诗人在叙事和语言自觉意识上的探索，已成为一种文学"常识"被接受，融入普遍写作实践中。其实，小说和诗歌领域的先锋性实验仍在进行，如小说方面的韩少功、韩东、朱文、鲁羊、述平、东西、李冯（以至新世纪初期的林白、莫言、贾平凹），诗歌方面的西川、翟永明、于坚、臧棣、萧开愚等。只不过他们的方向不再具有相一致性，文学界只是将他们作为个例来看待。

20世纪80-90年代之交的社会、文化"转型"，商业社会的消费取向，使一部分作家更急切地关注生存的精神性问题。他们在20世纪90年代的创作不同程度地表现了现实批判的取向。这些作家在20世纪80年代就已确立自己的艺术个性和文学地位，大多有"知青"生活的背景。这方面的创作有张承志的长篇小说《心灵史》和散文集《荒芜英雄路》《以笔为旗》，张炜的长篇小说《家族》《柏慧》和散文集《融入野地》，韩少功的长篇小说《马桥词典》和散文集《夜行者梦语》，史铁生的小说《务虚笔记》和散文《我与地坛》。这些作品在剥离20世纪80年代理想主义的政治含义的同时，试图从历史传统、民间文化中寻找维护精神"纯洁性"的资源。在他们的作品中，人的生存意义与价值的"形而上"主题得到强化。

在20世纪90年代一些诗人、小说家的写作中，"个人"经验获得特别的含义。所谓"特别含义"，指的是脱离了事实上已经解体的用以整合社会矛盾的意识形态，将未被"同质化"的个体经验作为观察、表达的主要依据；也指一些作家质疑整体化的"历史""现实"，而将"历史"个人化。在诗歌写作中，遂有"历史个人化"命题，以及"只为个人写作"的提出。小说方面，以个人经历和体验，以及个人的"片断"式感受来组织小说，被不少作家所采用。陈染、林白等女作家的自传体小说，以"亲历者"身份切入的"新状态""新体验"小说，都是如此。

第六节 新式戏剧的探索与发展

20世纪90年代以来,新现实主义戏剧进一步发展,更加注重当下生活原生态的表现,对生活热点问题的关注与世俗的生态密切相关,从而显示出越来越生活化、世俗化和平民化的倾向。此时,新现实主义话剧依然聚焦在生活中的人以及人的境遇和心态,但更注重探讨我国历史和经济转型期人们的心路历程,并力图挖掘出一些关乎人类命运的、具有普遍意义的命题。这个时期代表作有:过士行的"闲人"系列(《鱼人》《鸟人》《棋人》)、乐美勤的《留守女士》、沈虹光的《同船过渡》、杨利民的《危情夫妻》、苏雷的《灵魂出窍》、吴玉中的《情感操练》、蓝荫海与顾威联合创作的两幕话剧《旮旯胡同》。其中"闲人"系列和《旮旯胡同》被认为是20世纪90年代新现实主义话剧的代表作,而且"闲人系列"更露出一些连新现实主义也难以界定的新东西。

一、过士行的戏剧创作

过士行(1952—),江苏无锡人。1969年初中毕业后即赶赴北大荒。为了能够返回城里,过士行曾苦练围棋,还当过车工,学过写诗。1978过士行脱产参加记者培训班,次年成为北京晚报见习记者,负责戏剧方面的报道。后以笔名"山海客"在晚报主持文艺评论"聊斋"专栏,其间对戏剧发生兴趣,经常发表评论与杂感。1989年写了处女作《鱼人》,并与其后创作的《鸟人》《棋人》,合称为"闲人三部曲",他的作品还有《坏话一条街》《厕所》《活着还是死去》(又名《火葬场》)等。1993年成功将《鸟人》搬上北京人艺的舞台,从此在中央实验话剧院任专职编剧。

过士行是20世纪90年代新现实主义戏剧中重要的代表人物,他以其厚积薄发的态势,怀着对人生的感悟与思索,对平民生活的熟悉与提炼,表现出敢为人先、不拘一格的创作特色,从而成为一个勇于创造的新写实剧作家。由于在他的作品中常出现北京人的生活,具有北京风味,因此,他的戏剧又被称为"新京味戏剧"。《鸟人》和《棋人》是过士行最具代表性的剧作。这两部作品中,他将闲人文化的那种恬淡、闲适而又怪异、反常的状态一一呈现出来,给人留下并不恬淡、闲适的话题和观棋亦迷的茫然。

第六章 众声喧哗的多元状态：20世纪90年代以来文学发展研究

《鸟人》创作于1993年，故事在一群养鸟人、一位鸟类学家和一位精神分析学家之间展开。留洋归来的精神分析专家丁保罗认为，那些有养鸟玩鸟嗜好的人有心理疾病，于是他在喧嚣的鸟市成立了一个"鸟人康复治疗中心"，试图纠正这些人的行为。在这些玩鸟的人当中，以三爷最为执着，因此丁保罗便选定了退休的京剧艺人三爷作为他的病例分析对象。面对丁保罗一系列的精神分析，三爷有些晕乎，有些难以适应。伴随着他们二人之间的冲突，戏剧中还展现了鸟类学家与贩鸟人、"鸟人"们之间都存在着矛盾冲突。从丁保罗、三爷和鸟类学家所关心的都是自己的世界。丁保罗关心的是自己的治疗成效。三爷之前关心的是自己的鸟，当他收了徒弟之后，关心的就是如何让徒弟向自己学习。可以说，他们都认为别人是"笼中鸟"，事实上，他们自己才是被自己的追求所束缚的困在笼中的鸟。

这部戏剧让我们看到了一群正在被职业和嗜好异化了的在自造的牢笼里消磨生命的群体。该剧的导演林兆华对其评价说："《鸟人》的剧本本身有一种深层幽默的东西在里头，像三爷、精神分析专家等，这些人的爱好和追求全部呈现为一种偏执的程度，实际上已经形成了自我禁锢的精神牢笼。而当这种偏执又彼此发生碰撞的时候，有意思的东西就出来了。"[①]

《鸟人》中每一个人的视点都是偏执的，剧作者对这种偏执进行了调侃与嘲讽。除了调侃或嘲讽外，实际上还有更深一层的意义："鸟人"是人的生活、社会心态的象征，是人们生存状态、生命感受的一种先在的抽象判断。这个"鸟人"式的象征，自然赢得了阿Q式象征意义的展示。"鸟人"超越了语词本身所拥有的"养鸟者"的"小义"，而指向人生本体象征之"大义"。

《棋人》讲述了何云清和司炎一老一少因棋而痴的故事，老少棋痴的言行与心理贯穿始终，也是一种近乎病态式的自我偏执的展示。何云清是一个为棋而生的人，他最适合下棋，只能下棋。60大寿那天，整整50年没有离开过棋盘的何云清宣布再也不下棋了，当他得知离开自己30年的女人司慧有个痴迷于围棋的儿子司炎时，他的内心掀起了波澜。司炎找到了何云清，希望跟他下一盘棋，何云清一开始推脱，后来决定和司炎下一盘，他想用绝命棋摧毁司炎的意志，让他放弃围棋，回到世俗生活当中去。但最终的结果却是司炎以自杀的形式完成了自己的殉道。剧中人物与人物之间的关系在具体的矛盾和纠缠中又笼罩着一层漂浮不定的神

[①] 高音. 北京新时期戏剧史[M]. 北京：中国戏剧出版社，2006：285.

秘光区。主人公何云清与前妻司慧、与前妻的儿子司炎、与司炎的女友媛媛的关系，存在着几重的寓意：生命的忏悔、生命的放纵和激情、生命的延续、爆发以及消弭……角色的塑造和分派以一种极端的类型化设计而具有某种象征的旨意。

《坏话一条街》（《新剧本》1998年第5期）是过士行的第四部话剧。同年被所在的中央实验话剧院搬上舞台，导演孟京辉。《坏话一条街》剧场气氛诡异热烈，满台上所有人都在讲别人的坏话。含有恶意戏谑的民谣和把人抽离成符号的绕口令是这出戏的载体。过士行要表现的是人被语言所左右、所摆布的处境。他希望立在舞台上的这出戏，"坏话被支离，溅落在舞台的各个角落，有如爆裂的鞭炮，人们的心灵都落满话语的碎屑"。过士行为剧本设计了诸多角色：到坏话一条街收集民谣的耳聪，到坏话一条街看槐花的目明，看电话的、有说坏话癖好的花白胡子，从医院跑出来的神秘人等符号化角色。

过士行曾说："《坏话一条街》整个戏就是一个言说过程，所言之物在言说中瓦解、消散。民谣和绕口令不过是一种象征，它代表言说本身，它展示了言说的精彩和无意义。"他曾说："这个剧就是个'怎么说'的问题，但也有'说什么'的问题。我说的就是'坏话'。我是完全从语言本身去考虑的，觉得语言的这种统治力量能左右人，人们生活在语言中，被'说'所左右。"

剧中神秘人悄然而至，挥拳把花白胡子打晕，与其对换服装，端坐在电话亭中。骑一辆平板三轮、拉着几箱子醋的居民丁上场，错把神秘人认为花白胡子，要想以言语过招，一决高下。神秘人起初还能勉强应付，渐渐难以抵挡，花白胡子苏醒，情急之下，与神秘人来了一段双簧同居民丁对抗。

居民丁：老爷子，来点醋吧。吃面不搁醋，炮打西什库；吃面不搁卤，炮打英国府。

神秘人：吃面不搁酱，炮打交民巷。

居民丁：没错儿，庚子年的事啦。我爷爷说，官府向着义和团随便烧，随便抢。可干吗到哪儿都吃面呢？也别说，那年头儿，穷人有面条吃就不错了。您来几瓶儿醋？便宜。不搭理我？你是馄饨锅里煮皮球——说你混蛋你还有口气，我说小子。

[神秘人放下报纸]。

居民丁：呵，年轻了，太爷。你是吊炉烧饼安爪子——算不了海螃蟹，小子。

神秘人：你是海螃蟹拔了爪子——算不了吊炉烧饼，小子！

第六章 众声喧哗的多元状态：20世纪90年代以来文学发展研究

居民丁：你是山绿豆安爪子——算不了土蜘蛛，小子。
神秘人：你是土蜘蛛拔了爪子——算不了山绿豆，小子。
居民丁：你是荞麦皮安爪子——算不了死臭虫，小子。
神秘人：你是死臭虫拔爪子——算不了荞麦皮，小子。
居民丁：芝麻安爪子——你算不了大虱子，小子。
神秘人：虱子拔爪子——算不了大芝麻，小子。
居民丁：你是真没劲，我的大爷，车轱辘话来回说。你再听这个。
［耳聪拿着录音机冲出，把录音机放在三轮上］。
耳聪：真精彩。
居民丁：（来劲）正月里，正月正，姐儿俩商量去逛灯。大姑娘名叫粉红女，二姑娘名叫女粉红。粉红女身穿一件粉红袄，女粉红身穿一件袄粉红。粉红女抱着一瓶粉红酒，女粉红抱着一瓶酒粉红。姐俩找到无人处，推杯换盏饮刘伶。女粉红喝了粉红女的粉红酒，粉红女喝了女粉红的酒粉红。粉红女喝得酩酊醉，女粉红喝得醉酩酊。粉红女追着女粉红就打，女粉红见着粉红女就拧。女粉红撕了粉红女的粉红袄，粉红女撕了女粉红的袄粉红。姐儿俩打架停了手，自己买线自己缝。粉红女买了一条粉红线，女粉红买了一条线粉红。粉红女反缝缝缝粉红袄，女粉红缝缝缝反袄粉红。小子，你来呀。
神秘人：……吃完鹿茸吃鹿鞭，吃完铁球吃铁锹，吃完鬼子吃汉奸……
［花白胡子苏醒，欲起，被神秘人按住］。
居民丁：喜欢吃？你来这个，猪吃我屎，我猪吃屎。
神秘人：猪吃我屎，我吃猪屎。
居民丁：（大笑）回见吧。
［花白胡子爬到神秘人的背后，和神秘人演一段双簧］。
花白胡子：回来！你听这段。数九寒天冷风飕，转年春打六九头，正月十五龙灯会，有一对狮子滚绣球；三月三王母娘娘蟠桃会，孙猴子就把仙桃偷；五月初五端阳节，白蛇许仙不到头；七月七日天河配，牛郎织女泪双流；八月十五云遮月，月宫嫦娥犯忧愁。要说愁，净说愁，唱一段绕口令十八愁：狼也愁，虎也愁，象也愁，鹿也愁，骡子也愁马也愁，牛也愁，羊也愁，猪也愁来狗也愁，鸭子也愁，鹅也愁，蛤蟆也愁，螃蟹也愁，蛤蛎也愁，龟也愁，鱼也愁来虾也愁。虎愁不敢把高山下，狼愁野心耍滑头，

象愁脸愁皮又厚,鹿愁头上长了大犄角,马愁备鞍行千里,骡子愁的一世休,羊愁从小把胡子长,牛愁净挨鞭子抽,狗愁改不了总吃屎,猪愁离不开臭水沟,蛤蟆愁长了一身脓包癞,螃蟹愁的浑身净横沟,鸭子愁的扁扁嘴,鹅愁长了个锛儿喽头,蛤蛎愁的是闭关自守,乌龟愁的是不敢出头,鱼愁离水不能走,虾愁空枪乱扎没准头。说我诌,我就诌,闲来没事我溜溜舌头……

居民丁:(痛苦地)既生瑜,何生亮!(下)

对《坏话一条街》,评价不一。有人说,它是有语言累赘的。有人说,剧中的民谣和其他内容还不够统一和谐。有文章认为受形式所限,全剧的结构、冲突不能顺利展开,使意象、理念显得零乱、分散。对《坏话一条街》,作家止庵有一番评价,他说,与"闲人三部曲"不一样,《坏话一条街》"写的不再是被某种职业所异化的特殊的人物,也就是说,不再把一门专项活动(如养鸟、下棋和钓鱼)演变成一出戏,而是纯粹的'话'剧,——放到近十年的话剧史上看,可以认为是经过种种其他试验之后,话剧重新回归语言的成功尝试。语言本身在这里重新成为主体。我觉得作者找到了对这出戏来说最好的载体,即民谣的大量使用。用民谣替代'坏话',他自己的说法是'隔帘花影',比在舞台上直接表现坏话要有力得多","更为重要的是民谣在《坏话一条街》里,如同从前养鸟、下棋和钓鱼在别的戏里,都不仅仅是生活现象或文化现象的展现,而已经成为被解构的对象,生活现象或文化现象的固有价值和社会意义都被消解了"。这当然也只是一家之言了。

过士行的戏剧创作,既不是现实主义的,也不是现代主义的,而是两者融合的新现实主义的。所以用传统的写实的标尺难以丈量《棋人》中存在着多少现实主义,棋人何云清与一前一后一老一少两个魂灵的话语交流和棋盘对弈显然是剧作家对主人公潜意识的戏剧化处理。虚虚实实的人物与近乎寓言的情节交相辉映,暗示出人生寄托与作茧自缚只差一步的禅机,有一种执迷不悟的"弦外之音"。

总之,过士行是以悖论来看待人生的困境的,他的戏剧创作不是终归终局的,而是有着自己的独特性,寓意深刻,能够引人深思。

二、郭启宏的戏剧创作

郭启宏(1940—),广东潮州人。1961年毕业于中山大学中文系,先后在中国评剧院、北方昆曲剧院从事戏曲创作,是曾经红透北京的评剧《向阳商店》的编剧。1979年创作京剧《司马迁》,1981和1983年先后创

第六章　众声喧哗的多元状态：20世纪90年代以来文学发展研究

作评剧《成兆才》(《剧本》1980年2月号)、《评剧皇后》(《新剧本》1986年第3期)，均获北京市新创剧目剧本二等奖；1986年创作昆曲《南唐遗事》(《剧本》1986年12月号)，在我国戏剧舞台上第一次成功地塑造了李后主的艺术形象，获北京市新创剧目优秀剧本奖，后又被评选为中国当代十大悲剧之一。先后在中国评剧院、北京京剧院、北方昆曲剧院任编剧、副院长。《紫》(《新剧本》1989年第1期)，是他的第一部话剧剧本。该剧中的主要人物是一个知识分子，史剧《史圣之魂》的编剧，在剧院排练该剧的过程中和年轻一代的导演在对司马迁这个历史人物的认识和处理上产生源于文化断裂的分歧。导演要实现人性的复归，要求编剧写司马迁受宫刑后的自我泯灭；编剧愤然，他以为他更了解中国人身上根深蒂固的士大夫传统，中国知识分子的入世情结："历史不是发黄的故纸堆，历史是奔流不息的河！我写司马迁，是给当今为国家民族而献身的知识分子树碑立传。"编剧在导演的要求下超越时空，动情地去体验那些尘封的往事，缅怀着自己的父兄，追寻自己的生命足迹。可以看出这是剧作家郭启宏的一部自传体之作，情绪的浓郁和零乱的记叙以及人物的疏离，种种因素不同程度消解了该剧立意的深刻性，其中结构上以古喻今的对应可以看出剧作家对历史的偏好和兴趣。

1988年，北京剧协第二次会员代表大会上，郭启宏当选为北京戏剧家协会副主席。1989年郭启宏调入北京人民艺术剧院，为一级编剧。1991年，北京人民艺术剧院成功演出了郭启宏的话剧《李白》(《剧本》1991年12月号，导演苏民，主演濮存昕)，《李白》被视为北京人艺历史剧创作的新突破，获1990—1991年第六届全国优秀剧本创作奖，文化部第三届文华剧作奖、表演奖、导演奖和北京市庆祝建国45周年征文荣誉奖。郭启宏在获奖感言中写道："戏剧创作的艰辛，非个中人难能体味。有限的时空与无尽的意蕴，这一对永恒的矛盾，令剧作家为之殚精竭虑，惨淡一生。一个成功的剧作家，应当具有诗人的激情、小说家的睿智、散文家的辞藻、杂文家的机锋，还要当半个思想家、半个哲学家，自然，还要当半个导演、半个演员……同行们每谈起，都觉得写话剧过瘾。什么瘾？虽然说不大明白，却是一种真实的感觉。我平时进出首都剧场，习以为常，仿佛一无所见。一逢演出，远远望见这座高大的建筑物，心中便升腾起一种神圣之感，那是一座殿堂，一座戏剧艺术的殿堂！每当落幕，观众纷纷起立鼓掌，一分钟，两分钟，五分钟，我的眼睛湿润了，这难道仅仅是对演员劳动的回报吗？这里分明洋溢着一种崇高，一种戏剧艺术的崇高！在这里，听得见心声的交汇，看得见精神的大境界！在这里，权势变得卑琐，黄金陡然苍白，信仰在飞升，美涤荡着污浊……我得承认，我曾经为种种欲望而分心,我希望有舒适的居室、丰富的藏书、优厚的物质生活,肥马轻裘,当然也不可少佳肴美酒;我也曾为诸多的纷扰而旁顾,我热衷过荣誉,恼恨过欺诈,渴求过安慰,寻找过山温水软的避风港。但是我更要承认,便纵有千种风情,痴心一点在戏剧。"

安史之乱,诗人李白满怀报国之志,离开庐山,入了永王府。想跃马执戈,驰骋疆场。永王用计,使李白写了所谓的讨逆檄文。永王谋反败北,李白因此获罪,长流夜郎。李白遇赦,又以垂暮之年请缨从军。《李白》旨在用现代人的眼光传达历史人物的本真个性,审视其无法逃遁的悲剧命运。在不远离历史本体的前提下,剧作家按历史发展的内在逻辑和人物性格的张力,丰富地塑造出一个"乘清风而来兮载明月以归"的诗仙李白;一个在"仕"与"隐"、兼济与独善之间踯躅、徘徊、奋进,不仅仅"属于诗、属于酒、属于月"的李白;一个背负着历史使命感,要求"仕"、要从政、入了永王府、长流夜郎的李白……人们观念中的"飘然太白",在舒展、写意的舞台上不只吟诵诗意、泼墨豪情,更多地是陷入进又不能、退又不甘的尴尬困境。

用剧中吴道长的话,他想用庄子洒脱的胸怀去完成屈原悲壮的事业。在第五场"长江之滨"中,郭启宏安排了遭流放的李白与在江边祭奠李白的老妇少年相遇。

老妇:这碗酒,我敬先生好人品,先生你亲近老百姓,一心向着大唐,在李林甫、杨国忠、高力士那些权贵面前不低眉不弯腰。天下人都敬重先生钢眉傲骨,不做乌纱帽的奴才,是个堂堂大丈夫哦。

李白:不,不。阿婆不全是这样的,李白既有钢眉傲骨,也有奴颜媚态。

老妇:你是什么人啊,怎么这样糟蹋太白先生啊?

李白:可是世人并不知道李白曾多次求官呢。

老妇:读书人想替百姓做点事,那不当官又能做啥子呢?

李白:哈哈!阿婆,可是李白为了求官,曾经给荆州常使韩朝宗写过什么样的信了。说什么生不用封万户侯,但愿一识韩荆州。这分明是在阿谀奉承。前年,李白入了永王幕府写了永王东寻歌,为永王歌功颂德,去年在浔阳监狱李白为了免罪替宋康祥代笔,有些话说得也不大老实啊……

在郭启宏眼中,历史是斑驳的杂色,"'安能摧眉折腰事权贵,使我不得开心颜',是傲骨;'生不用封万户侯,但愿一识韩荆州',是媚态;'长揖万圣君,还归富春山',是隐逸;'君王赐颜色,声价凌烟虹',是附庸;既热

第六章　众声喧哗的多元状态：20世纪90年代以来文学发展研究

衷功名,又藐视权位；既超凡,又落俗；既坦荡荡又常戚戚,这才是一个真实的李白"。郭启宏认为,中国古代的士常常面对坚持心中的"道"与应对客观的"势"的矛盾。在殉"道"抗"势"、修"道"避"势"、泯"道"媚"势"、徘徊于"道"、"势"之间——种种选择之中,李白是徘徊于"道"、"势"之间的一个代表。"李白的大幸在于他清醒地认识到'达则兼济天下,穷则独善其身'。他的大不幸在于'达'不能'兼济','穷'不甘'独善'。于是,他使自己在'入世'与'出世'的矛盾冲突中度过了62个春秋。"

郭启宏的笔下,宗炎深知李白："你身在仕途的时候,无法忍受官场的倾轧,一旦纵身于江湖,又念念不忘尽忠报国。你是进,又不能,退,又不甘啊！"熟悉戏曲写意风格的剧作家在"景随情迁"的开放时空里,带着审视、批判、关怀的冷静和激情,突出表现蕴藏在李白这一历史人物身上的中国知识分子文化性格的悲剧所代表的历史和审美的意义。有论者认为《李白》的成功,可说的话题很多。最值得一谈的还是它令人信服地展现了诗人在出仕和归隐、进和退上的深刻矛盾。"这个矛盾贯穿始终,成为全剧在思想上和艺术上的重要支点的轴线。正是在这一矛盾中所造成的进退维谷的窘境中,李白命运的悲怆和性格的悲悯才被真实地揭示了出来,引起了观众的共鸣和沉思。所以这一矛盾的消长,实际上又是理解全剧,并评价其成败得失的一把钥匙。"

郭启宏早在1988年就推出传神史剧论。他的所谓传神史剧,"简言之,指的是这样的史剧：内容上熔铸剧作家的现代意识和主体意识,形式上则寻求'剧'的解放"。传历史之神、人物之神、作者之神,把现代人对自身遭际和命运的感悟建构在广博深厚的历史场景中,这是郭启宏戏剧创作的切入点。郭启宏认为,"历史剧与现代剧一样,都是当代人的创作。由当代人演出,让当代人观赏的,理应具有'当代意识'""复活死了的历史,是生活进展的需要,也是史剧创作的需要。一如文艺复兴时代欧洲人的心灵新成熟,终于唤醒了墓木已拱的希腊人和罗马人。复活的核心是历史人物的再现,而心灵成熟于今天说来则意味着史剧作家将能以多种尺度来权衡历史人物。这里有政治的尺度——是与非,有道德的尺度——善与恶,而归根结底,综合在史剧中的是艺术和审美的尺度——美与丑"。

1995年,北京人民艺术剧院上演了郭启宏创作的话剧《天之骄子》（《中国作家》1995年第2期,导演苏民,主演濮存昕）。郭启宏着力描画了曹氏兄弟的矛盾关系,重新演绎历史上那出兄弟阋于墙的悲剧。郭启宏分析曹植的命运："这个无心做诗人的诗人,始终处在文章与功名的悖论之中,跬步才蹈,荆棘一生；他落生在帝王家,自认为最重要的是建功立业,但帝王只有一人,这又注定使其终其一生无法建功立业,只能以诗赋名世。耐人寻味的是他的诗赋恰在无法建功立业的痛苦中造就！设若一开始便专攻诗赋，则未必有传之千秋的名篇。这是一个令人徒叹奈何的怪圈。"

在郭启宏的眼中，曹丕是个徘徊于素庸与权位的内心激烈交战的人物，"本来，素庸与权位形同冰炭，使权位居主导，则人性扭曲，素庸蜷伏呻吟；然而，素庸与权位冲突至极，必又转化，一旦淡化了权位，则人性复萌。曹丕在曹植无力争斗之后勃发兄弟亲情是可信的，这是一个曾经写出清丽如《燕歌行》、雄浑如《典论论文》的曹丕，一个有血有肉的帝王。只有不明事理的剧作家才会把曹丕描绘成一个没有人性的阴谋家，斥责他为摄取权利而使用的种种谋略和手段"。有论者认为，"较之《南唐遗事》中的赵匡胤、《李白》中的李璘、惠仲明或宋康祥，曹丕的艺术形象要丰满、立体得多。与作者心爱的诗人较量的，已不再是单向度的平面化人物，即便从审美的角度看也是势均力敌，难分轩轾的强手"。有论者从历史剧翻案这一角度在郭沫若和作者之间做了比较，指出郭沫若20世纪50年代在《蔡文姬》中为曹操翻案，郭启宏在20世纪90年代写《天之骄子》给曹丕翻案。"郭沫若试图把善恶判断得泾渭分明，郭启宏则想在善恶杂陈中显示真实人性。"曹丕在看到被自己软禁宫中借酒浇愁放浪形骸的曹植时，顿生手足之情，有如下的表白：

曹丕：（接过醒酒汤，亲自喂曹植）三弟，请相信大哥的话。我不只是一个皇权的车轮，我也是被压在车轮下的一个活人！我耗尽心力，我喘息着，我太累了。我连一首诗也写不出来呵！这些年，我一呼百诺，至高无上，可是有谁知道，那皇权所在的最高处，不是无边风月，是荒芜不毛之地！

在《天之骄子》中曹氏兄弟为争夺王位箕豆相煎的残酷现实，到了郭启宏的笔下，表现为官场中人性在权力与血亲的冲突中的消弭与变异。为了表现权力对人性的异化和奴役，舞台上曹操的鬼魂嘲弄了当事者浮躁的心机，大段的道白设计，揭示了人物行为背后潜意识中善恶之间唇齿相依的角力。郭启宏让曹氏父子的灵魂在剧尾相会，在剧场空间虚构出激越的荒诞场景，借用表现主义手法对普遍人性进行剖析。

曹操：（大笑）你到底能当皇帝！为父当年不过逼了几个大臣，几个文人。可你逼了汉天子，居然叫他禅让了，哦，禅让？哈哈，不叫篡权，叫禅让！妙极了！妙极了！哈哈哈！

[曹丕昂然走去，渐隐]。

曹操：（感慨）呵！可以作梁的作梁，可以作栋的作栋，不能作梁不能作栋的可作柴烧！（转向曹植）你也这么想的吧？

第六章 众声喧哗的多元状态：20世纪90年代以来文学发展研究

　　曹植：我？很抱歉，我不是你，你也不是我！

　　曹操：可是我中有你，你中有我呵。人世间不过是个小小的茶亭，四面皆空，两头是路，坐片刻不分你我，吃一杯各自西东！是西是东？看阁下脚下！

　　曹植：（冷眼看曹操）脚下？我的脚下是你欺骗天下人的七十二个假坟头！哈哈！

　　曹操：哈哈！天地本来就是个大坟头！在里面的不是已死的人，就是未死的鬼！哈哈！（笑着隐去）

在《天之骄子》中，有限的时空与无尽的意蕴这一对永恒的矛盾始终纠缠着剧作家的神思才情。该剧荣获北京市首届舞台艺术"金菊花"奖、1995年曹禺戏剧文学奖、文化部第七届文华剧作奖、首届中国戏剧文学创作奖金奖。在郭启宏看来，"历史剧是另一种意义上的现代剧，或者说是取材于历史生活的现代人的剧"，他要"借彼异迹，吐我奇气"。

　　综上所述，本章主要分析了20世纪90年代以来文学发展的情况。20世纪90年代至今，是中国经济日益参与国际市场竞争，是"全球化""市场化"概念频繁出现的年代，是市场经济成为社会背景的年代。在商业化的冲击下，教育都一度被提出要走向产业化，文化体制不再具有高度整合的功能，价值多元化的社会形态开始形成。那么，人的精神层面呢？在经历了20世纪80年代"伤痕文学""反思文学""寻根文学"的洗礼之后，在商品经济全面渗入社会、侵占人的意识领域之后，人们可还需要文学的熏陶与精神的提升吗？在面对国门重新打开，西学一拥而进，人的思维视野受到巨大冲击之余，人们突然发现：物质享受是可以堂而皇之提倡的，个性是应该弘扬的，社会一时间开始焦躁不安起来，似乎认可了对过去历史的沉重思考已经完结，是该大踏步搞经济的时候了。于是改革的思潮深入人心，商品化的意识深入人心，文学从神圣的殿堂走下来，文学家、知识精英们开始失落。从20世纪90年代开始，中国的文艺也走进了一个读图的时代，影视文学作品最为发达；其次是小说与散文，散文关注和展示的毕竟是当下的生活与生存状态，比较容易引发共鸣，再者篇幅短小也可节约现代人的阅读时间；而戏剧则在观众缺失的困境中苦苦挣扎；诗歌则不再像20世纪70年代和80年代那样受到青睐了。

参考文献

[1] 曹万生. 中国现当代文学史 [M]. 北京：中国人民大学出版社，2016.

[2] 金汉. 中国当代文学发展史 [M]. 上海：上海文艺出版社，2002.

[3] 洪子诚. 中国当代文学史 [M]. 北京：北京大学出版社，2010.

[4] 张钟. 中国当代文学概观 [M]. 北京：北京大学出版社，2002.

[5] 陈国恩. 中国现代文学 [M]. 北京：北京大学出版社，2010.

[6] 陈思和. 新时期文学简史 [M]. 桂林：广西师范大学出版社，2010.

[7] 程光炜等. 中国现代文学史（第三版）[M]. 北京：北京大学出版社：2011.

[8] 杜春海. 中国现当代文学 [M]. 成都：西南交通大学出版社，2016.

[9] 杜运燮. 穆旦诗选·后记 [M]. 北京：人民文学出版社，1986.

[10] 范伯群. 中国现代通俗文学史 [M]. 北京：北京大学出版社，2007.

[11] 高音. 北京新时期戏剧史 [M]. 北京：中国戏剧出版社，2006.

[12] 高玉. 中国现代当代文学史：全2册 [M]. 杭州：浙江大学出版社，2017.

[13] 洪子诚. 中国当代文学史 [M]. 北京：北京大学出版社，2010.

[14] 胡风. 自然主义倾向底理解 [A]. 胡风评论集（中）[M]. 北京：人民文学出版社，1984.

[15] 黄修己. 中国现代文学发展史（第3版）[M]. 北京：中国青年出版社，2008.

[16] 蒋淑娴. 中国现代文学史 [M]. 北京：科学出版社，2002.

[17] 金汉. 中国当代文学发展史 [M]. 上海：上海文艺出版社，2002.

[18] 李明军. 中国现当代文学 [M]. 西安：陕西师范大学出版社，2010.

[19] 李平. 中国现代文学. [M]. 北京：中央广播电视大学出版社，2006.

[20] 李骞.20世纪中国新诗流派研究[M].北京：中国社会科学出版社,2012.

[21] 刘中树,许祖华.中国现代文学思潮史[M].武汉：华中师范大学出版社,2009.

[22] 钱谦吾.丁玲[M].天津：天津人民出版社,1982.

[23] 石兴泽,隋清娥.中国现代文学史[M].北京：中国社会科学出版社,2012.

[24] 孙玉石.中国现代诗歌艺术[M].北京：北京大学出版社,2010.

[25] 孙中田,查国华.茅盾研究资料（中册）[M].中国：中国社会科学出版社,1983.

[26] 张健.新中国文学史（上下卷）[M].北京：北京师范大学出版社,2008.

[27] 朱栋霖,朱晓进,龙泉明.中国现代文学史1917-2000（下）[M].北京：北京大学出版社,2007.

[28] 方铭.蒋光慈的文学贡献[J].文艺报,2018,（9）.

[29] 方维保.茅盾的民族主义与《子夜》的叙述伦理[J].中国文学批评,2019,（3）.

[30] 黄浠.以《雨巷》为例分析戴望舒的诗歌特点[J].农家参谋,2017,（13）.

[31] 蒋光慈.短裤党·写在本书的前面[A].蒋光慈文集（第1卷）[C].上海：上海文艺出版社,1982.

[32] 鲁迅.而已集·革命文学[A].鲁迅全集（第3卷）[C].北京：人民文学出版社,1981.

[33] 鲁迅.二心集·上海文艺之一瞥[A].鲁迅全集（第4卷）[C].北京：人民文学出版社,1981.

[34] 鲁迅.三闲集·文艺与革命[A].鲁迅全集（第4卷）[C].北京：人民文学出版社,1981.

[35] 罗曼莹.丁玲小说中女性精神内涵研究[D].广州：广东外语外贸大学,2018.

[36] 史挥戈,吴腾凰.蒋光慈与丁玲、胡也频的一件往事[J].上海鲁迅研究,2018,（3）.

[37] 知闲.戴望舒的人生"雨巷"[J].同舟共进,2018,（5）.